FEIOS

Obras do autor publicadas pela Galera Record

Além-mundos
Amores infernais
Impostores
Tão ontem
Zeróis
Zumbis x Unicórnios

***Série* Vampiros em Nova York**
Os primeiros dias
Os últimos dias

***Série* Feios**
Feios
Perfeitos
Especiais
Extras

***Série* Leviatã**
Leviatã
Beemote
Golias

SCOTT WESTERFELD

FEIOS

Tradução
Rodrigo Chia

2ª edição

2024

CIP-BRASIL. CATALOGAÇÃO NA PUBLICAÇÃO
SINDICATO NACIONAL DOS EDITORES DE LIVROS, RJ

W539f   Westerfeld, Scott
            Feios / Scott Westerfeld ; tradução Rodrigo Chia. - 2. ed. - Rio de
          Janeiro : Galera Record, 2024.
            (Feios ; 1)

            Tradução de: Uglies
            ISBN 978-65-5981-334-6

            1. Ficção americana. I. Chia, Rodrigo. II. Título. III. Série.

                              CDD: 813
23-84648   CDU: 82-3(73)

Meri Gleice Rodrigues de Souza - Bibliotecária - CRB-7/6439

Título original em inglês:
Uglies

Copyright @ 2005 by Scott Westerfeld
Publicado mediante acordo com Simon Pulse, um selo de Simon & Schuster
Children's Publishing Division.

Todos os direitos reservados. Proibida a reprodução, no todo ou em parte,
através de quaisquer meios. Os direitos morais do autor foram assegurados.

Texto revisado segundo o Acordo Ortográfico da Língua Portuguesa de 1990.

Direitos exclusivos de publicação em língua portuguesa somente para o Brasil
adquiridos pela
EDITORA GALERA RECORD LTDA.
Rua Argentina, 120 – Rio de Janeiro, RJ – 20921-380 – Tel.: 2585-2000
que se reserva a propriedade literária desta tradução

Impresso no Brasil

ISBN 978-65-5981-334-6

Seja um leitor preferencial Record.
Cadastre-se no site www.record.com.br
e receba informações sobre
nossos lançamentos e nossas promoções.

Atendimento e venda direta ao leitor:
sac@record.com.br

Parte I

TORNANDO-SE PERFEITA

Não é uma coisa boa encher a
sociedade de pessoas bonitas?

— Yang Yuan, em declaração
ao *New York Times*

Parte I

TORNANDO-SE PERFEITA

NOVA PERFEIÇÃO

O céu de início de verão tinha cor de vômito de gato.

Obviamente, Tally pensava, quando a dieta do seu gato se resume por um bom tempo a ração sabor salmão. Movendo-se rapidamente, as nuvens até lembravam peixes, desfeitas em escamas pelos ventos das altitudes elevadas. À medida que a claridade se ia, lacunas azuis da cor do mar apareciam, como um oceano de cabeça para baixo, frio e infinito.

Num verão qualquer, um pôr do sol como esse teria sido lindo. Mas nada era lindo desde que Peris havia se tornado perfeito. Perder seu melhor amigo é uma droga, mesmo que apenas por três meses e dois dias.

Tally Youngblood esperava pela noite.

Ela podia ver Nova Perfeição da janela. Os prédios onde as festas aconteciam já estavam todos iluminados. Linhas sinuosas destacadas por tochas indicavam os caminhos por entre os jardins. Balões de ar quente puxavam suas cestas em direção ao céu rosado levando passageiros que atiravam rojões de artifício contra outros balões e paraquedistas que passavam. O som de risos e música vinha como uma pedrinha sobre a água, arremessada com a força certa, as pontas ferindo os nervos de Tally.

Nos limites da cidade, isolada pela forma oval do rio, tudo estava escuro. Àquela hora, todos os feios estavam dormindo.

Tally tirou seu anel de interface e disse:

— Boa noite.

— Bons sonhos, Tally — respondeu a sala.

Ela mastigou uma pílula de escovar os dentes, afofou os travesseiros e enfiou um antigo aquecedor portátil — um que gerava tanto calor quanto um ser humano do tamanho de Tally — embaixo dos lençóis.

E então saiu de fininho pela janela.

Do lado de fora, com a noite finalmente tomando o céu por completo, Tally se sentiu bem. Talvez fosse um plano idiota, mas qualquer coisa era melhor do que outra noite acordada na cama, afogada em lamentações. No familiar caminho coberto de folhas que levava à beira d'água, era fácil imaginar Peris andando nas pontas dos pés atrás dela, segurando o riso, pronto para uma noite espionando os perfeitos. Juntos. Ela e Peris haviam aprendido a enganar o inspetor aos 12 anos, uma época em que parecia que os três meses de diferença entre suas idades nunca teriam importância.

— Amigos para sempre — murmurou Tally, tocando a pequena cicatriz na palma de sua mão direita.

A água reluziu por entre as árvores. Ela podia ouvir as pequenas ondas produzidas por uma embarcação no rio se chocando contra a margem. Agachou-se atrás dos juncos. O verão era a melhor época para as expedições de espionagem. A grama estava alta, nunca fazia frio e não era preciso encarar um dia inteiro de aula no dia seguinte.

Obviamente, agora Peris podia dormir o quanto quisesse. Era apenas uma das vantagens de ser perfeito.

A antiga ponte se estendia grandiosa por sobre a água. Sua imensa estrutura de metal estava escura como o próprio céu. Tinha sido construída há tanto tempo que suportava seu próprio peso, sem ajuda de qualquer estrutura suspensa. Em um milhão de anos, quando o resto da cidade estivesse em escombros, a ponte provavelmente continuaria de pé, como um osso fossilizado.

Ao contrário das outras pontes que levavam à Nova Perfeição, a antiga não falava — e, mais importante, não denunciava invasores. No entanto, mesmo em seu silêncio absoluto, sempre parecera sábia aos olhos de Tally; serenamente astuta, como uma árvore ancestral.

Agora seus olhos estavam totalmente acostumados ao escuro. Precisou de poucos segundos para achar a linha de pesca amarrada à pedra de sempre. Ela deu um puxão e ouviu o barulho da corda se revirando onde ficava escondida, entre as colunas da ponte. Continuou puxando até que a linha invisível se transformou numa corda úmida cheia de nós. A outra ponta permanecia atada à estrutura metálica da ponte. Tally esticou bem a corda e a amarrou à árvore de costume.

Ela teve de se agachar por entre a grama novamente quando outra embarcação passou no rio. As pessoas que dançavam no convés não notaram a corda que ia da ponte à margem. Nunca notavam. Os novos perfeitos estavam sempre ocupados demais em se divertir para perceberem pequenas coisas fora do lugar.

Depois que as luzes do barco sumiram na escuridão, Tally testou a firmeza da corda, usando o peso do seu corpo. Uma vez, ela havia se soltado da árvore, fazendo com que Tally e Peris pendessem para baixo e depois fossem arremessados para o meio do rio, caindo na água gelada. Tally sorriu com a lembrança. Preferiria estar na expedição — encharcada, no frio, ao lado de Peris — a estar seca e aquecida naquela noite, mas sozinha.

Pendurada por baixo da corda, com as mãos e os pés agarrados aos nós, Tally foi se arrastando até a estrutura sombria da ponte. Então subiu no esqueleto metálico e completou a travessia até Nova Perfeição.

Ela sabia onde Peris morava graças à única mensagem que ele tinha se dado ao trabalho de enviar desde que se tornara perfeito. Não era exatamente um endereço, mas Tally conhecia o truque para decodificar os números aparentemente aleatórios no fim do texto. Os dados a levaram a um lugar chamado Mansão Garbo, na parte alta da cidade.

Chegar lá seria complicado. Em suas aventuras, Tally e Peris sempre se mantinham perto do rio, onde a vegetação e a escuridão de Vila Feia deixavam mais fácil a tarefa de se esconder. Desta vez, Tally estava a caminho da área central da ilha, onde carros enfeitados e festeiros enchiam as ruas iluminadas a noite toda. Novos perfeitos, como Peris, gostavam de viver onde a diversão era mais intensa.

Embora tivesse decorado o mapa, se entrasse numa rua errada, Tally estaria perdida. Sem seu anel de interface, era invisível aos veículos. Seria atropelada como se nem existisse.

De certa forma, Tally *não existia* por lá.

Pior do que isso: ela era feia. Mas tinha esperança de que Peris não visse as coisas daquele jeito. Ou, pelo menos, não *a* visse daquele jeito.

Tally não tinha ideia do que aconteceria se fosse pega. Não era como ser flagrada sem o anel, matando aula ou convencendo a casa a tocar sua música num volume mais alto do que o permitido. Todo mundo fazia aquele tipo de coisa — e todo mundo acabava se dando mal. Mas ela e Peris tomavam muito cuidado para não serem pegos nas expedições. Atravessar o rio era assunto sério.

Àquela altura, porém, era muito tarde para se preocupar. O que poderiam fazer com ela, afinal? Em três meses também se tornaria uma perfeita.

Tally avançou lentamente, acompanhando o rio, até alcançar um jardim. Penetrou a escuridão se enfiando embaixo de uma fileira de salgueiros-chorões. Sob sua proteção, foi percorrendo um caminho iluminado por pequenas candeias.

Havia um casal de perfeitos passeando pelo mesmo caminho. Tally ficou imóvel, mas os dois estavam distraídos, ocupados demais trocando olhares para notá-la agachada no escuro. Num silêncio absoluto, ela os viu passar e sentiu algo que costumava sentir ao observar um rosto perfeito. Mesmo quando ela e Peris os espiavam das sombras, rindo das baboseiras que os perfeitos diziam e faziam, não conseguiam deixar de reparar. Havia algo mágico naqueles olhos grandes e perfeitos, algo que praticamente obrigava as pessoas a prestar atenção ao que diziam, a protegê-los dos perigos, a fazê-los felizes. Eles eram tão... perfeitos.

Depois que os dois sumiram na curva seguinte, Tally sacudiu a cabeça, tentando tirar aquelas imagens piegas da cabeça. Não estava ali para espiar. Era uma infiltrada, uma penetra, uma feia. E tinha uma missão a cumprir.

O jardim se estendia pela cidade, serpenteando como um rio escuro por entre casas e torres brilhantes que abrigavam festas. Após se esgueirar por mais alguns minutos, ela surpreendeu um casal escondido no meio das árvores (afinal, estavam no Passeio Público). No escuro, porém, eles não conseguiam ver seu rosto. Puderam apenas reclamar enquanto ela murmurava um pedido de desculpas e se afastava. Tally também não tinha conseguido ver muita coisa; apenas um emaranhado de pernas e braços perfeitos.

Finalmente, a poucos quarteirões de onde Peris morava, o jardim chegou ao fim.

Tally deu uma olhada de trás de uma cortina de trepadeiras. Estava num ponto a que ela e Peris nunca tinham chegado juntos. Também era o ponto final do seu planejamento. Naquelas ruas movimentadas e bem-iluminadas, não havia como se esconder. Ela levou os dedos ao próprio rosto e sentiu o nariz largo, os lábios finos, a testa grande demais e o volume dos cabelos desgrenhados. Bastaria botar um pé fora do mato para ser notada imediatamente. Seu rosto parecia queimar sob a luz. O que estava fazendo ali? Devia ter ficado nas sombras de Vila Feia, à espera da sua vez.

Mas ela precisava se encontrar com Peris, falar com ele. Não sabia exatamente a razão, além de já estar cansada de imaginar milhares de conversas, todas as noites, antes de dormir. Tinham passado todos os dias juntos, desde a infância, e agora... nada. Talvez, se pudessem conversar por alguns minutos, seu cérebro parasse de falar com o Peris imaginário. Três minutos poderiam permitir que suportasse outros três meses.

Tally percorreu a rua com os olhos, à procura de jardins para invadir e entradas escuras que lhe servissem de abrigo.

Sentiu-se como uma alpinista diante de um paredão imponente, buscando fendas e apoios para as mãos.

O movimento de carros diminuiu um pouco, e ela decidiu esperar, distraindo-se com a cicatriz em sua mão direita. Um pouco depois, soltou um suspiro e sussurrou: "Amigos para sempre". E deu um passo em direção à luz.

A explosão de sons que veio do seu lado direito a fez pular de volta para a escuridão, tropeçando por entre as trepadeiras e desabando de joelhos na terra macia, por alguns instantes certa de que havia sido descoberta.

A barulheira, contudo, logo se organizou num ritmo pulsante. Era uma bateria eletrônica que se arrastava pela rua. Do comprimento de uma casa, reluzia com os movimentos de suas dezenas de braços mecânicos, que golpeavam tambores de todos os tamanhos. Atrás, vinha uma multidão crescente de festeiros, dançando no ritmo, bebendo e arremessando as garrafas vazias contra a imensa e impenetrável máquina.

Tally sorriu. Os festeiros usavam máscaras.

A máquina lançava máscaras pela parte de trás na tentativa de atrair mais pessoas para a parada improvisada: diabos, palhaços horripilantes, monstros verdes, alienígenas cinzentos com grandes olhos ovais. Gatos, cachorros, vacas. Rostos com sorrisos tortos e narizes gigantes.

Com a procissão avançando devagar, Tally se enfiou no mato novamente. Algumas pessoas passavam tão perto que a doçura inebriante das garrafas dominava seu olfato. Um minuto depois, quando a máquina já estava meio quarteirão adiante, Tally saiu do esconderijo e pegou uma máscara abandonada do chão. O plástico, recém-modelado no interior da máquina, ainda tinha uma textura macia.

Antes de pôr a máscara no rosto, Tally percebeu que era da mesma cor rosada de vômito de gato que lembrava o pôr do sol. Havia um longo focinho e duas orelhinhas rosa. Podia sentir a gosma aderindo à sua pele e se ajustando ao seu rosto.

Tally abriu caminho por entre os festeiros bêbados para sair do outro lado da procissão, e pegou uma rua transversal que levava à Mansão Garbo. Usava uma máscara de porco.

AMIGOS PARA SEMPRE

A Mansão Garbo era grande, luminosa e barulhenta.

Ocupava uma área entre duas torres de festas — um bule enorme separando duas elegantes taças de champanhe. Cada torre era sustentada por uma única coluna que não chegava ao tamanho de um elevador. Acima, transformava-se em cinco andares de varandas circulares, tomadas por novos perfeitos. Tally subiu o morro, na direção dos três prédios, tentando curtir a vista pelos olhos de sua máscara.

Alguém se jogou, ou foi jogado, de uma das torres, gritando e agitando os braços. Tally engoliu em seco, mas conseguiu acompanhar toda a queda, até o momento em que o cara foi detido pelas fitas de náilon, segundos antes de se espatifar no chão. Ele se balançou suspenso por um tempo, rindo, preso aos equipamentos de segurança, e então pousou suavemente. Tally estava perto o suficiente para ouvir os soluços que entrecortavam suas risadas. Ele estivera tão apavorado quanto ela.

Embora pular lá de cima não fosse mais perigoso do que ficar parada ali, embaixo das torres enormes, ela sentiu um frio na espinha. A jaqueta de bungee jump usava o mesmo mecanismo de suspensão da estrutura que mantinha as construções de pé. Se aqueles brinquedinhos por alguma razão parassem de funcionar, quase tudo em Nova Perfeição desabaria.

*

A mansão estava cheia de perfeitos novos em folha. O pior tipo, como Peris costumava dizer. Viviam como feios, cerca de cem dividiam um grande dormitório. Mas não havia regras no dormitório. A não ser que Comporte-se como um Idiota, Divirta-se e Faça Barulho fossem regras.

No terraço, um grupo de garotas em trajes de noite gritava sem parar, caminhava na beirada e lançava rojões de emergência nas pessoas lá embaixo. Uma bola de fogo laranja passou ao lado de Tally, como um vento de outono, desfazendo a escuridão ao seu redor.

— Ei, tem um porco ali! — gritou alguém, de cima.

Enquanto todos riam, Tally apressou o passo para chegar à porta escancarada da mansão. Ela ignorou as caras de surpresa de duas perfeitas que saíam e entrou.

Era tudo uma grande festa, como sempre haviam prometido. As pessoas estavam arrumadas, usando vestidos de gala e fraques de abas longas. E todos pareciam achar graça de sua máscara de porco. Apontavam e riam. Tally seguia em frente para que não tivessem tempo de fazer mais nada. Ali, obviamente, o riso era permanente. Não era como nas festas dos feios: não havia brigas ou mesmo discussões.

Ela foi entrando de quarto em quarto, tentando distinguir os rostos sem se deixar distrair pelos grandes olhos escuros ou se abater pela sensação de que não pertencia ao lugar. Sentia-se mais feia a cada segundo que passava ali. Ser motivo de piada para todo mundo que encontrava não ajudava muito. Mas ainda era melhor do que o que fariam se vissem seu verdadeiro rosto.

Tally se perguntou até se seria capaz de reconhecer Peris. Só o havia visto uma vez desde a cirurgia, e foi na saída do hospital, antes do inchaço passar. Por outro lado, conhecia seu rosto muito bem. Apesar de que Peris costumava dizer que os perfeitos não tinham *exatamente* a mesma cara. Nas expedições, Peris e ela às vezes viam perfeitos que pareciam familiares, que lembravam feios conhecidos. Como irmãos ou irmãs — muito mais velhos, confiantes e infinitamente mais bonitos. Irmãos que provocariam inveja pelo resto da vida, se você tivesse nascido um século atrás.

Peris poderia ter mudado daquele jeito.

— Você viu a porquinha?

— O quê?

— Tem uma porquinha solta por aí!

As risadinhas vinham do andar de baixo. Tally parou para escutar. Estava sozinha na escada. Aparentemente, os perfeitos preferiam o elevador.

— Como ela tem coragem de vir à nossa festa vestida de porquinha? A regra é traje de gala!

— Entrou na festa errada.

— Que falta de educação se vestir desse jeito!

Tally respirou fundo. A máscara não era muito melhor do que seu próprio rosto. A piada estava perdendo a graça.

Ela disparou pela escada, deixando as vozes para trás. Talvez se esquecessem dela, se não ficasse parada. Faltavam dois andares da Mansão Garbo. E, depois, o terraço. Peris tinha de estar em algum lugar.

A não ser que estivesse no gramado dos fundos, ou voando num balão, ou numa das torres. Ou no Passeio Público, em qualquer parte, com outra pessoa. Tally tirou a última imagem da cabeça e atravessou o corredor, ignorando as piadas repetidas sobre a máscara, espiando os quartos, um a um.

Não encontrou nada além de olhares surpresos e dedos apontados em sua direção. E rostos perfeitos. Mas nenhum chamou sua atenção. Peris não estava ali.

— Aqui, porquinha, aqui, porquinha! Ei, ali está ela!

Tally correu para o último andar, subindo de dois em dois degraus. A respiração acelerada esquentava seu rosto por trás da máscara. A testa suava, e o adesivo escorria de sua pele, lutando para permanecer grudado. Estava sendo seguida por um grupo deles, rindo e tropeçando uns sobre os outros.

Não havia tempo para vasculhar o andar. Tally apenas percorreu o corredor com os olhos. Não havia ninguém ali mesmo. Todas as portas estavam fechadas. Talvez alguns perfeitos estivessem descansando sua beleza.

Se fosse ao terraço à procura de Peris, ficaria encurralada.

— Ei, porquinha, porquinha!

Hora de fugir. Tally correu até o elevador e só parou dentro da cabine.

— Térreo! — gritou.

Ela aguardou, observando o corredor nervosamente, ofegando sob o plástico quente da máscara.

— Térreo! — repetiu. — Fechar portas!

Nada aconteceu.

Um suspiro antes de fechar os olhos. Sem um anel de interface, ela não era ninguém. O elevador não a ouviria.

Tally sabia enganar elevadores, mas precisaria de tempo e de um canivete. E, naquele momento, não tinha nem um nem outro. O primeiro perseguidor apareceu na escada e logo estava no corredor.

Ela deu um passo para trás e encostou na lateral do elevador. Nas pontas dos pés e tentando se espremer o máximo possível, torceu para que não a vissem. Outras pessoas chegaram, resfolegando como típicos perfeitos fora de forma. Tally observava-os pelo espelho no fundo do elevador.

O que significava que também veriam *ela* se olhassem naquela direção.

— Para onde a porquinha foi?

— Venha aqui, porquinha!

— Talvez no terraço.

Um garoto entrou devagar no elevador, olhando para o grupo lá atrás, sem entender a situação. Quando ele a viu, tomou um susto.

— Caramba! Quase me matou de susto!

Ele piscou os olhos, reparou no rosto mascarado e depois virou-se para o fraque que vestia.

— Ah, não. Esta festa não exigia traje de gala?

Tally ficou sem ar. Sua boca estava seca.

— Peris? — perguntou, baixinho.

Ele a olhou com curiosidade.

— Eu conheço...

Ela começou a esticar a mão em sua direção, mas se lembrou de que tinha de ficar escondida perto da lateral. Seus músculos já não aguentavam mais mantê-la nas pontas dos pés.

— Peris, sou eu.

— Aqui, porquinha, porquinha!

Peris virou-se para a voz no meio do corredor, fez uma cara de dúvida e voltou-se para ela de novo.

— Feche a porta. Espere — disse ele, rapidamente.

Assim que a porta se fechou, ela caiu para a frente. Tirou a máscara para vê-lo melhor. Era Peris: a voz, os olhos castanhos, a testa franzida indicando sua confusão.

Mas agora parecia tão *perfeito*.

Na escola, tinham ensinado como aquilo afetava as pessoas. Não importava se você sabia alguma coisa sobre evolução — ainda assim funcionava. Em todo o mundo.

Havia um tipo de beleza, um encanto que todos viam. Olhos grandes e lábios grossos, como crianças; pele sedosa e brilhante; traços simétricos; e milhares de outras pistas. Em algum lugar no fundo de suas mentes, as pessoas buscavam esses sinais permanentemente. Ninguém podia evitar notá-los, qualquer que fosse sua criação. Um milhão de anos de evolução haviam tornado aquilo parte do cérebro humano.

Os grandes olhos e lábios diziam: sou jovem e vulnerável, não posso machucá-lo e você quer me proteger. O resto dizia: sou saudável, não vou deixá-lo doente. E, não importava como se sentia em relação a um perfeito, uma parte de você sempre pensava: *Se tivermos filhos juntos, eles também serão saudáveis. Eu quero essa pessoa perfeita...*

Pura biologia, como explicavam na escola. A exemplo das batidas do coração, aquelas coisas não podiam ser desmentidas, não quando se estava diante de um rosto daqueles. Um rosto perfeito.

Um rosto como o de Peris.

— Sou eu — disse Tally.

Peris deu um passo para trás. Com uma expressão intrigada, observou as roupas de Tally.

Ela se deu conta de que usava o uniforme preto de expedição. E todo sujo das subidas por cordas, passagens por jardins e quedas por entre trepadeiras. Já o traje de Peris era de veludo preto, complementado por camisa, colete e gravata de um branco brilhante.

Tally se afastou.

— Ai, desculpa, não quero que fique sujo.

— O que está *fazendo* aqui, Tally?

— Eu só... — gaguejou ela. Agora que estava cara a cara com ele, não sabia o que dizer. As conversas imaginadas desapareceram dentro daqueles olhos enormes e doces. — Eu precisava saber se ainda éramos...

Tally estendeu a mão direita, a palma marcada pela cicatriz virada para cima. A sujeira e o suor destacavam suas linhas.

Peris suspirou. Não olhava para sua mão. Nem para seus olhos. Não para aqueles olhos castanhos sem-graça, apertados e vesgos. Olhos de ninguém.

— Claro — disse ele. — Mas... quero dizer... você não podia ter esperado, Vesguinha?

O apelido feio soou estranho saindo da boca de um perfeito. Seria ainda mais esquisito chamá-lo de Nariz, como costumava fazer dezenas de vezes por dia. Ela engoliu em seco.

— Por que não escreveu para mim?

— Eu tentei. Mas pareceu falso. Sou tão diferente agora...

— Mas nós somos... — murmurou ela, apontando para a cicatriz.

— Olha só, Tally — disse Peris, também estendendo a mão.

A pele era sedosa e imaculada. Aquela mão dizia: *Não preciso pegar no pesado e sou esperto demais para me envolver em acidentes.*

A cicatriz que haviam feito juntos tinha sumido.

— Eles a retiraram.

— É claro, Vesguinha. Toda minha pele é nova.

Tally piscou. Não tinha pensado naquilo.

Peris balançou a cabeça:

— Você ainda é tão criança.

— Elevador solicitado — disse o elevador. — Subir ou descer?

A voz da máquina deu um susto em Tally.

— Espere um pouco, por favor — pediu Peris, tranquilo.

Depois de respirar fundo, Tally fechou a mão.

— Só que eles não trocaram seu sangue. Nós compartilhamos aquilo, não importa o que tenha acontecido.

Finalmente, Peris olhou-a nos olhos, sem hesitar, como Tally temia. Na verdade, exibiu um sorriso lindo.

— Não, não trocaram. Grande coisa a pele nova. Em três meses vamos poder rir disso tudo. A não ser...

— A não ser o quê? — perguntou ela, mergulhando em seus grandes olhos castanhos, cheios de preocupação.

— Apenas me prometa que não vai fazer mais nada estúpido — disse Peris. — Vir aqui, por exemplo. Coisas que vão criar problemas para você. Quero vê-la perfeita.

— Claro.

— Então prometa.

Embora Peris fosse só três meses mais velho do que Tally, ela baixou os olhos, sentindo-se uma criança de novo.

— Certo, eu prometo. Nada estúpido. E eles também não vão me pegar hoje.

— Ótimo, pegue sua máscara e...

A voz de Peris sumiu. Tally acompanhou seu olhar e percebeu o que tinha acontecido. Descartada, a máscara de plástico estava se reciclando, transformando-se em pó rosa, e o carpete do elevador já começava o processo de limpeza.

Os dois se entreolharam em silêncio.

— Elevador solicitado — insistiu a máquina. — Subir ou descer?

— Peris, juro que eles não vão me pegar. Nenhum perfeito corre tão rápido quanto eu. É só você me levar lá para baixo...

Peris discordou.

— Subir. Terraço.

O elevador entrou em movimento.

— Terraço? Peris, como eu vou...

— Logo depois da porta, numa grande prateleira... jaquetas de bungee jump. Há um monte para o caso de incêndio.

— Está dizendo que eu vou ter de pular? — Tally engoliu em seco. Ela sentiu um aperto no estômago enquanto o elevador parava. Peris não deu importância.

— Faço isso o tempo todo, Vesguinha — disse, dando uma piscada. — Você vai adorar.

Com aquela expressão, seu rosto perfeito reluzia ainda mais. Tally deu um passo à frente e o abraçou. A sensação era a mesma — talvez parecesse um pouco mais alto e mais magro. Mas ainda era quente e de carne e osso. Ainda era Peris.

— Tally!

Ela quase caiu para trás quando as portas se abriram. Tinha enchido o colete de Peris de terra.

— Ai, não! Desculpa...

— Vai logo!

O nervosismo de Peris só aumentava a vontade de abraçá-lo novamente. Tally queria ficar e limpá-lo, deixá-lo impecável para a festa. Ela esticou o braço.

— Eu...

— Vai!

— Mas somos os melhores amigos, certo?

Ele suspirou e limpou uma mancha marrom.

— Claro. Para sempre. Em três meses.

Tally se virou e saiu correndo. As portas se fechando atrás dela.

No início, ninguém percebeu sua presença no terraço. Estavam todos olhando para baixo. Somente o brilho de um ou outro sinalizador de emergência perturbava a escuridão.

Tally encontrou a prateleira de jaquetas e puxou uma. Estava presa. Correu os dedos nervosamente atrás de uma presilha. Desejou ter o anel de interface para pedir instruções.

Acabou achando um botão: APERTE EM CASO DE INCÊNDIO.

— Que merda.

Sua sombra deu um pulo e se agitou. Dois perfeitos iam na sua direção com sinalizadores nas mãos.

— Quem está ali? Que roupa é aquela?

— Ei, você aí! A festa pede traje de gala!

— Olha a cara dela...

— Ah, merda — repetiu Tally, antes de apertar o botão.

Uma sirene estridente se espalhou pelo ar, enquanto a jaqueta parecia pular da prateleira para sua mão. Ela vestiu o equipamento e se virou para os dois perfeitos. Eles deram um salto para trás, como se estivessem diante de um lobisomem. Um sinalizador caiu da mão de um deles e se apagou imediatamente.

— Treinamento de incêndio — disse Tally, correndo para a beirada do terraço.

Assim que ajeitou a jaqueta nos ombros, as tiras e fechos pareceram se enrolar em torno de seu corpo como cobras, até que o plástico estivesse justo em sua cintura e coxas. Uma luz verde piscou na gola, bem no seu campo de visão.

— Muito bem, jaqueta.

Aparentemente, o equipamento só não sabia responder.

Os perfeitos que se divertiam no terraço haviam se calado e agora perambulavam pela área, tentando descobrir se realmente havia um incêndio. Logo apontaram para Tally. Ela leu a palavra "feia" nos lábios de cada um deles.

O que seria considerado pior em Nova Perfeição? Sua mansão pegar fogo ou um feio entrar de penetra na sua festa?

Tally chegou na beirada, subiu no parapeito e balançou por um instante. Lá embaixo, perfeitos começavam a deixar a Mansão Garbo, invadindo os gramados e descendo o morro. Olhavam para trás em busca de fumaça ou fogo. A única coisa que viam era ela.

Era uma altura de respeito, e o estômago de Tally parecia já estar em queda. Porém, ela também estava excitada. A sirene berrando, as pessoas olhando para ela, as luzes de Nova Perfeição espalhadas ao redor como milhões de velas.

Ela respirou fundo e dobrou os joelhos, preparando-se para pular.

Por um milissegundo, perguntou-se se a jaqueta funcionaria, já que não estava usando um anel de interface. Aquilo seguraria uma ninguém? Ou ela simplesmente se espatifaria no chão?

Mas Tally tinha prometido a Peris que não seria pega. E a jaqueta era justamente para emergências. E *havia* uma luz verde...

— Lá vamos nós! — gritou.

E pulou.

SHAY

O som da sirene foi ficando para trás. A queda parecia durar uma eternidade — ou poucos segundos — enquanto os rostos espantados lá embaixo ficavam cada vez maiores.

Enquanto o chão se aproximava, um espaço surgia no meio da multidão em pânico: o lugar em que ela cairia. Por alguns instantes, parecia o voo de um sonho, silencioso e maravilhoso.

E então a realidade acordou seus ombros e coxas; as fitas do equipamento machucavam seu corpo. Como ela era maior do que um perfeito médio, a jaqueta provavelmente não estava preparada para tanto peso.

Tally girou no ar e, por alguns momentos terríveis, passou a cair de cabeça. Seu rosto estava baixo o bastante para identificar uma tampa de garrafa jogada na grama. Logo, porém, voltou a ficar na posição correta, completando o círculo, com o céu girando sobre ela. Em seguida, mais um giro, o mundo de cabeça para baixo, mais gente abrindo espaço.

Perfeito. Ela tinha se impulsionado o suficiente para descer o morro, distanciando-se da Mansão Garbo, com a jaqueta a levando à escuridão e segurança dos jardins.

Tally deu mais dois rodopios antes de a jaqueta pousá-la sobre a grama. Ela puxou as fitas sem saber direito o que fazia, até que a vestimenta soltou um chiado e caiu no chão.

Levou um tempo para retomar o equilíbrio enquanto tentava distinguir o que era céu do que era chão.

— Não é uma... feia? — perguntou alguém à frente da multidão.

As sombras de dois carros voadores dos bombeiros passaram por Tally. Ela via as luzes vermelhas e sentia as sirenes estourando seus tímpanos.

— Grande ideia, Peris — murmurou. — Um alarme falso.

Se fosse pega, teria sérios problemas. Nunca havia sequer *ouvido falar* de alguém fazendo algo daquele tipo.

Correu na direção do jardim.

A escuridão sob os salgueiros era reconfortante.

Ali, a meio caminho do rio, mal havia como saber do alarme de incêndio que agitava o centro da cidade. Mesmo assim, Tally percebia que uma busca estava em andamento. Havia mais carros voadores no ar do que o normal, e o rio parecia ainda mais iluminado. Talvez a última parte fosse coincidência.

Provavelmente não.

Tally avançou com cuidado por entre as árvores. Nunca tinha ficado até tão tarde com Peris em Nova Perfeição. Havia mais gente no Passeio Público, principalmente nas áreas mais escuras. Com a agitação da fuga começando a passar, ela se dava conta de como aquela ideia toda tinha sido estúpida.

Não era surpresa que Peris não tivesse mais a cicatriz. Os dois haviam usado um simples canivete para se cortar. Os médicos usavam instrumentos muito maiores e mais afiados na operação. Raspavam tudo para que uma nova pele crescesse, limpa e perfeita. As antigas marcas deixadas por acidentes, má alimentação e doenças da infância sumiam. Um recomeço.

Tally, contudo, tinha estragado o recomeço de Peris ao aparecer como uma criança desagradável e indesejada, deixando-o com um gosto de feio na boca. E coberto de terra. Torcia para que ele tivesse outro colete.

Pelo menos, Peris não havia parecido muito irritado. Tinha dito até que voltariam a ser os melhores amigos, depois que ela se tornasse perfeita. Mas seu olhar ... talvez fosse aquela a razão de separarem feios e perfeitos. Devia ser uma sensação horrível ver um rosto feio quando se estava sempre cercado de pessoas tão bonitas. E se ela tivesse estragado tudo? E se Peris passasse a enxergá-la sempre daquele jeito — com olhos vesgos e cabelo bagunçado — mesmo depois da cirurgia?

Um carro voador passou pelo local, obrigando Tally a se agachar . Provavelmente seria pega aquela noite e nunca se tornaria perfeita.

Ela merecia aquilo por ser tão tonta.

Mas Tally se lembrou da promessa feita a Peris. Ela *não* seria pega; tinha que se tornar perfeita para ele.

Uma luz no canto dos seus olhos a fez se agachar e espiar por entre as folhas do salgueiro.

Havia uma guarda no parque. Não era jovem, mas sim uma perfeita de meia-idade. A luz do fogo deixava os belos traços da segunda operação nítidos: ombros largos e queixo imponente; nariz afilado e maçãs do rosto firmes. E a mulher transmitia a mesma autoridade absoluta das professoras de Tally em Vila Feia.

Tally engoliu em seco. Os novos perfeitos tinham seus próprios guardas. Só havia uma explicação para a presença daquela mulher mais velha em Nova Perfeição. Estavam à procura de alguém. E determinados a achar essa pessoa.

A mulher lançou o facho da lanterna sobre um casal num banco, iluminando-o por apenas um segundo, o suficiente para confirmar que eram perfeitos. Diante do susto do casal, a guarda deu um risinho e pediu desculpas. Tally ouviu a voz baixa e segura que tranquilizou os novos perfeitos. Se aquela mulher dizia estar tudo bem, devia estar mesmo.

Tally sentiu vontade de se entregar, se entregar à piedade e à inteligência da guarda. Se explicasse tudo, ela entenderia e ajeitaria as coisas. Perfeitos maduros sempre sabiam o que fazer.

Mas havia a promessa a Peris.

Ela voltou à escuridão, tentando ignorar a péssima sensação de ser uma espiã, uma bisbilhoteira, de não se entregar à autoridade da mulher. Fugiu pelo mato o mais rápido que pôde.

Perto do rio, Tally ouviu um barulho. Podia notar um vulto diante das luzes que vinham da água. Não era um casal. Era uma pessoa sozinha no escuro.

Só podia ser um guarda à sua espera.

Tally mal tinha coragem de respirar. Havia parado no meio de um movimento, com o peso todo do corpo num joelho e numa mão enlameada. O guarda não a vira. Se ela esperasse pelo tempo necessário, talvez ele fosse embora.

Ela aguardou, imóvel, por intermináveis minutos. A figura não saiu do lugar. Eles deviam saber que os jardins eram o único caminho protegido para se sair de Nova Perfeição.

O braço de Tally começou a tremer. Os músculos reclamavam de permanecerem naquela posição por tanto tempo. Ela, porém, não tinha coragem de passar o peso todo para o outro braço. Um simples som de galho quebrado bastaria para entregá-la.

Ela se segurou até que todos seus músculos estivessem gritando de dor. Talvez o guarda fosse apenas uma ilusão provocada pela luz. Talvez não passasse de um produto de sua imaginação.

Tally piscou os olhos na esperança de fazer a figura desaparecer.

Não funcionou. A pessoa permanecia ali, seus contornos definidos pelas luzes trêmulas vindas do rio.

Então um galho se partiu sob seu joelho — os músculos doloridos de Tally finalmente a entregariam. A figura, contudo, não se moveu. Não era possível que ele, ou ela, não tivesse ouvido...

O guarda devia estar lhe dando uma chance de se entregar. Desistir. Às vezes os professores faziam aquilo na escola: deixar evidente que você não tinha como escapar e obrigá-lo a confessar tudo.

Tally limpou a garganta e falou de um jeito patético, baixinho:

— Sinto muito.

A figura deu um suspiro.

— Ah, tudo bem. Não tem problema. Também devo ter assustado você.

A garota se aproximou, com uma careta que sugeria que também estava cansada de ficar imóvel por tanto tempo. A luz iluminou seu rosto.

Ela também era feia.

Seu nome era Shay. Tinha cabelo preto, comprido e preso em duas tranças. Os olhos eram separados demais. Apesar dos lábios razoavelmente grossos, ela era mais magra do que uma nova perfeita. Tinha chegado à Nova Perfeição numa expedição própria e estava escondida na margem do rio havia uma hora.

— Nunca vi nada parecido — disse, baixinho. — Tem guardas e carros voadores por todo canto!

— Acho que a culpa é minha — explicou Tally, envergonhada.

Shay pareceu meio desconfiada.

— Como assim?

— Bem, eu estava na parte central da cidade, numa festa.

— Entrou de penetra numa festa? Que perigo! — disse Shay, lembrando-se de baixar a voz logo em seguida. — Perigoso, mas muito legal. Como conseguiu entrar?

— Usando uma máscara.

— Caramba. Uma máscara bonita?

— Ahn, na verdade, uma máscara de porco. É uma história comprida.

— Uma máscara de porco. Sei. Vou tentar adivinhar: alguém botou sua casa abaixo com um sopro?

— Ahn? Não, nada disso. É que eu estava para ser pega, então... disparei um alarme de incêndio.

— Bela jogada!

Tally sorriu. A história até que era boa, agora que podia contá-la a alguém.

— Fiquei encurralada no terraço. Aí peguei uma jaqueta de bungee jump e pulei lá de cima. Vim subindo e descendo até a metade do caminho para cá.

— Fala sério!

— Bem, pelo menos uma parte do caminho até aqui.

— Que incrível — disse Shay, sorrindo. De repente, sua expressão ficou séria, e ela começou a roer uma unha, um dos maus hábitos que a operação costumava curar. — Mas então, Tally, você estava nessa festa... para se encontrar com alguém?

Foi a vez de Tally ficar impressionada.

— Como chegou a essa conclusão?

Shay deu um suspiro e olhou para suas unhas destruídas.

— Também tenho amigos por aqui. Quero dizer, *eram* amigos. Às vezes fico procurando por eles, espiando. — Ela encarou Tally. — Sempre fui a mais nova, sabe? E agora...

— Está sozinha.

Shay confirmou com um movimento da cabeça.

— Mas parece que você fez um pouco mais do que espiar — comentou.

— É. Digamos que eu dei um oi.

— Ei, que bizarro. Seu namorado ou algo parecido?

Tally disse que não. Peris saía com outras pessoas, mas ela levava numa boa, tentava fazer a mesma coisa. A amizade sempre fora a coisa mais importante na vida dos dois. Aparentemente, não era mais.

— Se fosse meu namorado, acho que não conseguiria fazer o que fiz, você entende? Não ia querer que ele visse meu rosto. Mas, como somos amigos, achei que talvez...

— Sei. E como foi?

Tally parou para pensar por um instante, com o olhar perdido no movimento da água do rio. Peris tinha parecido tão perfeito e adulto. E garantira que voltariam a ser amigos. Assim que Tally ficasse perfeita também...

— Para resumir, foi uma droga — disse, finalmente.

— Foi o que pensei.

— Menos a fuga. Essa parte foi muito bacana.

— Parece que sim. — A diversão na voz de Shay era nítida. — Você foi muito esperta. — A passagem de um carro voador fez as duas se calarem por um momento. — Mas, sabe, a verdade é que ainda não estamos totalmente a salvo. Da próxima vez que for disparar um alarme de incêndio, por favor, me avise antes.

— Desculpe por deixar você encurralada aqui — disse Tally.

Shay franziu a testa olhando para ela.

— Não é nada disso. Eu quis dizer que, se for para entrar nessa de fugir, gostaria de pelo menos me divertir também.

— Ah, tudo bem — disse Tally, rindo. — Da próxima vez, eu aviso.

— Por favor. — Shay observou o rio. — Parece que o caminho está mais limpo agora. Cadê sua prancha?

— Minha o quê?

Shay tirou uma prancha voadora de trás de um arbusto.

— Não tem uma prancha? Como chegou aqui então, nadando?

— Não, eu... espera aí. Como conseguiu atravessar o rio numa prancha?

Qualquer coisa que voasse atraía um monte de guardas.

— É o truque mais velho do mundo — respondeu Shay, rindo. — Achei que você já soubesse.

Tally deu de ombros.

— Não ando muito de prancha.

— Bem, esta aqui vai ter que levar nós duas.

— Espere, shhh.

Outro carro voador apareceu, percorrendo o rio bem na altura das pontes. Depois que tinha passado, Tally contou até dez para voltar a falar.

— Acho que não é uma boa ideia voltar voando.

— Então *como* chegou aqui?

— Venha comigo. — Tally ficou de quatro e, depois de começar a engatinhar, olhou para trás. — Consegue carregar esse negócio aí?

— Claro. Não é muito pesado. — Shay estalou os dedos, e a prancha passou a flutuar. — Na verdade, não pesa *nada*, a não ser que eu queira.

— Muito conveniente.

Enquanto Shay engatinhava, a prancha a seguia, flutuando como um balão de criança. Tally, porém, não via nenhum fio segurando o brinquedo.

— Para onde estamos indo? — perguntou Shay.

— Conheço uma ponte.

— Mas ela vai nos denunciar.

— Essa não vai, não. É uma velha amiga.

CAINDO EM SI

Tally caiu. De novo.

Dessa vez, porém, o tombo não doeu tanto. Na mesma hora em que seus pés escorregaram da prancha, ela relaxou, exatamente como Shay tinha ensinado. Rodopiar não era muito pior do que ser balançada pelos braços quando era criança.

Claro, se seu pai fosse uma criatura sobre-humana tentando arrancar seus braços.

De qualquer maneira, Shay havia explicado que a energia cinética tinha de ir para algum lugar. E ficar girando era melhor do que ser lançada contra uma árvore. Ali, no Parque Cleópatra, havia muitas.

Depois de alguns rodopios, Tally sentiu que estava sendo baixada até a grama, segura pelos pulsos. Tonta, mas inteira.

Shay disparou para cima, inclinando a prancha até parar elegantemente, como se tivesse nascido naquela coisa.

— Já está um pouco melhor.

— Não me *senti* nem um pouco melhor.

Tally tirou um dos braceletes antiqueda e esfregou o pulso. Estava ficando vermelho. Seus dedos pareciam sem força.

O bracelete era pesado e duro porque continha metal. Afinal, funcionava com magnetismo, como as pranchas. Toda vez que os pés de Tally escorregavam, os braceletes flutua-

35

vam e freavam a queda, como um gigante bondoso a segurando e afastando do perigo.

Pelos pulsos. De novo.

Tally arrancou o outro bracelete e esfregou a pele.

— Não desista. Você quase conseguiu! — gritou Shay.

Depois de voltar sozinha, a prancha de Tally parou na altura de seus tornozelos, como um cachorro arrependido. Ela cruzou os braços para esfregar os ombros.

— Quase consegui ser dividida em duas, né? — disse Tally.

— Impossível. Já escorreguei mais do que um copo de leite numa montanha-russa.

— Numa *o quê*?

— Esquece. Vamos lá, mais uma tentativa.

Tally suspirou. Não eram só os pulsos. Os joelhos também doíam, por causa das freadas bruscas, das curvas em alta velocidade que faziam seu corpo pesar uma tonelada. Shay chamava aquilo de "alta gravidade", um fenômeno que ocorria sempre que um objeto veloz mudava de direção.

— Andar de prancha *parece* divertido. Poder voar como um pássaro. Mas a prática exige muito esforço — lamentou Tally.

— Ser um pássaro também deve exigir muito esforço. Sabe, esse negócio de bater as asas o dia inteiro — respondeu Shay, dando de ombros.

— Pode ser. Fica mais fácil com o tempo?

— Para os pássaros, não sei. Em cima de uma prancha, com certeza.

— Espero que fique mesmo.

Tally fechou os braceletes e subiu na prancha, que balançou um pouco sob seu peso, como uma plataforma de saltos ornamentais.

— Verifique o sensor na cintura — orientou Shay.

Tally tocou seu cinto, onde Shay tinha prendido um pequeno sensor que informava à prancha a posição do centro de gravidade e para que lado o passageiro estava. Analisava até os músculos do estômago, que, aliás, costumavam se contrair com a aproximação das curvas. A prancha era tão inteligente que conseguia aprender, gradualmente, como um corpo reagia. Quanto mais Tally praticasse, mais fácil seria manter o equipamento sob seus pés.

Evidentemente, Tally também tinha de aprender. Shay não parava de dizer que, se os pés não estivessem no lugar certo, nem a prancha mais inteligente do mundo poderia ajudar. A superfície era toda irregular, para gerar atrito, mas ainda assim era fácil escorregar.

A prancha tinha formato oval, media metade da altura de Tally e era preta, com manchas prateadas, lembrando a pele de um leopardo — o único animal do mundo capaz de correr mais rápido do que uma prancha consegue voar. Era a primeira prancha de Shay e nunca havia sido enviada para reciclagem. Ficava pendurada na parede ao lado da sua cama.

Tally estalou os dedos, dobrou os joelhos enquanto subia no ar e depois se curvou para ganhar velocidade. Shay seguia um pouco atrás dela.

Em pouco tempo, estavam passando pelas árvores, que chicoteavam os braços de Tally com seus ramos afiados. A prancha não permitiria que ela batesse em objetos sólidos, mas não se preocupava com galhos.

— Estique os braços. Mantenha os pés separados! — gritou Shay, pela milésima vez.

Insegura, Tally botou o pé esquerdo à frente. Nos limites do parque, inclinou-se para a direita, fazendo a prancha iniciar uma longa curva. Dobrou os joelhos e sentiu a força da manobra que a levaria de volta ao ponto de partida.

Agora Tally avançava na direção das bandeiras de slalom. À medida que se aproximava, ia se agachando. Podia sentir o vento ressecando seus lábios e levantando seu rabo de cavalo.

— Ai, meu Deus — murmurou.

Depois de passar pela primeira bandeira, ela se curvou toda para a direita, esticando os braços para se equilibrar.

— Agora troca! — gritou Shay.

Tally contorceu o corpo para mudar a direção da prancha e contornar a bandeira seguinte. Assim que a superou, repetiu a manobra. Seus pés, contudo, estavam muito próximos. De novo, não! Seus sapatos escorregaram na superfície da prancha.

— Não!

Ela curvou os pés e agitou os braços na tentativa de se manter sobre a prancha. O pé direito deslizou até a beirada — podia ver sua silhueta contra as árvores.

As árvores! Estava quase de lado, com o corpo paralelo ao chão.

Passou por mais uma bandeira e, de repente, estava terminado. A prancha voltou para baixo de Tally para corrigir a trajetória.

Ela tinha feito a curva!

Tally virou-se para Shay.

— Eu consegui! — gritou.

E então caiu.

Desorientada pela virada, a prancha tentara fazer uma curva e acabou derrubando a passageira. Tally relaxou os braços para que pudessem se esticar com mais facilidade. O mundo girava ao seu redor. Ela ria durante a descida até a grama, pendurada pelos braceletes.

Shay também ria.

— *Quase* conseguiu — corrigiu.

— Não, eu passei pelas bandeiras, você viu!

— Tudo bem, tudo bem, você conseguiu. — Shay continuava rindo enquanto pulava na grama. — Mas não fique dançando desse jeito. Não é legal, Vesguinha.

Tally mostrou a língua. Durante a semana, aprendera que Shay só usava aquele apelido feio como gozação. Ela havia insistido que as duas se chamassem pelos nomes verdadeiros na maior parte do tempo, e Tally logo se acostumou. Na verdade, preferia assim. Ninguém além de Sol e Ellie — seus pais — e alguns professores afetados a chamavam de "Tally".

— Seu desejo é uma ordem, Magrela. Foi ótimo — disse Tally, caindo na grama. Seu corpo inteiro doía, e todos os seus músculos estavam exaustos. — Obrigada pela aula. Voar *é* a melhor coisa que existe.

Shay sentou-se perto dela.

— Ninguém fica entediado numa prancha.

— Não me sinto tão bem desde que...

Tally não chegou a dizer o nome. Em vez disso, olhou para o céu, espetacularmente azul. Um céu perfeito. Elas tinham começado o treino já no meio da tarde. Lá em cima, algumas nuvens apresentavam tons de rosa, embora ainda faltassem algumas horas para o pôr do sol.

— É isso aí — disse Shay. — Eu também não. Estava enjoada de sair sozinha.

— Quanto tempo falta para você?

A resposta foi imediata:

— Dois meses e vinte e seis dias.

— Tem certeza? — perguntou Tally, surpresa.

— É claro que tenho certeza.

Aos poucos, um grande sorriso tomou conta do rosto de Tally. Ela deixou o corpo cair na grama e começou a rir.

— Só pode ser brincadeira. Nascemos no mesmo dia!

— Não acredito.

— Pode acreditar. É ótimo: nós duas ficaremos perfeitas juntas!

Shay manteve-se em silêncio por um instante antes de responder.

— É, acho que sim.

— No dia nove de setembro, certo? — perguntou Tally, e Shay confirmou. — Que maneiro. Não sei se eu aguentaria perder outro amigo. Não precisamos nos preocupar com uma de nós abandonando a outra. Nem por um único dia.

Shay arrumou o tronco. Seu sorriso tinha sumido.

— Eu não faria isso de qualquer maneira — falou.

— Não quis dizer que faria, mas...

— Mas o quê?

— Mas, quando você se torna perfeita, vai para Nova Perfeição.

— E daí? Os perfeitos têm permissão para vir aqui. E para escrever.

— Eles nunca fazem isso — disse Tally impaciente.

— Eu faria — disse Shay.

Ela olhou para as torres de festa no outro lado do rio e mordeu a unha do dedão.

— Eu também, Shay. Eu viria aqui para ver você.

— Tem certeza?

— Tenho. Sério.

Sem querer dar muita importância àquilo, Shay deitou de novo para observar as nuvens.

— Que bom. Mas você não é a primeira pessoa a fazer esse tipo de promessa.

— É, sei disso.

As duas permaneceram em silêncio por um tempo. As nuvens se moviam lentamente no céu. O ar foi ficando mais frio. Tally pensou em Peris; tentou se lembrar da aparência dele quando era conhecido apenas como Nariz. Por alguma razão, ela não conseguia mais visualizar seu rosto feio. Era como se os poucos minutos diante de sua versão perfeita tivessem apagado uma vida inteira de lembranças. Tudo que via agora era o Peris perfeito. Seus olhos, o sorriso.

— Fico imaginando por que eles nunca voltam — disse Shay. — Nem para uma visita.

— Porque somos feias, Magrela. Por isso.

ENCARANDO O FUTURO

— Essa é a segunda opção.

Tally tocou o anel de interface, e a imagem no telão mudou.

A nova versão era esguia, com maçãs do rosto bem definidas, olhos verdes como os de um gato e uma grande boca que acabava num sorriso inteligente.

— Essa é bem, ahn, diferente.

— É mesmo. Não sei nem se seria permitida.

Tally mexeu nos parâmetros do formato dos olhos, reduzindo o arco das sobrancelhas a um nível quase normal. Algumas cidades permitiam operações diferentes — apenas para novos perfeitos —, mas as autoridades dali eram notoriamente conservadoras. Médico nenhum consideraria aquele modelo. Ainda assim, era divertido testar os limites do software.

— Acha que fiquei muito assustadora?

— Não. Ficou mesmo uma gata — disse Shay, dando uma risadinha. — Infelizmente, estou falando no sentido literal: uma gata comedora de ratos.

— Tudo bem, vamos continuar.

A Tally seguinte baseava-se num modelo morfológico muito mais comum: olhos castanhos amendoados, cabelos pretos lisos com longas franjas e lábios escuros bem carnudos.

— Meio genérico, Tally.

— Ah, dá um tempo! Trabalhei muito nesse aqui. Acho que eu ficaria linda desse jeito. Tem um quê de Cleópatra.

— Quer saber de uma coisa? — disse Shay. — Andei lendo que a verdadeira Cleópatra nem era tão bonita. Ela seduzia todo mundo com sua inteligência.

— Ah, tá. E você já viu alguma foto dela?

— Eles não tinham câmeras naquela época, Vesguinha.

— Exatamente. Então, como você sabe que ela era feia?

— Porque foi isso que os antigos historiadores escreveram.

Tally fez pouco caso do comentário.

— Provavelmente ela era uma típica perfeita, e eles não perceberam. Naquela época, tinham conceitos estranhos a respeito de beleza. Não entendiam nada de biologia.

— Sorte deles — disse Shay, desviando o olhar para a janela.

— Se você acha que todos meus rostos são horríveis, por que não me mostra alguns dos seus?

Tally limpou a tela e deitou-se na cama.

— Não posso.

— Quer dizer que pode falar, mas não quer ouvir?

— Não, quero dizer que não posso mesmo. Nunca desenhei um rosto.

O queixo de Tally caiu. Todo mundo fazia morfos, até as crianças, que, por serem muito novas, sequer tinham uma estrutura facial definitiva. Era um ótimo jeito de passar o dia: pensar em todos os visuais possíveis para quando você finalmente se tornasse perfeita.

— Nem unzinho? — insistiu Tally.

— Talvez quando era bem pequena. Mas meus amigos e eu desistimos desse tipo de coisa há muito tempo.

— Bem — disse Tally, sentando-se. — Então temos de recuperar o tempo perdido.

— Prefiro andar de prancha.

Ao ver Shay mexendo em algo sob a camiseta, Tally concluiu que ela dormia com o sensor de cintura, para sonhar com os voos na prancha.

— Mais tarde, Shay. Não consigo acreditar que você não tenha um único morfo. *Por favor*.

— É besteira. Os médicos acabam fazendo o que querem, não importa o que você peça.

— Eu sei, mas é *divertido*.

Mesmo revirando os olhos, Shay acabou cedendo. Desceu da cama se arrastando e parou diante da tela de parede. Tirou os cabelos da frente do rosto.

— Então você *já fez* isso antes.

— Como eu disse, foi quando eu era pequena.

— Claro.

Tally ligou o anel de interface para acionar um menu na tela e piscou os olhos para avançar entre as opções do mouse ocular. A câmera da tela acionou um laser verde, e logo havia um padrão quadriculado sobre o rosto de Shay, detalhando as formas de suas maçãs do rosto, nariz, lábios e testa.

Em questão de segundos, dois rostos apareceram na tela. Ambos pertenciam a Shay, mas havia diferenças gritantes. Um parecia selvagem, ligeiramente nervoso; o outro tinha uma expressão distante, como a de uma pessoa que sonha acordada.

— É esquisito esse esquema, não *é*? — disse Tally. — Como se fossem duas pessoas diferentes.

— É meio assustador — concordou Shay.

Os rostos feios eram sempre assimétricos: um lado nunca correspondia ao outro. Por isso, a primeira providência do software de criação de morfos era pegar um lado e duplicá-lo, como se fosse um espelho, para obter dois exemplos de simetria perfeita. A verdade é que as duas versões simétricas de Shay já pareciam melhores do que a original.

— Então, Shay, qual você acha que é seu melhor lado?

— Por que tenho de ser simétrica? Prefiro um rosto com lados diferentes.

— Isso é um sinal de estresse infantil. Ninguém quer ver esse tipo de coisa.

— Ah, eu não quero parecer estressada — disse Shay, com um tom de deboche, antes de apontar para o rosto mais nervoso. — Tudo bem, tanto faz. O da direita é melhor, não acha?

— *Odeio* meu lado direito. Sempre começo com o esquerdo.

— Bem, por acaso eu gosto do meu lado direito. Parece mais durão.

— Sem problemas. Você é que manda. — Tally deu uma piscada, e o rosto baseado no lado direito passou a ocupar a tela inteira. — Vamos acertar o básico primeiro.

O software cuidou de tudo. Os olhos foram crescendo gradualmente, fazendo o nariz diminuir, e as maçãs do rosto subiram e os lábios ficaram um pouquinho mais cheios (já tinham um tamanho quase perfeito). Todas as manchas sumiram; a pele não tinha mais falhas. Por baixo dela, os ossos se moveram sutilmente, puxando a testa para trás, deixando o queixo mais definido e a mandíbula mais firme.

Ao fim, Tally assobiou.

— Ei, já está muito bom.

— Ótimo — grunhiu Shay. — Estou igual a todas as outras perfeitas do mundo.

— Sim, mas vamos com calma, acabamos de começar. Que tal escolhermos o cabelo?

Tally piscou várias vezes, percorrendo os menus, e escolheu um estilo aleatoriamente.

Quando a tela se atualizou, Shay caiu no chão, vítima de um ataque de risos. O imenso penteado se erguia sobre sua delicada cabeça como um chapéu pontudo; os cabelos loiros quase brancos destoavam completamente da pele marrom--clara. Tally, também aos risos, mal conseguia falar.

— Certo, acho que esse não serve. — Ela passou por outros estilos até escolher um básico: curto e escuro. — Vamos acertar o rosto primeiro.

Nas sobrancelhas, ela fez alguns ajustes para deixá-las com um formato mais dramático. As bochechas ficaram mais cheias e redondas. Shay continuava magra demais, mesmo depois de o software aproximá-la de um modelo médio.

— Que tal deixarmos você mais clara? — disse Tally, tornando o tom da pele mais suave.

— Ei, Vesguinha — reagiu Shay. — De quem é o rosto mesmo?

— Só estou me divertindo. Quer tentar?

— Não, quero voar na minha prancha.

— Claro. Mas vamos arrumar isso aqui antes.

— O que quer dizer com "arrumar", Tally? Talvez eu já ache meu rosto arrumado!

— Sim, é perfeito — disse Tally, revirando os olhos. — Para uma feia.

Shay ficou irritada.

— Por quê? Você não me suporta do jeito que sou? Precisa botar uma imagem na cabeça para poder me imaginar em vez de olhar para a minha cara?

— Calma, Shay, é só brincadeira.

— Fazer as pessoas se sentirem feias não é nada divertido.

— Mas nós *somos* feias!

— Esse joguinho foi desenvolvido para nos fazer sentir raiva de nós mesmas.

Tally resmungou e se jogou de novo na cama, fixando o olhar no teto. Às vezes, Shay conseguia ser bem estranha. Ela sempre ficava irritada quando o assunto era a operação, como se alguém a estivesse *obrigando* a completar 16 anos.

— Claro. Até parece que as coisas eram maravilhosas quando todo mundo era feio. Ou será que você perdeu essa aula na escola?

— Eu sei, eu sei. Todo mundo julgava os outros pela aparência. As pessoas mais altas conseguiam empregos melhores, e o povo votava em certos políticos só porque eles não eram tão feios quanto a maioria. Blá, blá, blá.

— Isso aí. E as pessoas se matavam por coisas como uma cor de pele diferente. — Tally balançou a cabeça. Por mais que repetissem aquela história dezenas de vezes na escola, ela nunca tinha acreditado de verdade. — Então, qual é o problema de as pessoas serem mais parecidas agora? É o único jeito de tornar as pessoas iguais.

— Poderiam pensar numa forma de deixá-las mais espertas.

— Até parece — respondeu Tally, rindo. — De qualquer maneira, só quero ver como eu e você estaremos em apenas... dois meses e quinze dias.

— Não podemos simplesmente esperar até lá?

Tally fechou os olhos suspirando.

— Às vezes acho que não consigo.

— Bem, que pena. — Shay também se jogou na cama e deu um cutucão no braço de Tally. — Ei, tente aproveitar ao máximo. Podemos andar de prancha agora? Por favor?

Ao abrir os olhos, Tally viu um sorriso no rosto da amiga.

— Está bem. Vamos voar. — Ela se sentou e reparou na tela. Mesmo sem muito esforço, o rosto de Shay parecia receptivo, delicado, saudável... perfeito. — Você não acha que ficou bonita?

Sem se dar ao trabalho de olhar, Shay fez que não.

— Essa aí não sou eu. É a ideia que algum comitê faz de mim.

Tally sorriu e lhe deu um abraço.

— Mas vai ser você. A Shay *de verdade*. Logo, logo.

PERFEITAMENTE ENTEDIANTE

— Acho que você está pronta.

Tally deslizou até parar. Pé direito abaixado, pé esquerdo levantado, joelhos dobrados.

— Pronta para quê?

Shay passou devagar, deixando o vento empurrá-la. Elas estavam no ponto mais alto e distante que as pranchas podiam levá-las, acima das copas das árvores, nos limites da cidade. Era incrível como Tally havia aprendido rápido a se manter no alto sem nada além de uma prancha e braceletes para evitar uma queda monumental.

A vista lá de cima era espetacular. Ao fundo, as torres de Nova Perfeição erguiam-se do meio da cidade. Em torno, havia um cinturão verde, um pedaço de floresta que separava os perfeitos de meia-idade e idosos dos jovens. As gerações mais velhas viviam nos subúrbios, escondidas pelas montanhas, em casas separadas por jardins particulares em que as crianças podiam brincar.

Shay sorriu:

— Está preparada para um passeio noturno?

— Ahn, olha, não sei se quero atravessar o rio outra vez — respondeu Tally, lembrando-se da promessa feita a Peris. Ela e Shay se divertiram muito naquelas três semanas, mas não haviam retornado a Nova Perfeição desde a noite em que se conheceram. — Antes de nos transformarmos, é claro. Depois da última vez, os guardas devem estar...

— Não estou falando de Nova Perfeição — interrompeu Shay. — Aquele lugar é um saco mesmo. Teríamos de ficar escondidas a noite inteira.

— Ah, então vamos só passear por Vila Feia?

Ainda se deixando levar pelo vento, Shay balançou a cabeça.

— Aonde mais podemos ir? — perguntou Tally, se ajeitando sobre a prancha, meio incomodada.

Shay enfiou as mãos nos bolsos e abriu os braços, transformando sua jaqueta numa vela. O vento a empurrou para mais longe. Num ato reflexo, Tally inclinou os pés, para poder acompanhá-la.

— Bem, podemos ir para lá — disse Shay, apontando para uma área vasta a sua frente.

— Os subúrbios? Aquilo ali é a chatolândia.

— Os subúrbios, não. Depois deles.

Então Shay deixou os pés escorregarem em direções opostas, até as extremidades da prancha. Sua saia aparou o vento frio da noite, o que a fez se afastar numa velocidade ainda maior. Estava seguindo para além do cinturão verde. Fora dos limites.

Tally ajeitou os pés e acelerou a prancha até emparelhar com a amiga.

— Do que está falando? Sair completamente da cidade?

— É isso aí.

— Isso é um absurdo. Não há nada para lá.

— Há muita coisa. Árvores de verdade, de centenas de anos. Montanhas. E as ruínas. Já foi lá?

— Claro — respondeu Tally, hesitante.

— Não estou falando de passeios da escola, Tally. Você já foi lá à noite?

A prancha de Tally parou subitamente. As Ruínas de Ferrugem eram os restos de uma cidade antiga, uma vasta lembrança da época em que havia gente demais e todo mundo era incrivelmente estúpido. E feio.

— Não, de jeito nenhum. Não me diga que você já foi.

Shay confirmou. Tally ficou surpresa.

— Não acredito.

— Acha que é a única pessoa que conhece truques legais?

— Tudo bem, talvez eu acredite — cedeu Tally. Shay tinha aquele olhar, aquele que Tally aprendera a respeitar. — Mas e se formos pegas?

— Tally, não há nada por lá. Você mesma disse. Nada e ninguém para nos pegar.

— As pranchas funcionam nesse lugar? Alguma coisa funciona?

— As especiais funcionam. Basta saber como alterá-las e por onde voar. E é fácil passar pelos subúrbios. É só seguir o rio pelo caminho todo. Mais para cima tem a água branca, forte demais para os barcos.

Tally não conseguia fechar a boca.

— Você realmente já fez isso.

Uma rajada de vento soprou na jaqueta de Shay e a levou para longe. Ela sorria. Tally teve de botar a prancha em movimento para continuar a conversa. Sentiu a copa de uma árvore tocar seus pés. A superfície estava ficando mais alta.

— Vai ser divertido — gritou Shay.

— Parece muito arriscado.

— Ah, dá um tempo. Quero mostrar isso a você desde que nos conhecemos. Desde que me contou que tinha entrado numa festa de perfeitos... e disparado um alarme de incêndio!

Tally desejou ter contado a história toda a Shay. Que aquilo havia simplesmente *acontecido*. Agora Shay parecia achar que ela era a garota mais destemida do mundo.

— Sabe, o negócio do alarme foi meio que um acidente.

— Ah, claro que foi.

— Talvez devêssemos esperar. Só faltam dois meses agora.

— Ah, isso mesmo. Mais dois meses e estaremos presas do outro lado do rio. Uma vida perfeita e entediante.

— Não acho que seja entediante, Shay.

— Fazer o que as pessoas esperam que você faça é *sempre* entediante. Não consigo pensar em nada pior do que ser obrigada a me divertir.

— Eu consigo — disse Tally. — Não me divertir nunca.

— Escuta, Tally, estes dois meses são nossa última chance de fazer algo realmente legal. De sermos nós mesmas. Depois que nos transformarmos, seremos novas perfeitas, perfeitas de meia-idade, perfeitas idosas. — Shay baixou os braços, e sua prancha parou. — E, finalmente, perfeitas mortas.

— Melhor do que feias mortas — rebateu Tally.

Shay deu de ombros e abriu a jaqueta de novo para navegar. Não faltava muito para chegarem ao fim do cinturão verde. Logo ela receberia um alerta, e a prancha começaria a falar.

— Além disso — insistiu Tally —, só porque vamos passar pela cirurgia não quer dizer que não vamos mais poder fazer coisas deste tipo.

— Acontece que os perfeitos nunca fazem, Tally. Nunca.

Tally suspirou e curvou os pés novamente para ir atrás da amiga.

— Talvez isso aconteça porque eles têm coisas melhores para fazer do que brincadeiras de criança. Talvez curtir festas na cidade seja melhor que perder tempo num monte de ruínas antigas.

— Ou talvez, depois que eles quebram e esticam seus ossos até alcançar o formato ideal, depois que arrancam seu rosto e raspam a pele, depois que enfiam maçãs do rosto plásticas na sua cara para que você fique igual a todo mundo... talvez, depois disso tudo, você simplesmente não seja mais tão interessante.

As palavras de Shay fizeram Tally vacilar. Ela nunca tinha ouvido uma descrição da cirurgia como aquela. Nem na aula de biologia, quando os detalhes da operação eram relatados, a coisa parecia tão ruim.

— Não é assim. Não vamos nem perceber. Passamos o tempo todo tendo sonhos perfeitos.

— É, claro.

De repente, uma voz invadiu a cabeça de Tally: "Atenção, área restrita." Com o sol mais baixo, o vento estava ficando gelado.

— Vamos, Shay, vamos voltar. Está quase na hora do jantar.

Shay sorriu, discordando, e pegou seu anel de interface. Agora não ouviria mais os alertas.

— Não, esta é a noite. Você está voando quase tão bem quanto eu.

— Shay.

— Venha comigo. Vou lhe mostrar uma montanha-russa.

— O que é uma...

"Segundo alerta. Área restrita."

Tally parou a prancha.

— Se você continuar, Shay, vai acabar sendo pega e não vamos fazer nada hoje à noite.

Sem dar ouvidos à amiga, Shay deixou o vento levá-la para longe.

— Tally, só quero mostrar o que eu considero divertido. Antes de nos tornarmos perfeitas e termos a mesma ideia de diversão que todos os outros.

Tally não se conformava. Queria dizer que Shay já tinha lhe ensinado a voar de prancha, a coisa mais legal que aprendera na vida. Em menos de um mês, acreditava que ela e Shay eram melhores amigas. Lembrava de quando tinha conhecido Peris, quando os dois eram crianças, e tinha percebido quase imediatamente que ficariam juntos para sempre.

— Shay... — tentou uma última vez.

— Por favor.

— Tudo bem.

Shay baixou os braços e os pés para que a prancha parasse.

— Sério? Esta noite?

— Sim. Ruínas de Ferrugem.

Tally dizia a si mesma para relaxar. Não era nada de mais. Estava sempre violando as regras, e todo mundo visitava as ruínas uma vez por ano, nas excursões da escola. Não havia perigo ou qualquer outra ameaça.

Shay voltou bem rápido, passou ao lado de Tally e botou um braço em torno da amiga.

— Espere até ver o rio.

— Você disse que tem água branca?

— Isso.

— E o que seria exatamente?

— Água — respondeu Shay, sorrindo. — Só que muito, muito mais legal.

CORREDEIRAS

— Boa noite.

— Durma bem — respondeu o quarto.

Tally vestiu uma jaqueta, prendeu o sensor na cintura e abriu a janela. O ar estava parado, o rio tão calmo que ela podia encontrar cada detalhe da cidade espelhada em suas águas. Parecia que os perfeitos estavam realizando algum evento. Dava para ouvir o barulho da multidão vindo do outro lado — milhares de vozes que subiam e baixavam juntas. As torres de festa estavam escuras, sob a lua quase cheia, e os fogos de artifício brilhavam em tons de azul, indo tão alto que as explosões eram silenciosas.

A cidade nunca parecera tão distante.

— Te vejo em breve, Peris — disse, em voz baixa.

As telhas estavam úmidas por causa da chuva. Com cuidado, Tally subiu em direção à parede do dormitório que encostava numa antiga árvore. Os apoios de mão entalhados em alguns galhos eram firmes e familiares. Ela desceu rapidamente até uma área escura atrás do reciclador.

Assim que saiu do terreno do dormitório, Tally olhou para trás. As sombras que se formavam no caminho eram tão convenientes que pareciam intencionais. Como se fosse esperado que os feios saíssem escondidos de vez em quando.

Tally tentou tirar aquilo da cabeça. Estava começando a pensar como Shay.

Encontraram-se na represa, onde o rio se dividia em dois para contornar Nova Perfeição. Essa noite, não havia barcos para perturbar a escuridão. Shay praticava manobras sobre a prancha quando Tally apareceu.

— Acha mesmo que devia fazer isso aqui na cidade? — gritou Tally, tentando vencer o ruído da água que passava pelas comportas da represa.

Shay dançava sobre a prancha, movendo seu peso para frente e para trás, desviando-se de obstáculos imaginários.

— Só estou me certificando de que funciona. Para você não se preocupar.

Tally olhou para sua própria prancha. Shay havia dado um jeito no comando de segurança para que não começasse a falar quando estivessem voando à noite ou quando saíssem da cidade. Para Tally, o mais importante não era saber se a prancha reclamaria, mas se poderia voar. Ou se a jogaria contra uma árvore. A prancha de Shay, no entanto, parecia estar voando normalmente.

— Vim voando até aqui, e ninguém apareceu para me pegar — disse ela.

Tally pôs sua prancha no chão.

— Obrigada por tomar esse cuidado. Eu não queria parecer tão covarde.

— Você não foi.

— Fui, sim. Acho que tenho que contar uma coisa a você. Naquela noite em que nos conhecemos, eu meio que prometi ao meu amigo Peris que não me arriscaria muito. Sabe, para não me meter em nada muito sério e acabar deixando-os realmente irritados.

— E quem se importa se eles vão ficar irritados? Você já tem quase 16.

— E se eles ficarem irritados a ponto de não quererem mais me tornar perfeita?

Shay parou de se balançar sobre a prancha.

— Nunca ouvi falar disso.

— Eu também não. Mas talvez eles não nos contassem se tivesse acontecido. De qualquer maneira, Peris me fez prometer que me comportaria.

— Tally, você pensou na hipótese de ele ter dito isso para que você não aparecesse de novo por lá?

— Ahn?

— Talvez ele tenha convencido você a se comportar para que não voltasse a incomodá-lo. Para que você tivesse medo de voltar a Nova Perfeição.

Tally queria responder, mas de repente sentiu sua garganta seca.

— Olha, se não quiser vir, tudo bem — prosseguiu Shay. — É sério, Vesguinha. Mas estou dizendo que não vamos ser pegas. E se formos eu assumirei toda a culpa. Vou dizer que sequestrei você.

Tally subiu na prancha e estalou os dedos. Quando conseguiu ficar cara a cara com Shay, respondeu:

— Eu vou. Eu disse que ia.

Sorrindo, Shay segurou a mão de Tally, apertando-a por um segundo.

— Que bom. Vai ser divertido. Não no estilo dos novos perfeitos... divertido de verdade. Ponha isso aqui.

— O que é isso? Óculos de visão noturna?

— Não. Óculos de natação. Você vai adorar a água branca.

Elas chegaram às corredeiras dez minutos depois.

Tally tinha passado a vida inteira perto do rio, que, vagaroso e altivo, definia a cidade, marcando a fronteira entre dois mundos. No entanto, nunca havia percebido que, poucos quilômetros depois da represa, o grandioso feixe prateado se tornava um monstro que rugia.

As águas revoltas eram realmente brancas. Quebravam sobre as rochas, passavam por canais estreitos, desfaziam-se em borrifos iluminados pela lua, dividiam-se, reagrupavam-se e caíam em caldeirões em ebulição depois de quedas acentuadas.

Shay deslizava logo acima da torrente — tão perto que deixava marcas na água a cada manobra. Tally a seguia a uma distância que considerava segura, torcendo para que sua prancha modificada não a lançasse contra rochas e galhos escondidos na escuridão. De ambos os lados, a floresta era uma imensidão repleta de árvores selvagens e antigas, em nada parecidas com as sugadoras de dióxido de carbono que decoravam a cidade. As nuvens acima, banhadas pelo luar, brilhavam como um teto feito de pérolas.

Sempre que Shay gritava, Tally sabia que teria de seguir a amiga por uma parede de gotas se erguendo do redemoinho abaixo. Algumas reluziam como cortinas de renda sob a luz da lua, outras surgiam inesperadamente da escuridão. Tally também se deparava com arcos de água gelada quando Shay mergulhava ou saía de lado, mas, pelo menos, aquilo servia para sinalizar as curvas à sua frente.

Os primeiros minutos foram de puro terror. Mantinha os dentes cerrados com tanta força que sua mandíbula doía. Os dedos dos pés estavam curvados dentro dos novos tênis antiderrapantes; os braços e até os dedos das mãos esticados em busca de equilíbrio. Porém, gradualmente, Tally se acostumou ao escuro, ao rugido do rio e aos jorros de água gelada em seu rosto. Era o voo mais veloz, ousado e longo de sua vida. O rio seguia para o interior da floresta escura, levando seu curso sinuoso ao desconhecido.

Finalmente, Shay agitou as mãos e parou, com a parte de trás da prancha mergulhando um pouco na água. Tally subiu para evitar a marola e, com um pequeno giro, parou suavemente.

— Chegamos?

— Ainda não. Mas olhe só isso — disse Shay, apontando para trás.

A vista deixou Tally sem fôlego. A cidade distante não passava de uma moeda reluzente no meio da escuridão; os fogos de Nova Perfeição eram luzes vagas de um azul esmaecido. Elas deviam ter subido bastante. Tally podia ver feixes de luar descendo preguiçosamente pelos morros em torno da cidade, movidos pelo vento fraco que mal empurrava as nuvens.

Nunca havia saído dos limites da cidade à noite, nunca a havia visto iluminada de tão longe.

Tally tirou os óculos salpicados de água e respirou fundo. O ar carregava cheiros intensos: seivas de plantas, flores selvagens e o aroma elétrico da água agitada.

— Bonito, não é?

— É, sim — disse Tally, cansada. — Isso é muito melhor do que bisbilhotar em Nova Perfeição.

Um sorriso tomou o rosto de Shay.

— Fico feliz em saber disso. Queria muito vir aqui, mas não sozinha. Você entende?

Tally olhou para a floresta ao seu redor, tentando enxergar algo nos espaços entre as árvores. Era a natureza selvagem de verdade, onde poderia haver qualquer coisa escondida. Não era um lugar para seres humanos. Ela tremeu ao pensar na possibilidade de um dia estar sozinha ali.

— E agora?

— Agora vamos andando.

— *Andando*?

Shay conduziu a prancha até a margem e desceu.

— Isso. Há um veio de ferro a cerca de meio quilômetro daqui, naquela direção. Mas não há nada daqui até lá.

— Do que está falando?

— Tally, você não sabe que as pranchas funcionam com base em levitação magnética? É preciso que haja algum tipo de metal por perto, ou então elas não flutuam.

— Entendi. Mas na cidade...

— Na cidade, há uma malha de aço sob o chão, cobrindo todas as áreas. Aqui, precisamos ter cuidado.

— O que acontece se a prancha não consegue flutuar?

— Ela cai. E seus braceletes antiqueda também não funcionam.

— Ah.

Tally desceu da prancha e a botou debaixo do braço. Todos os seus músculos doíam depois da agitada viagem até ali. Era bom pisar em chão firme. As pedras transmitiam uma firmeza a suas pernas bambas, exatamente o contrário da sensação de pairar no ar.

Depois de alguns minutos de caminhada, contudo, a prancha começou a ficar pesada. Quando o ruído do rio já não passava de um murmúrio repetitivo atrás das duas, a prancha parecia mais uma grande tábua de carvalho.

— Nunca tinha percebido como essas coisas pesam.

— Esse é o peso de uma prancha quando não está flutuando. Aqui você descobre que a cidade cria muitas ilusões sobre como as coisas realmente funcionam.

O céu estava mais nublado. No escuro, a sensação de frio era mais intensa. Tally levantou a prancha para segurá-la melhor. Imaginava se viria uma chuva. Já estava bastante molhada das corredeiras.

— Eu gosto de me iludir um pouco em relação a algumas coisas.

Depois de um longo caminho por entre as rochas, Shay rompeu o silêncio.

— Por aqui. Há um veio natural de ferro no subsolo. Dá para sentir sua presença com os braceletes.

Tally estendeu um braço e fez uma careta desconfiada. Contudo, após um minuto, sentiu uma leve puxada no punho, como um fantasma tentando tirá-la do lugar. A prancha começou a parecer mais leve, e logo ela e Shay já haviam subido novamente, para contornar um monte e descer na direção de um vale sombrio.

De volta à prancha, Tally recuperou o fôlego necessário para fazer uma pergunta que não saía de sua cabeça:

— Se as pranchas precisam de metal, como funcionam no rio?

— Garimpando ouro.

— Como é que é?

— Os rios vêm de nascentes, que saem de dentro das montanhas. A água traz minerais de dentro da terra. Então, sempre há metais no fundo dos rios.

— Entendi. Como quando as pessoas garimpavam os rios em busca de ouro.

— Sim, isso mesmo. A diferença é que as pranchas preferem ferro. Tudo que brilha demais não ajuda muito a flutuar.

Tally franziu a testa. Às vezes, Shay falava de um jeito misterioso, como se citasse as letras de uma canção que ninguém conhecia.

Queria perguntar sobre aquilo, mas, de repente, Shay parou e apontou para baixo.

As nuvens estavam se abrindo, permitindo que a luz do luar chegasse até o fundo do vale. Torres enormes se erguiam lançando sombras recortadas de formas humanas que se tornavam óbvias contra as copas das árvores agitadas pelo vento.

As Ruínas de Ferrugem.

AS RUÍNAS DE FERRUGEM

Algumas janelas vazias observavam as duas, em silêncio, das paredes dos prédios gigantes. Os vidros estavam estilhaçados há muito tempo; a madeira, podre. Não havia nada além de armações metálicas, argamassa e cimento que se despedaçava sob a força da vegetação que tomava conta do local. Olhando para a escuridão das entradas sem portas, Tally sentia arrepios ao pensar em descer e dar uma espiada.

As duas amigas deslizaram por entre os prédios em ruínas, mantendo a altura e o silêncio, para não perturbar os fantasmas da cidade morta. Lá embaixo, as ruas estavam repletas de latarias de carros amontoadas entre muros ameaçadores. Qualquer que tivesse sido a causa da destruição, as pessoas haviam tentado fugir. Tally lembrava da última excursão da escola às ruínas, que seus carros não eram capazes de voar. Andavam sobre rodas de borracha. Os Enferrujados foram encurralados naquelas ruas como um monte de ratos num labirinto em chamas.

— Ei, Shay, tem certeza de que nossas pranchas não vão entrar em pane de repente, certo? — perguntou, em voz baixa.

— Não se preocupe. Quem quer que tenha construído esta cidade adorava desperdiçar metal. Isto aqui não se chama Ruínas de Ferrugem porque foi descoberto por um cara chamado Ferrugem.

Tally não tinha como discordar. Todos os prédios eram marcados por pedaços de metal que saíam de suas paredes destruídas, como ossos saltando de um animal morto há muito tempo. Ela recordou que os Enferrujados não usavam estruturas flutuantes. Cada construção pesada, bruta e enorme precisava de um esqueleto de metal que a impedisse de desabar.

E algumas eram mesmo *enormes*. Os Enferrujados não mantinham suas fábricas no subsolo, nem trabalhavam em casa, mas sim todos juntos, como abelhas numa colmeia. As menores ruínas ainda eram maiores que os maiores dormitórios de Vila Feia. Maiores até que a Mansão Garbo.

Vistas à noite, as ruínas pareciam muito mais reais para Tally. Nas excursões da escola, os professores sempre retratavam os Enferrujados como estúpidos. Era quase impossível acreditar que as pessoas vivessem daquele jeito, queimando árvores para desocupar a terra, consumindo petróleo para gerar calor e energia, rasgando a atmosfera com suas armas. Contudo, sob a luz do luar, ela conseguia imaginar as pessoas desviando dos carros em chamas para escapar da cidade que desmoronava, entrando em pânico durante a fuga daquele monte insustentável de metal e pedra.

A voz de Shay interrompeu o devaneio de Tally.

— Venha, quero mostrar uma coisa a você.

Shay voou para perto dos prédios e logo estava sobre as árvores.

— Tem certeza de que podemos... — começou a perguntar Tally.

— Olhe para baixo — disse Shay. Lá embaixo, metal reluzia por entre as árvores. — As ruínas são muito maiores do que nos contam. Eles mantêm uma parte da cidade de pé para as excursões escolares e atividades de museus. Mas, na verdade, ela não tem fim.

— E está cheia de metal?

— Sim. Toneladas. Não se preocupe, já sobrevoei o lugar inteiro.

Tally engoliu em seco. Ela mantinha os olhos abertos para detectar qualquer sinal de ruínas lá embaixo e agradecia por Shay estar voando uma velocidade razoável.

Uma forma emergiu da floresta — uma espécie de espinha comprida que subia e descia como uma onda congelada. Seguia para longe de onde estavam, em direção à escuridão.

— Chegamos.

— Legal, mas o que é isso? — perguntou Tally.

— Chama-se montanha-russa. Eu não disse que ia lhe mostrar uma?

— É bonita. Para que serve?

— Diversão.

— Duvido.

— Pode acreditar. Aparentemente, os Enferrujados sabiam se divertir. É como uma pista. Eles prendiam carros de superfície a elas e tentavam alcançar a maior velocidade possível. Subindo, descendo, dando voltas. Como andar de prancha, mas sem flutuar. E usavam um tipo de aço que não enferrujava de jeito nenhum. Acho que por segurança.

Tally estava confusa. Desde sempre, só havia pensado nos Enferrujados trabalhando nas colmeias gigantes de pedra e tentando escapar naquele último e terrível dia. Nunca se divertindo.

— Vamos lá — disse Shay. — Vamos andar de montanha-
-russa.

— Como?

— De prancha. — Então Shay olhou para Tally com uma expressão séria. — Mas tem de andar bem rápido. É perigoso se não se mover bem depressa.

— Por quê?

— Você vai ver.

Shay se virou e desceu a montanha-russa, voando um pouco acima dos trilhos. Tally respirou fundo e curvou-se para a frente com vontade. Pelo menos, aquela coisa era feita de metal.

O passeio se revelou muito divertido. Era como um circuito para pranchas flutuantes que havia se materializado. Tinha curvas fechadas e inclinadas, subidas íngremes seguidas de longas descidas e até loops que deixavam Tally de cabeça para baixo, obrigando seus braceletes antiqueda a se ativarem. Era incrível que aquilo estivesse tão bem conservado. Os Enferrujados deviam realmente ter usado um material especial, como Shay dissera.

Os trilhos alcançavam alturas muito maiores do que uma prancha conseguia. Na montanha-russa, Tally podia realmente voar como um pássaro.

A pista terminava em uma curva bem aberta e lenta, formando um círculo até voltar ao início. O último pedaço começava com uma grande subida.

— Passe essa parte depressa! — disse Shay, enquanto ia na frente, em alta velocidade.

Tally seguiu a toda, disparando sobre os trilhos estreitos. Ao longe, podia ver as ruínas: torres escuras destruídas, à frente das árvores. Atrás de tudo, um brilho prateado que talvez fosse o mar. Estava *muito* alto!

Ao alcançar o topo, ela ouviu um grito de satisfação. Shay havia desaparecido. Tally curvou-se para acelerar um pouco mais.

De repente, a prancha saiu de seus pés. Simplesmente caiu, deixando-a solta no ar. A pista havia desaparecido.

Tally cerrou os punhos, na expectativa de que os braceletes entrassem em ação e a puxassem para cima pelos pulsos. Mas eles também tinham se tornado inúteis; eram apenas tiras pesadas de metal que a puxavam na direção do chão.

— Shay! — gritou ela, enquanto caía na escuridão.

Então Tally voltou a ver a estrutura da montanha-russa logo à frente. Só estava faltando um pequeno pedaço da pista.

Num instante, os braceletes a levantaram, e ela sentiu a superfície sólida da prancha tocando seus pés. O impulso a havia levado para o outro lado! A prancha devia ter voado junto, bem abaixo dos seus pés, durante aqueles segundos aterrorizantes de queda livre.

Rapidamente, Tally percorreu a descida, até o ponto em que Shay a esperava.

— Você perdeu o juízo! — gritou.

— Bem emocionante, hein?

— Não! Por que não me disse que estava *quebrada*?

Shay deu de ombros.

— Para ficar mais divertido?

— Mais *divertido*? — O coração de Tally batia acelerado, mas sua visão estava estranhamente nítida. Ela sentia muita raiva, alívio e... prazer. — É, talvez sim. Mas mesmo assim você me paga!

Tally desceu da prancha e, com as pernas bambas, caminhou pela grama. Encontrou um pedaço de pedra grande o bastante para servir de banco e se sentou, ainda trêmula. Shay também saltou da prancha.

— Ei, desculpe.

— Foi horrível, Shay. Eu estava *caindo*.

— Não foi quase nada. Só uns cinco segundos. Pelo que me lembro, você pulou de bungee jump de um prédio.

Tally fuzilou Shay com os olhos.

— É, pulei, mas eu *sabia* que não ia me espatifar.

— Tudo bem. Olhe só, na primeira vez que me mostraram a montanha-russa, não me contaram que faltava um pedaço. E eu achei bem legal descobrir desse jeito. A primeira vez é sempre a melhor. Queria que você sentisse a mesma coisa.

— Você achou *legal* cair dali?

— Hum, talvez eu tenha ficado com raiva no início. É, acho que fiquei sim — admitiu Shay, dando um sorriso. — Mas acabei superando.

— Vou precisar de um tempinho para isso, Magrela.

— Fique à vontade.

A respiração de Tally começou a se acalmar, e o coração, aos poucos, parou de tentar sair do seu peito. Mas sua mente continuava tão aberta quanto naqueles segundos de queda livre. Ela se perguntava quem tinha encontrado a montanha-russa e quantos outros feios tinham ido até lá desde então.

— Shay, quem mostrou tudo isso a você?

— Amigos mais velhos. Feios, como nós, que tentam descobrir como as coisas funcionam. E como enganá-las.

Tally olhou para as formas antigas e sinuosas da montanha-russa. E para as trepadeiras que subiam por sua estrutura.

— Imagino há quanto tempo os feios vêm aqui.

— Provavelmente há muito tempo. As coisas são passadas adiante. Sabe, uma pessoa descobre como enganar a prancha, a outra descobre as corredeiras, e a outra chega até as ruínas.

— E aí alguém toma coragem para atravessar o buraco da montanha-russa. — Tally engoliu em seco. — Ou passa por ele sem querer.

— Mas, no fim, todos se tornam perfeitos.

— Final feliz — completou Tally, e viu Shay contrair os ombros. — E como você sabe que essa coisa se chama "montanha-russa"? Procurou em algum lugar?

— Não. Uma pessoa me contou.

— Mas como essa pessoa sabia?

— É um cara. Ele sabe de muita coisa. Truques, histórias sobre as ruínas. Ele é bem legal.

Algo na voz de Shay levou Tally a se virar e a segurar sua mão.

— Mas imagino que agora ele seja perfeito — falou.

Shay se afastou e roeu uma unha.

— Não, não é.

— Ué, pensei que todos seus amigos...

— Tally, me promete uma coisa? Uma promessa de verdade?

— Acho que sim. Que tipo de promessa?

— Não pode contar a ninguém, nunca, o que vou mostrar a você.

— Desde que não haja nenhuma queda livre envolvida...

— Não.

— Tudo bem, eu prometo. — Tally levantou a mão que levava a cicatriz feita por ela e Peris. — Nunca contarei a ninguém.

Shay examinou os olhos da amiga por um instante, com atenção, até se convencer.

— Certo. Quero que conheça uma pessoa. Hoje.

— Hoje? Mas não vamos estar de volta antes de...

— Ele não está na cidade — disse Shay, sorrindo. — Está aqui.

À ESPERA DE DAVID

— É uma brincadeira, não é?

Shay não respondeu. As duas tinham voltado ao coração das ruínas. Estavam na sombra do maior prédio do lugar. Ela olhava para cima com uma cara de dúvida.

— Acho que lembro como se faz — disse.

— Como se faz o quê? — perguntou Tally.

— Como se faz para subir. É, é isso mesmo.

Segurando a prancha à sua frente, Shay se abaixou para passar por um buraco na parede.

— Shay?

— Não fique preocupada. Eu já fiz isso.

— Shay, acho que uma iniciação já é o suficiente por esta noite.

Tally não estava a fim de ser vítima de outra brincadeira de Shay. Estava cansada, e a viagem de volta para casa seria longa. Para piorar, tinha tarefas de limpeza no dormitório. Só porque era verão não significava que ela podia passar o dia inteiro dormindo.

Apesar de tudo, Tally foi atrás de Shay, pelo buraco. Discutir provavelmente levaria mais tempo.

Elas começaram a subir com as pranchas, usando o metal da estrutura do prédio. Era estranho estar lá dentro, observando, pelas janelas, as formas destruídas das outras construções. Sentia-se como o fantasma de um Enferrujado assistindo à desintegração da cidade ao longo dos séculos.

Como não havia telhado, elas se depararam com uma vista espetacular. As nuvens tinham sumido, e o luar dava uma nitidez incrível às ruínas. Os prédios lembravam fileiras de dentes quebrados. Tally notou que era realmente o oceano o que havia visto de relance da montanha-russa. Dali de cima, a água cintilava como uma faixa prateada.

Shay tirou um objeto da bolsa e o partiu ao meio.

O mundo pareceu pegar fogo.

— Ei! Que luz é essa? — gritou Tally, protegendo os olhos.

— Ah, desculpa.

Shay esticou o braço, afastando o sinalizador, que continuava estalando em meio ao silêncio das ruínas. O brilho lançava sombras tremidas no interior do prédio. Sob o clarão, o rosto de Shay tinha um aspecto monstruoso. As fagulhas desciam lentamente até se perderem nas profundezas da construção destruída.

Finalmente as faíscas do sinalizador acabaram. Tally piscou os olhos na tentativa de apagar as manchas em sua visão. Não via praticamente nada além da lua no céu.

Ela ficou tensa ao se dar conta de que o sinalizador poderia ter sido visto de qualquer ponto do vale. Ou mesmo do mar.

— Shay, você mandou um sinal?

— É isso aí.

Tally olhou para baixo. Os edifícios sombrios estavam manchados de pontos de luz, ecos do sinalizador gravados em seus olhos. De repente, consciente do quão pouco enxergava, Tally sentiu uma gota de suor descendo por suas costas.

— E quem vamos encontrar?

— O nome dele é David.

— David? Que nome esquisito. — Para Tally, parecia um nome inventado. Ela achou que fosse mais uma brincadeira. — Quer dizer que ele vai simplesmente aparecer aqui? Esse cara não mora mesmo nas ruínas, mora?

— Não. Mora bem longe. Mas talvez esteja por perto. Às vezes ele vem aqui.

— Está dizendo que ele é de outra cidade?

Shay virou-se para ela, mas, no escuro, Tally não pôde interpretar sua expressão.

— Mais ou menos isso — respondeu a amiga.

Novamente concentrada no horizonte, Shay parecia procurar uma resposta ao seu sinal. Tally se encolhia dentro da jaqueta para se proteger. Parada, percebeu que fazia muito frio. Tentou adivinhar que horas seriam. Sem o anel de interface, não havia como perguntar.

Das aulas de astronomia, Tally lembrou que, como a lua quase cheia já começava a baixar, devia passar da meia-noite. Aquele era um lado interessante de estar fora da cidade: todas as coisas sobre natureza que eram ensinadas na escola pareciam bem mais úteis. Agora recordava como a água da chuva caía nas montanhas e penetrava o solo antes de ressurgir cheia de minerais. Depois voltava ao mar abrindo rios e vales ao longo dos séculos. Quem vivesse ali poderia passear sobre pranchas, seguindo o trajeto dos rios, como nos tempos ancestrais anteriores aos Enferrujados, quando os "nem-tão-absurdos" Pré-Enferrujados viajavam a bordo de pequenos barcos feitos de troncos de árvore.

Aos poucos Tally recobrou a visão noturna. Ela observou o horizonte: haveria mesmo outro sinal em resposta ao de

Shay? Tally torcia para que não acontecesse. Nunca havia conhecido alguém de outra cidade. Sabia, das lições da escola, que em algumas cidades as pessoas falavam línguas diferentes, não se tornavam perfeitas antes dos 18 anos e tinham outros hábitos estranhos.

— Shay, talvez seja melhor voltarmos para casa.

— Vamos esperar mais um pouco.

Tally mordeu os lábios.

— Quem sabe esse tal de David não esteja por aqui hoje?

— É, pode ser. Provavelmente. Mas eu esperava que estivesse por aqui. — Ela se virou para Tally. — Seria muito legal se você pudesse conhecê-lo. Ele é... diferente.

— Deve ser.

— Não estou inventando nada disso, está bem?

— Ei, acredito em você — garantiu Tally, embora nunca tivesse certeza quando se tratava de Shay.

Shay voltou a mirar o horizonte enquanto roía as unhas.

— É, acho que ele não está por aqui. Se quiser, podemos ir embora.

— É que está muito tarde, e a volta vai ser longa. E tenho serviço de limpeza amanhã.

— Eu também.

— Obrigada por me mostrar tudo isso, Shay. Foi tudo incrível. Mas acho que mais uma novidade acabaria me matando.

Shay deu uma risada.

— A montanha-russa não matou você.

— Quase.

— Já me perdoou?

— Depois respondo, Magrela.

75

— Tudo bem. Só se lembre de não contar sobre David a ninguém.

— Ei, eu já prometi. Pode confiar em mim, Shay. Sério.

— Certo. Eu confio, Tally — disse Shay, dobrando os joelhos para fazer a prancha iniciar a descida.

Tally deu uma última olhada ao redor para admirar as ruínas que se espalhavam abaixo, as árvores escuras, o rio reluzente que se estendia rumo ao mar iluminado. Imaginou se haveria realmente alguém naquele lugar ou se David não passaria de um personagem criado pelos feios para assusta-rem uns aos outros.

A verdade era que Shay não demonstrava qualquer medo. Aparentava estar sinceramente decepcionada com a ausên-cia de resposta ao seu sinal, como se encontrar David pudes-se ser melhor do que mostrar as corredeiras, as ruínas, a montanha-russa.

Existindo ou não, pensou Tally, David era bastante real para Shay.

Elas saíram pelo mesmo buraco na parede e voaram até o li-mite das ruínas. Depois, seguiram pelo veio de ferro até dei-xarem o vale. No morro, as pranchas começaram a falhar, e as duas desceram. Por mais cansada que estivesse, agora Tally não achava mais um desafio carregar a prancha. Aquilo não era mais como um brinquedo, um balão de criança; havia se tornado algo sólido, que seguia suas próprias regras e que podia ser muito perigoso.

Tally também concluiu que Shay estava certa a respeito de uma coisa: não sair da cidade, de certa forma, transfor-mava tudo numa farsa. Como os prédios e pontes suspensos por estruturas flutuantes, ou como pular de um terraço com uma jaqueta de bungee jump, nada parecia de fato real. Estava feliz por Shay tê-la levado às ruínas. No mínimo, o caos deixado pelos Enferrujados provava que as coisas podiam acabar terrivelmente mal quando não se tinha cuidado.

Perto do rio, as pranchas voltaram a ficar leves, e as duas subiram a bordo, agradecidas.

— Não sei quanto a você, mas não vou dar mais um único passo esta noite — disse Shay, quase num gemido.

— Nem eu.

Shay curvou-se para a frente e levou a prancha para o rio enquanto fechava bem a jaqueta para se proteger dos borrifos das corredeiras. Tally virou-se para dar uma última olhada. Sem as nuvens para atrapalhar, era possível ver as ruínas dali.

Surpresa, Tally piscou os olhos. Achava ter visto uma centelha minúscula vinda do local da montanha-russa. Talvez fosse apenas uma ilusão de ótica, um reflexo do luar sobre algum pedaço exposto de metal.

— Shay? — chamou, em voz baixa.

— Você vem ou não? — gritou Shay, por sobre o bramir das águas do rio.

Tally piscou de novo, mas não conseguia mais ver o brilho. De qualquer maneira, elas já estavam longe demais. Avisar a Shay apenas a faria querer voltar. E não havia a menor chance de Tally encarar a subida novamente.

Provavelmente não tinha sido nada.

Tally respirou fundo e berrou:

— Vamos lá, Magrela. Aposto que chego primeiro!

Ela avançou com a prancha, raspando a água gelada do rio, deixando por um instante uma Shay sorridente para trás.

BRIGA

— Olhe para eles. Que bobocas.

— Será que já nos parecemos com essas pessoas?

— Provavelmente. Mas só porque já fomos bobocas não significa que eles não sejam.

Tally assentiu, tentando se recordar de como era ter 12 anos, de suas impressões sobre o dormitório no primeiro dia. Lembrava que o prédio era assustador. Muito maior que a casa de Sol e Ellie, obviamente, e maior do que as cabanas em que as crianças estudavam — um professor para cada dez alunos.

Agora o dormitório era apertado e claustrofóbico, exageradamente infantil com suas cores vivas e escadas protegidas. Entediante durante o dia e fácil de fugir à noite.

Os novos feios permaneciam reunidos num grupo, com medo de se afastar demais do guia. Seus pequenos rostos feios examinavam o dormitório de quatro andares; seus olhos estavam tomados pela admiração e pelo medo.

Shay botou a cabeça para dentro.

— Isso vai ser muito divertido.

— Será um programa de adaptação do qual eles nunca vão se esquecer.

O verão acabaria em duas semanas. A quantidade de gente no dormitório de Tally havia caído continuamente durante o ano à medida que os veteranos completavam 16 anos. Estava quase na hora de uma nova turma ocupar seus lugares. Tally observou os últimos feios entrarem, sem jeito e nervosos, desarrumados e fora de ordem. A idade de 12 anos marcava o momento da mudança, quando se passava de uma criança bonitinha a um feio grandalhão e sem educação.

Deixar aquela fase da vida para trás lhe dava alegria.

— Tem certeza de que isso vai funcionar? — perguntou Shay.

Tally sorriu: não era comum Shay bancar a cuidadosa. Ela apontou para a gola da jaqueta de bungee jump.

— Está vendo a luzinha verde? Significa que está funcionando. É para emergências, por isso está sempre pronta para entrar em ação.

Shay enfiou a mão por baixo da jaqueta para ajeitar o sensor de cintura, o que mostrava que estava nervosa.

— E se essa coisa perceber que não é uma emergência de verdade?

— Ela não é tão esperta. Quando alguém cai, ela segura. Muito simples.

Sem parecer estar convencida, Shay vestiu a jaqueta.

Elas pegaram o equipamento na escola de artes, que ocupava o prédio mais alto de Vila Feia. Era uma unidade reserva, guardada no subsolo. Sequer tinham precisado enganar a prateleira para pegá-la. Tally não queria ser flagrada mexendo com alarmes de incêndio, já que os guardas poderiam ligá-la a um certo incidente ocorrido em Nova Perfeição no início do verão.

Shay vestiu uma camiseta gigante por cima da jaqueta. Tinha as cores de seu dormitório, e nenhum dos professores conhecia seu rosto muito bem.

— Como ficou?

— Como se você tivesse engordado. Já estava na hora, hein?

Shay fez uma cara feia. Odiava ser chamada de bicho-pau ou de olho de porco ou de qualquer outro dos nomes que os feios costumavam usar. Às vezes, ela dizia não se importar com a operação. Evidentemente, não passava de bobagem. Shay não era uma *aberração*, mas também não podia ser considerada uma perfeita de nascença. Na verdade, só existiram umas dez pessoas que se encaixavam nessa definição.

— Quer cuidar da parte do salto, Vesguinha?

— Shay, já passei por isso antes mesmo de conhecer você. E foi você que teve essa ideia brilhante.

Um sorriso tomou conta do rosto de Shay.

— É uma ideia brilhante mesmo, não é?

— Eles nunca vão saber o que aconteceu.

Shay e Tally esperaram os novos feios chegarem à biblioteca e se espalharem ao redor de mesas para assistir a um vídeo de introdução. Elas estavam de bruços no último andar de estantes, onde eram guardados os antigos e empoeirados livros de papel, e observavam tudo de trás de uma cerca de segurança. Esperaram o guia fazer com que os feios parassem de tagarelar.

— Eu diria que isso parece fácil demais — disse Shay, desenhando um par de grossas sobrancelhas pretas por cima das suas originais.

— Fácil para você. Vai estar fora daqui antes que alguém consiga entender o que houve. Já eu tenho que percorrer o caminho todo até lá embaixo.

— E daí, Tally? O que eles podem fazer se formos pegas?

— Tem razão.

Mesmo assim, ela vestiu a peruca castanha.

Durante o verão, à medida que os últimos veteranos completavam 16 anos e se tornavam perfeitos, as brincadeiras haviam se tornado mais sérias. Apesar disso, ninguém parecia ser punido. E a promessa de Tally a Peris parecia muito distante. Assim que virasse uma perfeita, nada do que havia feito no último mês importaria. Estava ansiosa para deixar aquilo tudo para trás, mas não sem um final adequado.

Ainda pensando em Peris, Tally botou um grande nariz de plástico no rosto. Na noite anterior, as duas tinham invadido a sala de teatro do dormitório de Shay e agora estavam cheias de disfarces.

— Está pronta? — perguntou Tally, rindo do som anasalado de sua voz, causado pelo nariz de mentira.

— Espere um pouco — disse Shay, antes de pegar um livro grosso da prateleira. — Certo, hora do show.

As duas se levantaram.

— Me dá esse livro! — gritou Tally. — Ele é meu!

Ela notou os feios ficando em silêncio e teve de controlar a vontade de olhar para baixo para ver seus rostos virados para cima.

— Nada disso, Nariz de Porco! Eu o vi primeiro.

— Que palhaçada, Gordinha. Você nem sabe ler!

— Ah, é? Então tente ler *isso*!

Shay atirou o livro em Tally, que se agachou. Esta, então, agarrou o livro e devolveu o golpe, acertando com força os antebraços levantados de Shay, que rolou para trás, sobre o corrimão.

81

Tally se curvou e de olhos arregalados acompanhou Shay caindo rumo ao chão do salão principal da biblioteca, três andares abaixo. Os novos feios gritaram juntos enquanto se espalhavam para sair do caminho do corpo que se agitava mergulhando em sua direção.

Um segundo depois, o bungee jump se acionou, e Shay foi suspensa no ar. Ria de um jeito ensandecido, com toda vontade. Tally esperou mais um pouco, vendo o horror dos feios se transformar em confusão, ao mesmo tempo em que Shay pousava sobre uma mesa e saía correndo para a porta.

Tally largou o livro e disparou na direção das escadas, pulando lances inteiros de uma vez, até alcançar a saída dos fundos do dormitório.

— Caramba, isso foi incrível!

— Você viu a cara deles?

— Na verdade, não — respondeu Shay. — Estava meio ocupada vendo o chão se aproximar de mim.

— É, lembro dessa sensação, de quando pulei do terraço. Ela realmente prende sua atenção.

— Por falar em cara, adorei o nariz.

Tally deu um risinho e tirou o nariz do rosto.

— Opa, não há razão para ficar mais feia do que o normal.

A expressão de Shay mudou. Ela apagou uma das sobrancelhas falsas e encarou a amiga com seriedade.

— Você não é feia.

— Ah, Shay, não comece.

— Não, é sério, é o que eu acho. — Ela esticou o braço e tocou o nariz verdadeiro de Tally. — Seu perfil é lindo.

— Não comece a agir desse jeito esquisito, Shay. Eu sou uma feia, e você é uma feia. Continuaremos sendo por mais duas semanas. Não é nada de mais. — Deu uma risada. — Você, por exemplo, tem uma sobrancelha gigante e outra pequenininha.

Shay desviou o olhar e, em silêncio, tirou o resto do disfarce.

Estavam escondidas no vestiário ao lado da praia, onde haviam deixado seus anéis de interface e mudas de roupa. Se alguém perguntasse, diriam que tinham passado o tempo todo nadando. A natação era sempre uma boa artimanha. Atrapalhava a leitura da temperatura corporal, exigia mudança de roupa e era a desculpa perfeita para não usar o anel de interface. O rio apagava todos os sinais de crime.

Num instante, elas pularam na água, afundando os disfarces. A jaqueta voltaria para o subsolo da escola de arte à noite.

— É sério mesmo, Tally — disse Shay, quando as duas já estavam na água. — Seu nariz não é feio. E também gosto dos seus olhos.

— Meus olhos? Agora você perdeu a cabeça de vez. Eles são muito próximos.

— Quem disse isso?

— A biologia.

Shay jogou água na cara da amiga.

— Você não acredita nessa besteira de verdade, acredita? Que só há uma aparência certa, e que todo mundo é programado para concordar com ela?

— Shay, não é uma questão de acreditar. A gente simplesmente *sabe*. Você já viu os perfeitos. Eles são... maravilhosos.

— Eles são todos iguais.

— Eu também achava isso. Mas, quando eu e Peris íamos até a cidade, víamos vários perfeitos. Acabamos percebendo que eles são diferentes. Têm suas próprias características. Só que mais sutis, porque eles não são um bando de esquisitos.

— Não somos esquisitas, Tally. Somos normais. Talvez não sejamos maravilhosas, mas pelo menos também não somos umas bonecas Barbie.

— Bonecas o quê?

Shay desviou o olhar.

— É uma coisa que David me contou — respondeu.

— Ah, que legal. David de novo.

Tally pegou um impulso e boiou de costas para longe, observando o céu e desejando que aquela conversa acabasse. Elas tinham ido às ruínas mais algumas vezes. Shay sempre insistia em disparar um sinalizador, mas David nunca aparecia. Aquela história toda de esperar numa cidade fantasma por um cara que não parecia existir dava arrepios em Tally. Era divertido explorar o lugar, mas a obsessão de Shay por David havia começado a tirar a graça da coisa.

— Ele existe. Já estive com ele mais de uma vez.

— Tudo bem, Shay, David existe. E ser feio também existe. Não dá para mudar isso fazendo um desejo ou repetindo que você é perfeita. Aliás, essa é a razão de terem inventado a operação.

— Não passa de enganação, Tally. Em toda a vida, você só viu rostos perfeitos. Seus pais, seus professores, todos que têm mais de 16 anos. Mas você não *nasceu* esperando encontrar sempre esse tipo de beleza em todo mundo. Simplesmente foi programada para achar que qualquer coisa diferente é feia.

— Não é ser programada. É apenas uma reação natural. E, mais importante ainda, é justo. Antigamente, tudo era aleatório. Havia algumas pessoas meio bonitas, e a maioria estava condenada a ser feia pela vida inteira. Agora todos são feios... até se tornarem perfeitos. Ninguém sai perdendo.

Shay permaneceu em silêncio por um tempo antes de falar.

— Há pessoas que saem perdendo, Tally.

Um arrepio percorreu o corpo de Tally. Todo mundo sabia dos feios eternos — as poucas pessoas nas quais a operação não funcionava. Não eram vistos com frequência. Eles podiam andar nas ruas, mas a maioria preferia se esconder. E quem não preferiria? Os feios podiam parecer esquisitos, mas pelo menos eram jovens. Os feios *velhos* eram algo realmente inacreditável.

— Então é isso? Está com medo de que a operação não funcione? Que bobagem, Shay. Você não é uma aberração. Em duas semanas, estará perfeita, como todas as outras pessoas.

— Eu não quero ser perfeita — disse Shay. Tally suspirou. Aquela história de novo. — Estou de saco cheio desta cidade. De saco cheio das regras e dos limites. A última coisa que quero na vida é me tornar uma nova perfeita cabeça de vento, que passa o dia inteiro festejando.

— Espera aí, Shay. Eles fazem as mesmas coisas que nós: bungee jump, voos de prancha, fogos de artifício. Só que não precisam ficar se escondendo.

— Eles não têm a imaginação para se esconder.

— Olha, Magrela, concordo com você — disse Tally, num tom enfático. — Fazer brincadeiras é ótimo! Está bem? Quebrar as regras é muito divertido! Mas, em algum momento, você precisa fazer algo além de ser uma jovem feia metida a esperta.

— Tipo, ser uma perfeita sem graça e entediante?

— Não. Tipo, ser uma adulta. Já pensou na possibilidade de que, quando você for perfeita, talvez não *precise* aprontar e armar confusões? Talvez os feios sempre estejam brigando ou se provocando exatamente porque são feios. Porque não estão satisfeitos com o que são. Bem, eu quero ser feliz, e ter a aparência de uma pessoa de verdade é o primeiro passo.

— Tally, eu não tenho medo de parecer com o que sou.

— Pode ser. Mas tem medo de crescer!

Shay não respondeu. Tally continuou boiando, em silêncio, olhando para o céu, quase sem conseguir enxergar as nuvens em meio a raiva. Ela queria se tornar perfeita, queria voltar a ver Peris. Parecia uma eternidade desde que havia conversado com ele, ou qualquer outra pessoa além de Shay, pela última vez. Estava de saco cheio daquela história de feiura; só queria que chegasse ao fim.

No instante seguinte, ouviu Shay nadando em direção à praia.

ÚLTIMA DIVERSÃO

Era uma sensação estranha, mas Tally não conseguia evitar uma certa tristeza. Sabia que sentiria falta da vista daquela janela.

Tinha passado os últimos quatro anos observando Nova Perfeição, desejando com todas as forças atravessar o rio e nunca mais voltar. Aquela provavelmente havia sido a motivação para sair tantas vezes pela janela, aprender os truques necessários para chegar mais perto dos perfeitos, espiar a vida que um dia seria a sua.

Entretanto, agora que faltava apenas uma semana para a operação, o tempo parecia estar passando rápido demais. Por vezes, Tally desejava que a cirurgia pudesse ser feita gradualmente. Primeiro, corrigir seus olhos estrábicos, depois os lábios... superar aquilo em etapas. Não queria ser obrigada a olhar uma última vez pela janela sabendo que nunca mais teria aquela vista.

Sem Shay por perto, as coisas pareciam incompletas. Ela havia passado mais tempo ali, sentada na cama, contemplando Nova Perfeição.

Era verdade que não tinha muitas opções. Todos no dormitório eram mais jovens, e ela já tinha ensinado seus melhores truques para a nova turma. Tinha assistido a todos os filmes que o telão conhecia umas dez vezes, até alguns em preto e branco, num inglês que mal conseguia entender. Não havia companhia para ir a shows, e as competições esportivas do dormitório eram uma chatice sem pessoas conhecidas nas equipes. Os outros feios a olhavam com inveja, mas era inútil fazer amigos. Provavelmente era melhor resolver logo a questão da operação. Muitas vezes, torcia para que os médicos simplesmente a sequestrassem no meio da noite e cuidassem de tudo. Ela podia imaginar várias coisas piores do que acordar um dia e se descobrir perfeita. Na escola, diziam que já era possível realizar a operação em jovens de 15 anos. Esperar até os 16 era apenas uma tradição antiga estúpida.

Contudo, era uma tradição que ninguém questionava, à exceção de um ou outro feio. Assim, Tally tinha mais uma semana para encarar, sozinha.

Não conversava com Shay desde a grande briga. Tally tinha tentado escrever uma mensagem, mas aquele negócio de explicar as coisas pelo telão só a havia deixado irritada novamente. E não fazia sentido resolver a situação agora. Depois que ambas se tornassem perfeitas, não haveria mais razão para brigar. E, mesmo que Shay ainda a odiasse, poderia contar com Peris e todos seus antigos amigos, à espera do outro lado do rio, com seus olhos grandes e sorrisos encantadores.

Apesar disso, Tally continuava imaginando como a Shay ficaria quando perfeita, com seu corpo magricelo mais cheio, os lábios já carnudos retocados, e as unhas roídas enterradas no passado. Provavelmente dariam a seus olhos uma tonalidade mais intensa de verde. Ou uma das novas cores: roxo, prata, ouro.

— Ei, Vesguinha!

As palavras sussurradas quase mataram Tally de susto. Ela olhou para a escuridão do lado de fora e viu um vulto se aproximando pelo telhado. Um sorriso tomou seu rosto.

— Shay! — A silhueta parou por um momento. Tally nem se preocupou em falar baixo. — Não fique parada aí. Entre, sua anta!

Shay se arrastou para dentro, rindo, e Tally a recebeu com um abraço forte, caloroso e emocionado. Em seguida, as duas se afastaram, sem soltar as mãos. Por um instante, o rosto feio de Shay parecia perfeito.

— É tão bom ver você.

— Você também, Tally.

— Senti sua falta. Eu queria... sinto muito...

— Nada disso — interrompeu Shay. — Você estava certa. Aquilo me fez pensar. Queria escrever, mas era tudo...

Tally apenas assentiu, apertando as mãos de Shay.

— É. Foi muito chato.

As duas permaneceram de pé por um tempo; Tally olhava pela janela atrás da amiga. De repente, a vista de Nova Perfeição já não parecia tão triste. Mais uma vez, era uma paisagem luminosa e tentadora, como se toda a hesitação tivesse sido arrancada de dentro dela. A janela aberta tinha voltado a ser empolgante.

— Shay?

— O que foi?

— Vamos a algum lugar hoje. Aprontar alguma coisa grande.

— Estava torcendo para que você fizesse uma proposta desse tipo — disse Shay, rindo.

Tally reparou no visual de Shay. Ela estava pronta para uma missão: roupas pretas, cabelo preso, mochila no ombro. E um sorrisinho malicioso.

— Você já tem um plano, não é? Ótimo.

— É — respondeu Shay. — Tenho um plano, sim.

Ela foi até a cama de Tally e tirou a mochila do ombro. Seus passos faziam um chiado no chão; Tally sorriu ao notar que Shay usava tênis com solado aderente. Não andava de prancha havia alguns dias. Afinal, voar sozinha exigia o mesmo trabalho, com apenas metade da diversão.

Shay esvaziou a mochila sobre a cama e apontou.

— Localizador. Acendedor de fogo. Purificador de água. — Mostrou dois rolinhos reluzentes do tamanho de sanduíches. — Estes aqui se transformam em sacos de dormir. É bem quentinho lá dentro.

— Sacos de dormir? Purificador de água? — repetiu Tally, surpresa. — Essa deve ser uma superaventura de mais de um dia. Vamos até o mar ou algo parecido?

Com a cabeça, Shay fez que não.

— Mais longe.

— Ah, legal. — Tally manteve o sorriso no rosto. — Mas só temos seis dias até a operação.

— Sei disso. — Shay abriu um saco à prova d'água e também espalhou seu conteúdo. — Comida para duas semanas. Desidratada. É só jogar um negócio desse no purificador e botar água. Qualquer tipo de água. — Uma risadinha. — O purificador é tão eficiente que podemos usar até xixi.

Tally se sentou na cama para ler os rótulos nos pacotes de comida.

— Duas semanas?

— Duas semanas para duas pessoas — explicou Shay. — Quatro semanas para uma só.

Nenhuma resposta. De uma hora para outra, Tally não conseguia mais olhar para as coisas na cama ou para Shay. Então olhou pela janela, para Nova Perfeição, onde os fogos de artifício estavam começando.

— Mas não precisamos de duas semanas, Tally. Fica perto.

Uma coluna vermelha subiu do meio da cidade e, dela, cascatas de fogos de artifício desciam como as folhas de um salgueiro gigante.

— Não precisamos de duas semanas para o quê?

— Para ir até onde David mora — disse Shay. Tally assentiu e fechou os olhos. — Lá não é como aqui, Tally. Eles não separam as pessoas, feios e perfeitos, jovens, adultos e velhos. E você pode ir embora na hora que quiser, ir aonde quiser.

— Por exemplo?

— Qualquer lugar. As ruínas, a floresta, o mar. E... você não é obrigada a fazer a operação.

— Não é *o quê*?

Shay se sentou ao lado da amiga e tocou seu rosto com um dedo. Tally abriu os olhos.

— Não temos de nos parecer com todo mundo e agir como todo mundo. Temos uma escolha. Podemos envelhecer do jeito que quisermos.

Para Tally, era quase impossível falar, mas ela sabia que precisava dizer algo. Forçou as palavras a saírem de sua garganta seca.

— Não nos tornarmos perfeitas? Que absurdo, Shay. Sempre que você falava desse jeito, eu achava que era apenas provocação. Peris dizia as mesmas coisas.

— *Era* apenas provocação. Mas, quando você disse que eu estava com medo de crescer, me fez pensar para valer.

— *Eu* fiz você pensar?

— Sim, me fez perceber como eu era estúpida. Tally, tenho de contar outro segredo a você.

Tally suspirou.

— Tudo bem. Acho que não pode ficar pior.

— Você se lembra dos meus amigos mais antigos, aqueles com quem eu costumava sair antes de conhecer você? Nem todos se tornaram perfeitos.

— O que isso quer dizer?

— Alguns deles fugiram, como eu. Como quero que nós duas façamos.

Tally examinou os olhos de Shay à procura de algum sinal indicando que aquilo fosse uma brincadeira. Mas a intensidade de seu rosto não se abalava. Ela falava muito sério.

— Você conhece alguém que realmente fugiu?

Shay fez que sim.

— Eu devia ter ido junto. Havíamos planejado tudo, mais ou menos uma semana antes de o primeiro de nós completar 16 anos. Já havíamos roubado equipamento de sobrevivência e avisado a David que iríamos. Estava tudo preparado. Isso foi há quatro meses.

— Mas vocês não...

— Alguns foram. Eu não tive coragem. — Shay olhou pela janela. — E não fui a única. Outros ficaram e se tornaram perfeitos. Provavelmente, eu também me tornaria, se não tivesse conhecido você.

— *Eu*?

— De repente, não estava mais sozinha. Não tinha mais medo de voltar às ruínas, de procurar David novamente.

— Mas nunca... — Tally se tocou. — Você conseguiu encontrá-lo, não foi?

— Não até dois dias atrás. Tenho saído todas as noites desde que nós... desde a nossa briga. Depois de ouvir que eu tinha medo de crescer, percebi que você estava certa. Eu tive medo uma vez, mas não precisava ter de novo. — Shay pegou a mão de Tally e esperou até que seus olhos se encontrassem. — Quero que venha comigo, Tally.

— Não — respondeu Tally imediatamente. Em seguida, balançou a cabeça, de um lado para o outro. — Espera aí. Por que nunca me *contou* nada disso?

— Eu queria. Mas você me acharia uma desmiolada.

— Você *é* desmiolada!

— Talvez. Só que não nesse sentido. Era por isso que queria que conhecesse David. Para que tivesse certeza de que tudo isso é real.

— Não parece nada real. Para começar, que lugar é esse de que está falando?

— É conhecido apenas como Fumaça. Não é uma cidade, e não há ninguém no comando. E ninguém lá é perfeito.

— Parece um lixo. E como se chega lá? Andando?

Shay deu uma risada.

— Não consegue imaginar? Com as pranchas, como sempre. Existem pranchas de longa distância recarregáveis com energia solar. E o caminho todo foi planejado para acompanhar os rios e coisas do tipo. David o percorre o tempo inteiro, até as ruínas. Ele vai nos levar à Fumaça.

— E como as pessoas *vivem* nesse lugar, Shay? Como os Enferrujados? Queimando árvores para se aquecer e enterrando lixo por toda parte? É errado viver no meio da natureza, a não ser que se queira viver como um animal.

— Tally, isso é conversa de escola — disse Shay, cansada. — Eles têm tecnologia. E não são como os Enferrujados. Não queimam árvores. Eles não têm um muro os separando da natureza.

— E todos são feios.

— O que significa que ninguém é feio.

O comentário conseguiu arrancar um riso de Tally.

— O que significa que ninguém é *perfeito*.

As duas ficaram em silêncio. Tally observava os fogos de artifício, sentindo-se mil vezes pior do que antes de Shay aparecer na janela.

Finalmente, Shay disse o que não saía da cabeça de Tally.

— Vou perder você, não vou?

— É você que está fugindo.

Shay pôs as mãos nos joelhos.

— A culpa é minha mesmo. Eu devia ter contado antes. Se tivesse mais tempo para se acostumar à ideia, talvez...

— Shay, eu nunca me acostumaria à ideia. Não quero ser uma feia para o resto da vida. Quero aqueles olhos e lábios perfeitos, quero que todos me vejam e fiquem impressionados. E que todos que me virem perguntem "quem é ela?" e queiram me conhecer e queiram ouvir o que tenho a dizer.

— Prefiro *ter* algo a dizer.

— O que, por exemplo? Hoje matei um lobo e comi sua carne...

— Tally, as pessoas não comem lobos. Acho que só coelhos e cervos — disse Shay rindo.

— Ai, que nojo. Obrigada por me contar, Shay.

— Bem, acho que prefiro ficar nos vegetais e nos peixes. Mas não estamos falando de acampar, Tally. Estamos falando de me tornar o que eu quero me tornar. Não o que um comitê cirúrgico pensa que eu devia ser.

— Shay, você continua sendo a mesma por dentro. A diferença é que, quando se é perfeita, as pessoas prestam mais atenção.

— Nem todo mundo pensa assim.

— Tem certeza disso? De que pode superar a evolução sendo esperta ou interessante? Porque se estiver errada... se não voltar até fazer 20 anos, a operação também não vai funcionar. Vai ser feia para sempre.

— Não vou voltar. Nunca.

A voz de Tally falhou, mas ela se esforçou para dizer:

— Eu não vou com você.

Elas se despediram perto da represa.

A prancha de longa distância de Shay era mais grossa e brilhava por causa das células de energia solar. Ela tinha levado um casaco aquecido e um chapéu. Tally imaginou que os invernos na Fumaça deviam ser frios e sofridos.

Não conseguia acreditar que a amiga estivesse realmente partindo.

— Você sempre poderá voltar. Se for uma porcaria.

— Nenhum dos meus amigos voltou — respondeu Shay.

As palavras deixaram Tally meio assustada. Podia pensar num monte de razões terríveis que explicariam por que ninguém havia voltado.

— Se cuida, Shay.

— Você também. Não vai contar nada disso a ninguém, certo?

— Nunca, Shay.

— Jura? Qualquer que seja a situação?

Tally levantou a mão com a cicatriz.

— Juro.

— Eu sei que não vai contar — disse, sorrindo. — Só precisava perguntar mais uma vez antes de...

Shay pegou um pedaço de papel e entregou a Tally.

— O que é isso? — Tally abriu o papel e viu algumas letras rabiscadas. — Quando aprendeu a escrever à mão?

— Todos aprendemos enquanto planejávamos a fuga. É uma boa ideia para quem não quer inspetores bisbilhotando seus diários. Bem, isso é para você. Não deveria deixar indicações sobre meu destino. Por isso, está numa espécie de código.

Tally franziu a testa ao ler a primeira linha de palavras rabiscadas.

— "Pegue a montanha até além do buraco"?

— Isso. Entendeu? Só você seria capaz de entender, mesmo que alguém encontre o papel. É para o caso de querer vir atrás de mim — explicou Shay. Tally tentou dizer algo, mas não conseguiu. Apenas mexeu a cabeça, concordando. — Por precaução — insistiu Shay.

Ela pulou sobre a prancha, estalou os dedos e ajeitou as alças da mochila nos dois ombros.

— Tchau, Tally.

— Tchau, Shay. Eu gostaria...

Shay esperou, balançando levemente ao vento frio de setembro. Tally tentou imaginá-la envelhecendo, ganhando rugas, se arruinando aos poucos, sem nunca ter sido realmente bonita. Sem ter aprendido a se vestir corretamente ou a se comportar num baile formal. Sem ver uma pessoa encantada só de olhar em seus olhos.

— Eu gostaria de ter visto como você ficaria. Perfeita.

— Acho que vai ter de se conformar em lembrar do meu rosto desse jeito mesmo — disse Shay.

Logo depois, ela se virou e levou a prancha para longe, na direção do rio. As palavras seguintes de Tally se perderam em meio ao rugido da água.

OPERAÇÃO

Quando o dia chegou, Tally esperava sozinha pelo carro.

No dia seguinte, depois da operação, seus pais estariam na saída do hospital, acompanhados de Peris e de seus velhos amigos. Era o que mandava a tradição. Mas parecia estranho ninguém a acompanhar nos últimos momentos. Ninguém havia se despedido, exceto alguns feios que passavam por acaso. Agora tinham uma aparência muito jovem, principalmente os da turma recém-chegada, que a espiava como se fosse um monte de ossos de dinossauro pré-históricos.

Tally sempre tinha gostado de ser independente, mas agora se sentia como a última criança a ser buscada na saída da escola, esquecida e sozinha. Setembro era um péssimo mês para se nascer.

— Você é Tally, não é?

Ela olhou para cima. Era um novo feio, lidando de modo desajeitado com a altura a que ainda não tinha se acostumado, tentando esticar o uniforme do dormitório como se já estivesse apertado.

— Sim.

— Não é você que vai se transformar hoje?

— Sou eu sim, Baixinho.

— Então por que parece tão triste?

Tally deu de ombros. Afinal, quem era aquela transição entre criança e feio para entender? Pensou no que Shay dissera a respeito da operação.

No dia anterior, tinham tirado as últimas medidas de Tally, fazendo-a girar dentro de uma cápsula de visualização. Devia contar ao novo feio que, em algum momento daquela tarde, seu corpo seria aberto; os ossos amassados até estarem no formato certo; outros esticados ou recheados; a cartilagem do nariz e os molares retirados e substituídos por plástico programável; a pele limpa e semeada novamente como um campo de futebol na primavera? Que seus olhos seriam cortados a laser para se obter uma visão perfeita para o resto da vida; que implantes reflexivos seriam encaixados sob as íris para acrescentar tons dourados ao castanho apático? Que seus músculos seriam modelados com uma noite de eletrólise e que sua gordura seria sugada para sempre? Que seus dentes seriam trocados por cerâmica tão resistente quanto a asa de um avião suborbital e tão branca quanto a porcelana do dormitório?

Eles diziam que não doía nada, exceto a nova pele, que provocava uma sensação horrível de queimadura durante algumas semanas.

Com os detalhes da cirurgia atormentando seus pensamentos, ela conseguia entender por que Shay tinha fugido. Realmente parecia muita coisa apenas para ganhar uma nova aparência. Se, pelo menos, as pessoas fossem evoluídas o bastante para tratarem umas às outras do mesmo modo, ainda que algumas parecessem diferentes... ainda que parecessem feias.

Desejava ter encontrado o argumento certo para convencer a amiga a ficar.

As conversas imaginárias estavam de volta, ainda piores do que depois da partida de Peris. Brigava mentalmente com Shay milhares de vezes — discussões longas e tortuosas sobre beleza, biologia, amadurecimento. Em todas aquelas idas às ruínas, Shay havia falado sobre feios e perfeitos, a cidade e o resto do mundo, o que era falso e o que era real. Tally, porém, nunca pensou que sua amiga fugiria de verdade, abrindo mão de uma vida de beleza, glamour e elegância. Queria ter dito alguma coisa. *Qualquer* coisa.

Sentada ali, naquele momento, tinha a sensação de mal haver tentado.

Tally voltou a encarar o novo feio.

— Porque tudo se resume ao seguinte: duas semanas de queimaduras horríveis serão compensadas por uma vida inteira com uma aparência maravilhosa.

O garoto ficou confuso.

— Ahn?

— Algo que eu devia ter dito, mas não disse. Só isso.

O carro do hospital finalmente chegou, descendo no terreno da escola com tanta leveza que mal revirou a grama recém-aparada.

O motorista era um perfeito de meia-idade que irradiava segurança e autoridade. Era tão parecido com Sol que Tally quase chamou pelo pai.

— Tally Youngblood? — perguntou ele.

Embora tivesse notado o feixe de luz registrando sua impressão ocular, Tally respondeu:

— Sim, sou eu.

Algo naquele perfeito tornava difícil agir com deboche. Ele era a sabedoria em pessoa. Seu jeito era tão sério e formal que Tally começou a desejar ter se vestido melhor.

— Está pronta? Não pode levar muita coisa.

A bolsa de Tally estava pela metade. Todo mundo sabia que os novos perfeitos acabavam mandando para a reciclagem a maior parte das coisas que levavam para o outro lado do rio. Com certeza, teria todas as roupas e brinquedinhos novos que desejasse. Tudo que queria realmente guardar era o bilhete escrito à mão por Shay, que estava escondido no meio de um monte de porcaria inútil.

— Só o suficiente.

— Que bom, Tally. Isso é muito maduro.

— Eu sou assim, senhor.

A porta se fechou, e o carro partiu.

O grande hospital ficava na extremidade sul de Nova Perfeição. Era para lá que todos iam para fazer uma operação séria: crianças, feios, até perfeitos idosos, vindos da distante Vila dos Coroas, atrás de tratamentos para prolongarem a vida.

O rio reluzia sob um céu completamente limpo. Tally se deixou levar pela beleza de Nova Perfeição. Mesmo sem a iluminação noturna e os fogos de artifício, a superfície da cidade brilhava com todo aquele vidro e metal, as formas improváveis das torres de festa lançando sombras delgadas sobre a ilha. Subitamente, Tally percebeu que aquilo era muito mais vibrante que as Ruínas de Ferrugem. Não era sombria e misteriosa; tinha muito mais vida.

Era hora de esquecer a tristeza por causa de Shay. A vida seria uma grande festa dali em diante, cheia de pessoas bonitas. Como Tally Youngblood.

O carro voador desceu sobre um dos X pintados no terraço do hospital. O motorista conduziu Tally até uma sala de espera no interior do prédio. Um atendente verificou seu nome, realizou outra identificação ocular e pediu que ela aguardasse.

— Posso deixá-la aqui? — perguntou o motorista.

Ela observou seus olhos claros e gentis. Queria que ficasse. Mas pedir aquilo não parecia uma atitude muito madura.

— Sim, estou bem. Muito obrigada.

Ele sorriu e foi embora. Não havia mais ninguém na sala de espera. Tally se acomodou e começou a contar as pastilhas no teto. Enquanto esperava, as conversas mentais com Shay voltaram, mas já não a atormentavam tanto. Era tarde demais para arrependimentos.

Tally desejava que houvesse uma janela pela qual pudesse ver Nova Perfeição. Estava tão perto. Imaginou a noite do dia seguinte, sua primeira como uma perfeita: ela com roupas novas deslumbrantes (e os uniformes do dormitório jogados no reciclador), apreciando a vista do alto da maior torre de festa que conseguisse encontrar. Assistiria ao toque de recolher no outro lado do rio, indicando a hora de dormir em Vila Feia, ciente de que ainda teria a noite inteira ao lado de Peris e de seus novos amigos, as pessoas lindas que viria a conhecer.

Ela suspirou.

Dezesseis anos. Finalmente.

Durante uma hora interminável, nada aconteceu. Tally batucava com os dedos, pensando se eles sempre deixavam os feios esperando por tanto tempo.

Então apareceu um homem.

Ele tinha uma aparência estranha, diferente da de qualquer perfeito que Tally já houvesse visto. Com certeza, estava na meia-idade. Porém, o responsável por sua operação tinha nitidamente feito um péssimo serviço. Ele era bonito, sem dúvida, mas aquela era uma beleza horrível.

Em vez de sábio e seguro, o homem parecia frio, autoritário e ameaçador, como um imponente animal de caça. Assim que ele se aproximou, Tally começou a perguntar o que estava acontecendo, mas um simples olhar a fez se calar.

Nunca tinha conhecido um adulto que a abalasse daquele jeito. Sempre se comportava com respeito diante de perfeitos de meia-idade ou idosos. No entanto, na presença daquele homem brutalmente bonito, o respeito era impregnado de medo.

— Há um problema com sua operação. Venha comigo.

E ela foi.

CIRCUNSTÂNCIAS ESPECIAIS

Aquele carro voador era maior, mas não tão confortável quanto o outro.

A viagem foi muito menos prazerosa do que a primeira do dia. O homem de aparência estranha dirigia com uma impaciência agressiva. Caía como uma rocha ao cruzar pistas de voo e, nas curvas, virava radicalmente como se estivesse numa prancha. Tally nunca tinha sentido enjoo ao voar, mas desta vez se agarrava com tanta força aos assentos que as articulações dos seus dedos ficaram brancas. Seus olhos miravam fixamente a terra firme lá embaixo. E, assim, viu pela última vez Nova Perfeição ficando para trás.

Eles desceram o rio, passando por Vila Feia e pelo cinturão verde, até alcançar o anel de transporte, onde as pontas das fábricas emergiam do chão. Ao lado de um monte imenso e irregular, o carro desceu num complexo de edificações retangulares, pesadas como dormitórios antigos e pintadas da cor de grama seca.

Depois de pousarem com uma pancada forte, o homem a levou para dentro de um dos prédios, seguindo pela escuridão de corredores marrom-amarelados. Tally nunca vira um espaço tão grande pintado com cores tão desagradáveis, como se o prédio tivesse sido projetado para deixar seus ocupantes levemente nauseados.

Havia outras pessoas iguais ao homem.

Todos vestiam trajes formais, de seda crua em preto e cinza, e seus rostos compartilhavam um olhar frio e pouco amistoso. Tanto os homens como as mulheres eram mais altos que a média dos perfeitos. Também tinham corpos mais fortes e olhos pálidos como os dos feios. Havia pessoas normais, mas estas desapareciam ao lado das formas predadoras que se moviam graciosamente pelos corredores.

Tally se perguntou se aquele seria um lugar ao qual as pessoas eram levadas quando suas operações davam errado, quando a beleza se mostrava cruel. Mas por que, então, estaria ali? Sequer havia passado pela operação. Teve uma sensação desagradável. E se aqueles perfeitos horríveis fossem propositadamente daquele jeito? Depois de tirarem suas medidas, no dia anterior, teriam concluído que ela nunca se encaixaria no modelo do perfeito vulnerável de olhos inocentes? Talvez já estivesse destinada a ser refeita para aquele estranho mundo alternativo.

O homem parou diante de uma porta de metal, e Tally parou atrás dele. Sentiu-se como uma criança novamente, arrastada por uma corda invisível pelo inspetor. Sua segurança de feia veterana havia evaporado no momento em que o tinha conhecido no hospital. Quatro anos de armações e independência perdidos.

A porta identificou os olhos do homem e abriu. Ele sinalizou para que Tally entrasse. Ela se deu conta de que não tinha ouvido uma palavra desde o hospital. Respirou fundo, fazendo os músculos estáticos do seu peito se contorcerem de dor, mas conseguiu murmurar:

— Fale, por favor.

— Entre — respondeu ele.

Tally sorriu, numa declaração silenciosa de que havia conseguido uma pequena vitória ao obrigá-lo a falar, mas obedeceu à ordem.

— Sou a dra. Cable.

— Tally Youngblood.

— Sim, eu já a conheço — disse ela, sorrindo.

A mulher era uma perfeita assustadora. Tinha o nariz adunco, dentes afiados e olhos de um cinza nada reluzente. Sua voz saía no mesmo ritmo lento e vago das histórias de ninar. O problema é que Tally estava longe de ficar com sono. Havia uma aspereza escondida naquela voz, como um objeto de metal riscando lentamente um pedaço de vidro.

— Você tem um problema, Tally.

— Eu meio que imaginei isso, ahn...

Era estranho não saber o primeiro nome da mulher.

— Pode me chamar de dra. Cable.

Tally hesitou. Nunca havia chamado alguém pelo sobrenome.

— Tudo bem, dra. Cable. — Ela limpou a garganta e prosseguiu com a voz seca. — Meu problema neste exato momento é que não faço ideia do que esteja acontecendo. Então... por que não me conta?

— Tally, o que acha que está acontecendo?

Ela fechou os olhos para descansar um pouco dos traços duros do rosto da mulher.

— Bem, aquela era uma jaqueta reserva, e nós a devolvemos, deixamos na pilha para recarga.

— Não estou falando de nenhuma brincadeira de feio.

Tally soltou um suspiro e abriu os olhos.

— É, não achei que estivesse.

— Isto aqui tem a ver com uma amiga sua. Uma que sumiu.

Era óbvio. O truque do desaparecimento de Shay tinha ido longe demais. E agora cabia a Tally dar as explicações.

— Não sei onde ela está.

A dra. Cable sorriu. Quando fazia aquilo, apenas os dentes de cima apareciam.

— Mas você sabe de alguma coisa.

— Quem é você, afinal? — soltou Tally. — Onde eu estou?

— Sou a dra. Cable — repetiu a mulher. — E estamos na Circunstâncias Especiais.

Para começar, a dra. Cable fez várias perguntas.

— Você não conhecia Shay havia muito tempo, conhecia?

— Não. Conheci neste verão. Estávamos em alojamentos diferentes.

— E também não conhecia nenhum de seus amigos?

— Não. Eram mais velhos que ela. Todos já tinham sido transformados.

— Como seu amigo Peris.

Tally sentiu um arrepio. O que mais aquela mulher saberia a seu respeito?

— Sim, como eu e Peris.

— Mas os amigos de Shay não se tornaram perfeitos, não é mesmo?

Respirando lentamente, Tally lembrou-se da promessa feita a Shay. Por outro lado, não queria mentir. Tinha certeza de que a dra. Cable perceberia. E já estava com problemas demais.

— Por que não teriam se tornado?

— Ela não falava a respeito dos amigos dela?

— Não conversávamos sobre esse tipo de coisa. Apenas saíamos por aí. Porque... era ruim ficar sozinha. Nós só pensávamos em aprontar um pouco.

— Você sabia que ela fazia parte de uma gangue?

Tally observou os olhos da dra.Cable. Eram quase tão grandes quanto os de um perfeito normal, mas sua forma, curvada para cima, lembrava os de um lobo.

— Uma gangue? Como assim?

— Tally, você e Shay foram até as Ruínas de Ferrugem?

— Todo mundo vai.

— Vocês foram *escondidas* até as ruínas?

— Fomos. Muita gente vai.

— Alguma vez encontrou alguém por lá?

Tally mordeu os lábios.

— Afinal, o que é a Circunstâncias Especiais?

— Tally.

De repente, o tom de voz tinha se tornado afiado como uma lâmina.

— Se me explicar o que é a Circunstâncias Especiais, eu respondo.

A dra.Cable se sentou. Juntando as mãos, fez um gesto de concordância.

— Tally, esta cidade é um paraíso. Garante alimento, educação e segurança. E transforma todos em perfeitos. — As palavras despertaram um sentimento inevitável de esperança em Tally. — E nossa cidade oferece bastante liberdade. Deixa que os jovens aprontem, desenvolvam sua criatividade e independência. Ocasionalmente, porém, coisas ruins vêm *de fora* da cidade. — A dra. Cable estreitou os olhos, lembrando ainda mais um predador.

— Existimos em equilíbrio com nosso ambiente, Tally. Purificamos a água que devolvemos ao rio, reciclamos a biomassa e usamos somente energia retirada de nossos próprios painéis solares. Mas, às vezes, não conseguimos purificar o que chega de fora. Às vezes, aparecem ameaças no ambiente que precisamos enfrentar. Às vezes, existem circunstâncias especiais — completou.

— Então, vocês atuam como inspetores, mas da cidade toda.

— Em alguns casos, outras cidades representam ameaças. E as poucas pessoas que vivem fora das cidades também podem criar problemas.

Tally arregalou os olhos. *Fora* das cidades? Aquilo significava que Shay tinha dito a verdade: lugares como a Fumaça realmente existiam.

— É sua vez de responder, Tally. Chegou a conhecer alguém nas ruínas? Alguém que não era desta cidade? De qualquer cidade?

— Não. Nunca — disse ela, sorrindo.

A dra. Cable franziu a testa. Seus olhos moveram-se em direção ao chão; ela estava conferindo alguma coisa. Quando voltaram a se concentrar em Tally, pareciam ainda mais frios. Tally sorriu de novo, certa de que a dra. Cable sabia quando ela dizia a verdade ou não. A sala devia analisar seu batimento cardíaco, o suor, a dilatação da pupila. Mas Tally não podia contar o que desconhecia.

O tom agressivo retornou à voz da mulher.

— Não brinque comigo, Tally. Sua amiga Shay nunca vai agradecer por isso, porque você nunca mais vai vê-la. — A alegria de Tally pela pequena vitória sumiu. E o sorriso também. — Seis amigos dela desapareceram. De uma só vez.

Nenhum deles foi encontrado. Porém, outros dois que pretendiam se unir ao grupo preferiram não jogar suas vidas fora, e acabamos descobrindo algumas coisas sobre o que aconteceu aos demais. Eles não fugiram por conta própria. Foram atraídos por alguém de fora, alguém que queria roubar nossos feios mais inteligentes. Percebemos que se tratava de uma circunstância especial.

Uma daquelas palavras deixou Tally preocupada. Shay teria sido realmente *roubada*? O que Shay, ou qualquer outro feio, sabia de verdade sobre a Fumaça?

— Temos observado Shay desde então, na esperança de que pudesse nos levar aos amigos dela — concluiu a dra. Cable.

— Então por que vocês não... — reagiu Tally. — Sabe, por que não a *impediram*?!

— Por sua causa, Tally.

— Minha causa?

A voz da doutora se tornou mais suave.

— Achamos que ela havia feito uma amiga. Uma razão para permanecer na cidade. Achamos que ela ficaria bem. — Ao ouvir aquilo, Tally apenas fechou os olhos e balançou a cabeça. — Mas aí Shay desapareceu — prosseguiu a dra. Cable. — Ela se mostrou mais esperta que os amigos. Você foi uma boa professora.

— Eu? — gritou Tally. — A maioria dos feios conhece mais truques do que eu.

— Está se subestimando.

Tally desviou daqueles olhos astutos e ignorou a voz afiada. *Não* era sua culpa. Afinal de contas, ela tinha decidido permanecer na cidade. Queria se tornar uma perfeita. Havia até tentado convencer Shay.

Mas tinha falhado.

— Não é minha culpa.

— Ajude-nos, Tally.

— Ajudar a fazer o quê?

— Encontrá-la. Encontrar todos eles.

— E se eles não quiserem ser encontrados?

— E se quiserem? E se tiverem sido enganados?

Tally tentou se lembrar do rosto de Shay naquela última noite, de como ela parecia esperançosa. Shay desejava deixar a cidade tanto quanto Tally desejava ser perfeita. Por mais que a escolha fosse estúpida, ela havia decidido conscientemente. E havia respeitado a opção de Tally de ficar.

Tally observou a beleza terrível da dra. Cable e a cor de vômito das paredes. Lembrou-se de tudo que a Circunstâncias Especiais tinha feito com ela naquele dia, como deixá-la esperando por uma hora no hospital. Esperando e imaginando como ficaria perfeita em pouco tempo. E também o voo apressado até ali. E todos os rostos horríveis nos corredores. Finalmente, tomou uma decisão.

— Não posso ajudar vocês — concluiu. — Fiz uma promessa.

A dra. Cable mostrou os dentes. Daquela vez, nem sequer lembrava um sorriso. A mulher não passava de um monstro vingativo e desumano.

— Então também vou lhe fazer uma promessa, Tally Youngblood. Até que resolva nos ajudar, com toda boa vontade, não se tornará perfeita — afirmou, virando-se de costas. — Por mim, você pode morrer feia.

A porta se abriu. O homem assustador estava do lado de fora, de onde não havia saído nem por um minuto.

FEIA PARA SEMPRE

Os inspetores deviam ter sido avisados sobre sua volta. Todos os outros feios estavam fora, num passeio escolar de última hora. Mas seu retorno não havia sido rápido o suficiente para guardarem suas coisas. Quando Tally chegou ao seu antigo quarto, viu que tudo tinha sido reciclado. Roupas, lençóis, móveis, as fotos no telão — tudo revertido ao padrão Feio Genérico. Parecia até que alguém havia se mudado para lá e partido rapidamente, deixando apenas uma lata estranha de bebida na geladeira.

Tally se sentou na cama, chocada demais até para chorar. Sabia que, em breve, começaria a berrar e provavelmente perderia o controle na hora e no lugar mais inapropriados possíveis. Passado o encontro com a dra. Cable, sua raiva e sua rebeldia enfraqueciam. Não havia mais nada para lhe dar apoio. Tinha perdido suas coisas, seu futuro. Só lhe restava a vista da janela.

Permaneceu sentada, com o olhar no infinito, lembrando-se a cada cinco minutos de que aquilo realmente havia acontecido: os perfeitos cruéis, os prédios estranhos nos limites da cidade, o terrível ultimato feito pela dra. Cable. A sensação, para Tally, era a de uma brincadeira que tinha dado totalmente errado. Uma nova realidade, esquisita e horrível, havia se revelado e devorado o mundo que ela conhecia e entendia.

Só restara a bolsa preparada para o hospital. Ela nem se lembrava de tê-la carregado de volta. Ao tirar as poucas roupas, enfiadas lá dentro aleatoriamente, encontrou o bilhete de Shay.

Pegue a montanha para além da abertura,
até achar a longa e plana que procura.
O mar é gelado, procure o freio.
Na segunda, cometa um erro feio.
Após quatro dias, pegue o lado desprezado,
e busque nas flores os olhos de um inseto alado.
Quando encontrá-los, aproveite a jornada.
Depois na cabeça careca espere a alvorada.

Nada daquilo, fora um ou outro pedaço, fazia sentido para ela. Estava óbvio que Shay queria ocultar o significado de outras pessoas que viessem a ler o bilhete, usando referências que só as duas poderiam entender. Sua paranoia agora parecia bem mais razoável. Depois de conhecer a dra. Cable, Tally compreendia por que David queria manter em segredo sua cidade, acampamento ou o que quer que fosse.

Com o bilhete nas mãos, Tally percebeu que era exatamente aquilo que a dra. Cable queria. A mulher tinha estado do outro lado da sala o tempo todo, mas em momento algum fez uma revista nela. Aquilo significava que o segredo de Shay permanecia a salvo. E que Tally ainda possuía algo para negociar.

Também significava que a Circunstâncias Especiais cometia erros.

Os outros feios retornaram antes do almoço. Enquanto desciam do veículo de transporte escolar, todos esticavam o pescoço, tentando avistar sua janela. Alguns chegaram a apontar, antes que ela decidisse se esconder nas sombras. Minutos depois, Tally ouviu garotos no corredor, fazendo silêncio apenas no momento de passar por sua porta. Alguns até soltaram risadinhas — um hábito dos novos feios quando tentam ficar quietos.

Estariam *rindo* dela?

O ronco do seu estômago lembrou Tally de que não havia tomado café da manhã. Na verdade, nem havia jantado na noite anterior. Não se podia ingerir alimentos ou água 16 horas antes da operação. Ela estava faminta.

Apesar disso, permaneceu no quarto até passar o horário do almoço. Não seria capaz de entrar no refeitório cheio de feios, que acompanhariam cada um de seus movimentos e imaginariam o que teria feito para merecer continuar com aquele rosto feio. Finalmente, quando não suportou mais a fome, Tally subiu em silêncio até o terraço, onde deixavam sobras para quem quisesse.

Alguns feios a viram no corredor. Eles se calaram e abriram passagem para Tally, como se ela fosse uma pessoa contaminada. O que os inspetores teriam dito? Que ela havia exagerado nas brincadeiras? Que não podia ser operada, que seria feia para o resto da vida? Ou simplesmente que era uma Circunstância Especial?

Em todo lugar em que botava os pés, os olhares se desviavam. Mas ela nunca havia se sentido tão *visível*.

Um prato foi largado no terraço, envolto em filme plástico e com seu nome escrito. Alguém tinha percebido que ela não comera. E não era muito difícil notar que estava se escondendo.

A imagem do prato de comida, murcho e solitário, levou lágrimas reprimidas a jorrarem de seus olhos. Ao engolir, Tally sentiu uma dor na garganta, como se tivesse ingerido um objeto afiado. Era tudo que podia fazer para voltar logo ao quarto, antes de explodir em soluços.

Ao chegar, Tally percebeu que não tinha se esquecido de trazer o prato. Ela comia e chorava, sentindo o gosto salgado das lágrimas em cada pedacinho.

Seus pais apareceram cerca de uma hora depois.

Ellie entrou primeiro, dando-lhe um abraço que a deixou sem ar e tirou seus pés do chão.

— Tally, minha pobre garotinha!

— Ei, não vá machucar a menina, Ellie. Ela teve um dia difícil.

Mesmo sem oxigênio, a sensação transmitida por aquele abraço apertado era boa. Ellie tinha sempre o cheiro certo, cheiro de mãe, e Tally sempre se sentia como uma criança em seus braços. Livre depois de um minuto, o que não parecia ser o bastante, Tally recuou, na esperança de não voltar a chorar. Envergonhada, encarou os pais, imaginando o que estariam pensando. Sentia-se um completo fracasso.

— Não sabia que vocês vinham — disse.

— É claro que viríamos — respondeu Ellie.

— Nunca ouvi falar de algo desse tipo — disse Sol, balançando a cabeça. — É ridículo. Vamos descobrir o que houve, não se preocupe!

Tally sentia-se como se um peso fosse tirado de suas costas. Finalmente alguém estava do seu lado. Os olhos de meia-idade de seu pai transmitiam uma segurança serena. Não havia dúvida de que ele resolveria tudo.

115

— O que disseram a vocês? — perguntou Tally.

Sol fez um gesto, e ela se sentou na cama. Ellie se acomodou ao seu lado, enquanto o pai caminhava de um lado ao outro do quarto apertado.

— Bem, eles nos contaram a respeito dessa garota, Shay. Parece que ela é bem problemática.

— Sol! — interveio Ellie. — A pobre menina está desaparecida.

— Parece que ela quis desaparecer.

A mãe não respondeu.

— Não é culpa dela, Sol — disse Tally. — Ela só não queria se tornar perfeita.

— Então ela é uma pensadora independente. Ótimo. Só que devia ter o bom senso de não arrastar outra pessoa para o buraco com ela.

— Ela não me arrastou a lugar algum. Estou bem aqui. — Tally olhou pela janela para a paisagem familiar de Nova Perfeição. — Onde, pelo visto, vou ficar para sempre.

— Bem... — voltou a falar Ellie. — Eles disseram que assim que você decidir ajudá-los a encontrar essa Shay, tudo poderá prosseguir normalmente.

— Não fará a menor diferença se a operação acontecer com alguns dias de atraso. Será uma história e tanto para contar quando for mais velha — observou Sol, sorrindo.

— Não sei se posso ajudá-los — disse Tally.

— Faça o máximo que puder — sugeriu Ellie.

— Mas não posso. É que prometi a Shay que não contaria sobre seus planos a ninguém.

Todos permaneceram em silêncio por alguns instantes.

Sol se sentou e segurou a mão de Tally. Ele tinha mãos quentes e fortes, quase tão enrugadas quanto as de um idoso, devido ao trabalho na carpintaria. Tally lembrou que não visitava os pais desde a semana de férias no verão, quando mal tinha conseguido controlar a ansiedade de voltar e passar mais tempo ao lado de Shay. Mas agora a sensação de vê-los era boa.

— Tally, todos fazemos promessas quando somos crianças. É parte de ser feio. Tudo parece emocionante, intenso e importante. Mas é preciso crescer. Afinal, você não deve nada a essa garota. Ela só criou problemas para você.

Ellie segurou sua outra mão.

— E, na verdade, você a estará ajudando, Tally. Quem pode dizer onde ela está neste momento e pelo que está passando? Estou surpresa por tê-la deixado fugir dessa maneira. Não sabe como é perigoso por aí?

Tally se pegou concordando. As expressões de Sol e Ellie tornavam tudo tão evidente. Talvez colaborar com a dra. Cable realmente pudesse ajudar Shay e botar as coisas de volta no lugar para ela própria. Porém, a simples lembrança da dra. Cable a fez estremecer.

— Vocês deviam ter visto aquelas pessoas. Sabem, as que estão atrás de Shay. Elas parecem...

Sol deu uma risada.

— Tally, embora seja meio chocante na sua idade, nós, os mais velhos, conhecemos a Circunstâncias Especiais. Eles podem ser duros, mas estão apenas fazendo o que deve ser feito, entende? O mundo lá fora também é muito duro.

Tally suspirou. Talvez estivesse relutante só por ter ficado tão assustada com aqueles perfeitos esquisitos.

— Vocês já viram um de perto? A aparência deles é inacreditável.

— Não posso dizer que já *vi* um de perto — respondeu Ellie.

Sol franziu a testa e, em seguida, começou a rir.

— Bem, Ellie, você não vai *querer* conhecer um deles. E Tally, se fizer a coisa certa agora, provavelmente nunca mais terá de se encontrar com eles. Ninguém precisa passar por isso à toa.

Tally olhou para o pai e, por um momento, viu em seu rosto algo que não era sabedoria e segurança. Parecia um pouco exagerada a naturalidade com que ele havia tratado a Circunstâncias Especiais, rejeitando tudo que acontecia fora da cidade. Pela primeira vez na vida, Tally escutava um perfeito de meia-idade sem se sentir completamente tranquila, o que a deixou confusa. Ela não conseguia tirar da cabeça o fato de que Sol não sabia nada a respeito do mundo exterior para o qual Shay tinha fugido.

Talvez a maioria das pessoas não *quisesse* saber que Tally havia aprendido tudo sobre os Enferrujados e a história antiga da cidade. Na escola, nunca se falava de pessoas que viviam fora da cidade, no presente. Pessoas como David. Até conhecer Shay, Tally também não tinha pensado naquilo.

Mas ela não era capaz de fazer pouco caso do assunto como o pai.

Além disso, tinha assumido um compromisso solene com Shay. Mesmo não passando de uma feia, uma promessa era uma promessa.

— Acho que vou precisar de um tempo para pensar nisso.

Por um instante, um silêncio embaraçoso tomou conta do quarto. Tally tinha dito algo inesperado. Logo, porém, Ellie riu e tocou sua mão.

— É claro que precisa, Tally.

Sol concordou, reassumindo o comando.

— Sabemos que vai fazer a coisa certa.

— Com certeza — disse Tally. — Mas, enquanto isso, será que eu poderia ir para casa com vocês? — Seus pais trocaram outro olhar de surpresa. — É muito estranho ficar aqui depois disso. Todo mundo sabe que eu... Não tenho mais aulas, então seria como voltar para casa nas férias, só que um pouco antes do tempo.

O primeiro a se recuperar foi Sol.

— Sabe, Tally — disse ele, dando um tapinha no ombro da filha. — Não acha que seria ainda mais estranho você aparecer na Vila dos Coroas? Quero dizer, não há jovens por lá nesta época.

— É muito melhor ficar aqui com as outras crianças, querida — acrescentou Ellie. — Você é só uns meses mais velha que alguns deles. E seu quarto nem está pronto para recebê-la!

— Não importa. Nada pode ser pior do que isto — disse Tally.

— Ah, basta encomendar outras roupas e arrumar o telão do jeito que você gosta — sugeriu Sol.

— Não estou falando do quarto...

— De qualquer maneira — interrompeu Ellie —, qual é o sentido de se incomodar tanto? Tudo vai estar resolvido em pouco tempo. É só ter uma boa conversa com a Circunstâncias Especiais, contar tudo, e logo estará onde realmente deseja estar.

Os três olharam para as torres de Nova Perfeição.

— É, acho que sim.

— Meu amor — disse Ellie, passando a mão em sua perna. — Que outra escolha você tem?

PERIS

Durante o dia, ela ficava escondida no quarto.

Ir a qualquer lugar era uma absoluta tortura. Os feios do seu dormitório tratavam-na como uma doença ambulante, e todo mundo que a reconhecia acabava perguntando: "Por que você não virou perfeita ainda?"

Era estranho. Era feia havia quatro anos, mas aqueles poucos dias adicionais tinham deixado explícito o real significado da palavra. Tally se olhava no espelho o tempo todo, reparando em cada defeito, cada deformidade. Seus lábios finos estavam sempre enrugados por causa do sentimento de infelicidade. Seus cabelos ficavam ainda mais bagunçados porque ela, frustrada, não parava de correr os dedos entre os fios. Três espinhas ameaçavam explodir em sua testa. Era como se marcassem os dias desde seu aniversário de 16 anos. E seus olhos úmidos, pequenos demais, a fuzilavam, cheios de raiva.

Só à noite podia fugir do quarto pequeno, dos momentos nervosos diante do espelho, do seu próprio rosto de feia.

Ela enganou os inspetores e escapou pelo mesmo caminho de sempre. Mas não sentia vontade de aprontar nada. Não havia ninguém que pudesse visitar, ninguém em quem pudesse pregar uma peça, e a ideia de atravessar o rio era terrível demais. Porém, tinha conseguido uma nova prancha, já modificada do jeito ensinado por Shay. Então, pelo menos, podia voar.

No entanto, nem voar era a mesma coisa. Ela continuava sozinha, e o frio só fazia aumentar. Por mais que acelerasse, Tally sabia que estava presa.

Na quarta noite de exílio entre os feios, ela foi de prancha até o cinturão verde, nos limites da cidade. Voava de um lado para o outro, passando pelos troncos das árvores, a toda velocidade, tão rápido que suas mãos e seu rosto colecionavam arranhões provocados pelos galhos.

Depois de algumas horas de passeio, que tinham aplacado parte de sua angústia, Tally chegou a uma conclusão animadora: nunca tinha voado tão bem. Agora estava quase no nível de Shay. Em nenhum momento foi derrubada por se aproximar demais de uma árvore, e seus tênis se mantiveram presos à prancha como se estivessem colados. Mesmo no frio do outono, ela suava. Continuou até suas pernas cansarem, seus tornozelos doerem e seus braços arderem por ficarem tanto tempo esticados como asas que a guiavam no meio da floresta escura. Se mantivesse aquele ritmo a noite inteira, pensou, talvez no dia seguinte conseguisse dormir até o anoitecer.

E, assim, voou até a exaustão obrigá-la a voltar para casa.

Quando entrou engatinhando pela janela, em pleno amanhecer, havia uma pessoa à sua espera.

— Peris!

Seu rosto estampava um sorriso radiante, e seus grandes olhos reluziam lindamente sob os primeiros raios do sol. Porém, quando se aproximou dela, sua expressão mudou.

— O que houve com sua cara, Vesguinha?

— Não ficou sabendo? Eles não fizeram a...

— Não estou falando disso. — Peris esticou o braço e tocou o rosto de Tally, que se contorceu ao sentir seus dedos. — Parece que se meteu no meio de uma briga de gatos.

— Ah, entendi. — Tally ajeitou os cabelos e depois procurou algo numa gaveta. Pegou um spray, fechou os olhos e borrifou a substância no rosto. — Ai! — gritou, enquanto o anestésico não fazia efeito. Também passou o remédio nas mãos. — Foi só um passeio de prancha noturno.

— Um pouco tarde demais, não acha?

Lá fora, o sol começava a dar um tom rosado às torres de Nova Perfeição. Um rosa que lembrava vômito de gato. Ainda exausta e confusa, Tally olhou para Peris.

— Há quanto tempo está aqui? — perguntou.

Ele se ajeitou na cadeira que ficava perto da janela.

— Muito tempo — respondeu Peris.

— Ah, desculpa. Não sabia que você viria.

Suas feições indicavam certo sofrimento.

— É claro que eu viria. Assim que descobri onde você estava, eu vim.

Tally virou-se para tirar os tênis aderentes. Ao mesmo tempo, tentava se situar. Sentia-se tão solitária desde seu aniversário que nunca imaginaria que Peris poderia querer vê-la. Principalmente em Vila Feia. Mas lá estava ele, preocupado, aflito, encantador.

— É bom ver você — disse ela, sentindo lágrimas se formarem nos olhos, que, naqueles dias, estavam sempre vermelhos e inchados.

— Também estou feliz.

Ao pensar em sua aparência, Tally não aguentou. Caiu na cama, cobriu o rosto com as mãos e começou a chorar. Peris sentou-se ao seu lado e a segurou por um tempo antes de ajudá-la a assoar o nariz e fazê-la se levantar.

— Tally Youngblood, olhe só para você.

— Não faça isso.

— Você está um traste. — Peris achou um pente e decidiu arrumar os cabelos da amiga. Sem conseguir encará-lo, Tally mantinha os olhos fixos no chão. — Então, sempre sai para andar de prancha dentro de um liquidificador?

Fazendo que não, ela tocou de leve nos arranhões em seu rosto.

— Foram apenas uns galhos. Em alta velocidade.

— Ah, quer dizer que se matar é seu próximo grande truque? Acho que isso superaria o último.

— Meu último o quê?

Peris revirou os olhos.

— Essa brincadeira que a impediu de se tornar perfeita até agora. Uma coisa misteriosa.

— É. Acho que essa se destacou.

— Desde quando é tão modesta, Vesguinha? Todos os meus amigos estão fascinados — contou Peris. Ela o encarou com os olhos inchados, tentando descobrir se estava brincando. — Eu já tinha falado a seu respeito depois do negócio do alarme. Mas agora eles *realmente* mal podem esperar para conhecer você. Existe até um boato de que a Circunstâncias Especiais se envolveu no caso.

Ele não estava brincando.

— Ah, é verdade. É por causa deles que continuo feia.

Os olhos de Peris ficaram ainda maiores.

— Sério? Isso é tão borbulhante!

Tally se sentou, meio contrariada.

— *Todo mundo* sabia da existência deles, menos eu?

— Bem, eu não fazia ideia do que estavam falando. Aparentemente, o pessoal da Especiais é igual aos *gremlins*. Você põe a culpa neles sempre que algo esquisito acontece. Algumas pessoas acham que não passam de uma farsa. E ninguém que eu conheça já *viu* um Especial em carne e osso.

— Deve ter sido sorte minha, então — disse Tally.

— Então eles existem? — perguntou Peris, baixando a voz. — Eles são mesmo diferentes? *Não* são perfeitos?

— Não é que não sejam perfeitos, Peris. Eles só... — Tally olhou para o amigo, lindo e atento a cada palavra. Era uma sensação perfeita estar ali ao lado dele, conversando bem próximos, como se nunca tivessem se separado. — Eles só não são tão perfeitos quanto você — disse, sorrindo.

Peris riu.

— Você tem que me contar tudo. Não conte a mais ninguém. Por enquanto. As pessoas vão ficar tão curiosas. Podemos dar uma grande festa quando você se tornar perfeita.

Ela tentou sorrir.

— Peris...

— Eu sei, provavelmente você nem deveria falar sobre isso. Mas lá do outro lado do rio bastará fazer alguma menção às Circunstâncias-você-sabe-o-resto e vão aparecer convites para todas as festas! Só não se esqueça de me levar junto. — Ele se aproximou. — Existe um rumor de que todos os trabalhos borbulhantes vão para pessoas com histórico de confusão durante a juventude. Bem, ainda faltam anos até essa fase. O mais importante agora é deixá-la perfeita.

— Peris, escuta... — disse Tally, sentindo a barriga começar a doer. — Eu não acho que...

— Você vai adorar, Tally. Ser perfeito é a melhor coisa do mundo. E vou achar um milhão de vezes melhor quando estiver lá comigo.

— Não posso.

— Não pode o quê? — perguntou Peris, intrigado.

Tally olhou bem em seus olhos e segurou suas mãos.

— Eles querem que eu dedure uma amiga minha. Alguém que acabei conhecendo muito bem. Depois que você partiu.

— Dedurar? Não me diga que isso tem a ver com alguma dessas brincadeiras de feio.

— Mais ou menos.

— Então conte tudo a eles. Qual é o problema?

— É algo muito importante, Peris — disse Tally, antes de se afastar. — É mais do que uma brincadeira. Fiz uma promessa à minha amiga de que guardaria segredo.

Por um momento, ele pareceu o velho Peris: sério, pensativo, até um pouco infeliz.

— Tally, você também me fez uma promessa. — Ela engoliu em seco e o encarou. Havia lágrimas nos olhos de Peris. — Você me prometeu que não faria nenhuma besteira. Que estaria comigo em breve. Que seríamos perfeitos juntos.

Tally tocou a cicatriz que permanecia em sua mão, embora a de Peris tivesse sido retirada. Ele chegou mais perto e a segurou.

— Amigos para sempre, Tally.

Ela sabia que, se visse seus olhos de novo, não haveria jeito. Um olhar, e sua resistência sumiria.

— Amigos para sempre? — repetiu Tally.

— Para sempre.

Depois de respirar fundo, Tally resolveu encará-lo novamente. Ele parecia triste, tão vulnerável e magoado. Tão perfeito. Tally se imaginou ao lado dele, igualmente bela, passando os dias inteiros apenas conversando, rindo e se divertindo.

— Você vai cumprir a promessa, Tally?

Um tremor, que misturava cansaço ao alívio, percorreu seu corpo. Agora ela tinha uma desculpa para quebrar a outra promessa. Afinal, havia assumido um compromisso com Peris, totalmente sincero, antes mesmo de conhecer Shay. Conhecia um havia anos, e a outra, há poucos meses.

Além disso, Peris estava ao seu lado, não num lugar estranho e selvagem. E aqueles olhos...

— Claro.

— Sério? — perguntou ele, com um sorriso tão radiante quanto o dia que nascia do lado de fora.

— Sério. — As palavras saíram com facilidade. — Estarei com você o mais rápido que puder. Prometo.

Ele a abraçou forte e a embalou por alguns instantes. As lágrimas voltaram aos olhos de Tally.

Depois de soltá-la, Peris passou a observar o nascer do dia.

— Preciso ir embora — disse, apontando para a porta. — Sabe, antes que... as coisinhas... acordem.

— Entendi.

— Já está quase na minha hora de dormir. E você tem um grande dia pela frente.

Tally assentiu. Nunca havia se sentido tão cansada. Seus músculos doíam, e os arranhões no rosto e nas mãos tinham voltado a arder. Mas ela estava tomada pelo alívio. O pesadelo havia começado três meses antes, no dia em que Peris havia atravessado o rio. E estava perto de acabar.

— Tudo bem, Peris. Vamos nos ver em breve. O mais breve possível.

Ele a abraçou de novo, beijando suas bochechas salgadas e lanhadas.

— Talvez em poucos dias. Estou tão empolgado! — sussurrou.

Peris se despediu e caminhou na direção da porta. Conferiu os dois lados do corredor antes de sair. Tally foi até a janela, para dar uma última olhada no amigo, e notou um carro voador à espera dele. Os perfeitos realmente tinham tudo que desejavam.

O que Tally mais queria era dormir, mas sua decisão não podia esperar. Sabia que, com Peris longe, as dúvidas voltariam para atormentá-la. Não conseguiria passar mais um dia naquela situação, sem saber se seu purgatório entre os feios teria fim. E havia prometido a Peris que estaria com ele em breve.

— Me perdoe, Shay — disse baixinho.

Tally pegou o anel de interface, que repousava na mesa de cabeceira, e o botou no dedo.

— Mensagem para a dra. Cable ou quem quer que seja. Vou fazer o que pedirem. Só preciso dormir um pouco antes. Fim da mensagem.

Um suspiro e então ela caiu na cama. Precisava passar o remédio nos arranhões antes de apagar, mas o simples pensamento de se levantar fez seu corpo inteiro doer. Aqueles machucados não a impediriam de dormir. Nada impediria.

Poucos segundos depois, o quarto começou a falar:

— Resposta da dra. Cable: Um carro vai buscá-la. Chegada em vinte minutos.

— Não — murmurou ela.

Tally sabia, porém, que seria inútil discutir. A Circunstâncias Especiais viria de qualquer maneira para acordá-la e levá-la embora.

Ela decidiu tentar dormir pelo menos por alguns minutos. Seria melhor do que nada. No entanto, nos vinte minutos seguintes, não conseguiu fechar os olhos por um único segundo.

INFILTRADA

Os perfeitos cruéis pareciam ainda mais sinistros diante de seus olhos cansados. Tally sentia-se como um rato numa jaula cheia de falcões, apenas esperando que um desse um rasante e a abocanhasse. Para piorar, a viagem até lá tinha sido ainda mais enjoativa que antes.

Ela decidiu se concentrar na náusea que embrulhava seu estômago, tentando esquecer por que estava ali. Enquanto percorria o corredor, com um acompanhante, procurou se recompor, arrumando a blusa e o cabelo.

A dra. Cable, por outro lado, certamente não parecia que acabara de se levantar. Tally tentou, sem sucesso, imaginar como aquela mulher ficaria desgrenhada. Mal conseguia acreditar que seus penetrantes olhos metálicos fossem capazes de se fechar por tempo suficiente para que dormisse.

— Muito bem, Tally. Parece que mudou de ideia.

— Sim.

— E vai responder todas nossas perguntas? Honestamente e de livre e espontânea vontade?

Tally fez um barulhinho irônico.

— Não tenho escolha.

— Tally, nós sempre temos escolha. E você fez a sua — disse a dra. Cable, sorrindo.

129

— Certo. Obrigada. Escuta, por que não faz logo as perguntas?

— Perfeitamente. Para começar, o que aconteceu com seu rosto?

Tocando os arranhões com a mão, Tally respondeu:

— Árvores.

— Árvores? — repetiu a dra. Cable, franzindo a testa. — Muito bem. Mudando para um assunto mais importante, sobre o que você e Shay conversaram na última vez em que estiveram juntas?

Tally fechou os olhos. Naquele momento quebraria a promessa feita a Shay. Contudo, uma voz baixinha em seu cérebro exausto lembrou-a de que também estaria cumprindo uma promessa. Finalmente poderia se juntar a Peris.

— Ela falou sobre ir embora. Fugir com alguém chamado David.

— Ah, sim, o misterioso David. — A dra. Cable se recostou na cadeira. — E ela disse para onde iria com David?

— Para um lugar chamado Fumaça. Parecido com uma cidade, só que menor. Onde ninguém manda. E ninguém é perfeito.

— E ela contou onde ficava esse lugar?

— Não, não contou. — Tally respirou fundo e tirou o bilhete amassado de Shay do bolso. — Mas ela deixou essas orientações.

A dra. Cable sequer olhou. Em vez disso, passou um pedaço de papel a Tally. Mesmo com a vista embaçada, ela viu que era uma cópia em 3D do bilhete, perfeito até nas leves marcas deixadas pela escrita caprichada de Shay.

— Tomamos a liberdade de fazer uma cópia disso na primeira vez em que esteve aqui.

Percebendo que tinha sido enganada, Tally fuzilou a dra. Cable com os olhos.

— Então para que precisa de mim? Não sei nada além do que acabei de contar. Não pedi que ela me contasse outras coisas. E não fui com ela porque eu só... queria... ficar *perfeita*! — Um soluço subiu por sua garganta, mas Tally decidiu que, em circunstância alguma, especial ou não, choraria diante da dra. Cable.

— Tally, lamento informar que achamos as instruções do bilhete um tanto enigmáticas.

— Somos duas.

— Elas foram criadas para serem lidas por alguém que conhece Shay muito bem. Por você, talvez.

— É, claro. Eu consigo entender uma parte. Mas, depois das duas primeiras linhas, não entendo mais nada.

— Sei que é difícil. Principalmente depois de uma longa noite de... árvores. Apesar disso, ainda acredito que possa nos ajudar.

A dra.Cable abriu a maleta que estava sobre a mesa que as separava. O cérebro cansado de Tally demorou para identificar os objetos. Um acendedor de fogo, um saco de dormir amassado...

— Ei, isso aí parece o kit de sobrevivência da Shay.

— Exatamente, Tally. Esses kits às vezes somem. Geralmente quando um dos nossos feios desaparece.

— Então, mistério solucionado. Shay estava pronta para ir à Fumaça com esse equipamento.

131

— O que mais ela levava?

— Uma prancha. Um modelo especial, para energia solar.

— Uma prancha, é óbvio. Por que essas coisas sempre estão relacionadas aos rebeldes? E como Shay pretendia se alimentar, tem ideia?

— Ela tinha comida em pacotes. Desidratada.

— Como essa aqui? — perguntou a dra.Cable, mostrando uma embalagem prateada.

— Isso. Tinha o bastante para quatro semanas. Duas semanas, se eu fosse junto. Ela disse que era mais que o suficiente.

— Duas semanas? Não dá para ir muito longe. — A dra. Cable puxou uma mochila preta do lado da sua mesa e começou a guardar os objetos. — Talvez você consiga.

— Consiga? Consiga *o quê*?

— Fazer a viagem. Até a Fumaça.

— *Eu*?

— Tally, só você pode entender as orientações.

— Eu já disse: não sei o que significam!

— Mas vai saber quando estiver no meio do caminho. E se estiver... devidamente motivada.

— Já contei tudo que vocês queriam saber. Entreguei o bilhete. Você prometeu!

— Minha promessa, Tally, foi de que você não se tornaria perfeita enquanto não nos ajudasse até onde pudesse. E eu acredito sinceramente que isso está dentro das suas possibilidades.

— Mas por que eu?

— Ouça bem, Tally. Acha mesmo que esta é a primeira vez que ouvimos falar de David e da Fumaça? Ou que nunca encontramos instruções rabiscadas de como chegar lá?

Tally se assustou com a voz afiada e desviou o olhar do rosto assustador da mulher.

— Não sei.

— Já passamos por tudo isso. Acontece que quando vamos por conta própria não achamos nada. Realmente, só fumaça.

O aperto tinha voltado à garganta de Tally.

— E como esperam que eu encontre alguma coisa? — perguntou.

— Esta última linha — disse a dra.Cable, puxando o bilhete de Shay para perto de si. — Está escrito "na cabeça careca espere". É, nitidamente, um ponto de encontro. Você vai até lá e espera. Mais cedo ou mais tarde, eles vão pegá-la. Se eu mandar um carro cheio de Especiais, seus amigos provavelmente vão desconfiar.

— Está dizendo que quer que eu vá *sozinha*?

Uma expressão de desprezo tomou conta do rosto da dra. Cable.

— Não é muito complicado, Tally. Você mudou de ideia. Resolveu fugir e seguir sua amiga Shay. Apenas mais uma feia tentando escapar da tirania da beleza.

Tally encarou o rosto assustador de trás de um prisma de lágrimas que se acumulavam.

— E depois?

A dra.Cable tirou outro objeto da maleta: um cordão com um pequeno pingente em forma de coração. Ela pressionou os lados, fazendo-o se abrir.

— Dê uma olhada.

Tally pôs o coração minúsculo diante de um olho.

— Não consigo ver... ei!

O pingente havia piscado, ofuscando sua visão por um instante. O coração soltou um pequeno bipe.

— O localizador só responderá à sua impressão ocular, Tally. Depois que for ativado, chegaremos em poucas horas. Podemos nos deslocar em alta velocidade. — A dra. Cable deixou o cordão sobre a mesa. — Mas não o ative até estar na Fumaça. Levamos um tempo para preparar isso. Quero descobrir tudo, Tally.

Piscando os olhos, para apagar a mancha deixada pela luz, Tally tentou forçar seu cérebro cansado a pensar. Finalmente compreendia que nunca havia se tratado de uma mera questão de responder perguntas. Desde o início, tinham pensado nela como uma espiã, uma infiltrada. Tentou imaginar quando aquele plano havia surgido. Quantas vezes a Circunstâncias Especiais não teria tentado convencer um feio a trabalhar para eles?

— Não posso fazer isso.

— Você pode, Tally. Precisa. Pense nisso como uma aventura.

— É sério. Nunca passei uma noite inteira fora da cidade. Não sozinha.

A dra. Cable ignorou os soluços que entrecortavam as palavras de Tally.

— Se não concordar imediatamente, vou procurar outra pessoa. E você continuará feia para sempre.

Tally levantou a cabeça e tentou enxergar por entre os rios de lágrimas que agora corriam pelo seu rosto. Queria encontrar a verdade atrás da máscara cruel da dra. Cable. Em seus olhos metálicos sombrios, havia uma segurança insensível e terrível, diferente de qualquer coisa que um perfeito normal pudesse transmitir. Tally percebeu que a mulher estava sendo sincera.

Ou Tally se infiltrava na Fumaça e traía Shay ou seria uma feia para o resto da vida.

— Preciso pensar.

— A história será a seguinte: você fugiu na noite anterior ao seu aniversário. Isso significa que já perdemos quatro dias. Se houver mais atrasos, eles não vão acreditar. Vão deduzir que algo aconteceu. Então tem de decidir agora.

— Não posso. Estou muito cansada.

A dra. Cable apontou para o telão e logo apareceu uma imagem. Era como um espelho refletindo, em close, o aspecto atual de Tally: olhos inchados, cansaço e marcas avermelhadas de arranhões no rosto. O cabelo apontava para todos os lados. Sua expressão, ao se deparar com a própria aparência, era de terror.

— Essa é você, Tally. Para sempre.

— Desligue isso...

— Decida-se.

— Tudo bem, eu faço o que quiser. Desligue isso.

O telão se apagou.

Parte II
A FUMAÇA

Não há beleza perfeita que não contenha
algo de estranho em suas proporções.

— Francis Bacon, *Ensaios sobre moral
e política*, "Da beleza"

Parte II

A FUMAÇA

PARTIDA

Tally partiu à meia-noite.

A dra. Cable tinha exigido que ninguém fosse avisado da missão. Nem os inspetores do alojamento. Não seria problema se Peris espalhasse boatos — ninguém acreditava mesmo nas fofocas dos novos perfeitos. Seus pais, contudo, não seriam oficialmente informados de que tinha sido obrigada a fugir. Fora o pequeno pingente em forma de coração, Tally não receberia ajuda.

Ela saiu do jeito de sempre: pela janela caindo atrás do reciclador. Seu anel de interface permanecia na mesa de cabeceira. Tally não levava nada além da mochila com os itens de sobrevivência e o bilhete de Shay. E o sensor de cintura, que tinha lembrado de prender pouco antes de partir. Era noite de lua crescente. Pelo menos, poderia contar com alguma iluminação durante a viagem.

Uma prancha especial, de longa distância, esperava Tally ao pé da represa. Mal se mexeu sob o peso dela. A maioria das pranchas cedia um pouco para se ajustar ao passageiro, balançando como um trampolim, mas aquela era totalmente firme. Assim que estalou os dedos, a prancha subiu, sólida como concreto.

— Nada mal — disse Tally, calando a boca em seguida.

Com a partida de Shay, dez dias antes, Tally passava a falar sozinha. Aquele não era um bom sinal. Não teria companhia por alguns dias, e conversas imaginárias eram tudo de que não precisava.

A prancha avançou suavemente, subindo em direção ao topo da barragem. Quando chegou ao rio, Tally curvou o corpo para a frente, acelerando até a água se transformar num mero borrão lá embaixo. A prancha não parecia ter um controle de velocidade — não havia aviso de segurança. Talvez só precisasse de espaço aberto, de metal na superfície e dos pés de Tally no lugar certo.

A velocidade seria a peça-chave se quisesse compensar os quatro dias passados no limbo. Se Tally aparecesse muito depois do seu aniversário, Shay poderia perceber que, na verdade, sua operação fora adiada. E, então, concluir que Tally não era uma simples fugitiva.

Lá embaixo, o rio passava cada vez mais rápido, e ela alcançou as corredeiras em tempo recorde. No percurso sobre as pequenas quedas, a água passou a machucá-la, quase como granizo. Tally mudou de posição para ir um pouco mais devagar. Mesmo assim, estava cruzando as corredeiras mais rápido do que nunca.

Ela se deu conta de que a prancha não era um brinquedo para feios. Era coisa de primeira. Na parte da frente, uma semicircunferência formada por pequenas luzes brilhava, transmitindo os registros do detector de metal, que vasculhava a área adiante para informar se havia ferro suficiente para prosseguir com o voo. As luzes permaneceram acesas durante o percurso nas corredeiras. Tally torcia para que Shay estivesse certa em relação à existência de depósitos de metal em todos os rios. Do contrário, aquela seria uma longa jornada.

Evidentemente, naquela velocidade, não teria tempo de parar se as luzes se apagassem de repente. E aí a viagem seria bem curta.

Entretanto, as luzes mantiveram-se firmes, e os nervos de Tally se acalmaram com o rugido da água, os borrifos refrescantes em seu rosto, a emoção de contorcer seu corpo, curva após curva, naquela escuridão salpicada pela luz da lua. A prancha, mais inteligente que sua antiga, aprendia os novos movimentos em questão de minutos. Era como se estivesse trocando um triciclo por uma moto de verdade: assustador, mas empolgante.

Tally se perguntou se o caminho até Fumaça teria muitas corredeiras. Aquela poderia ser mesmo uma aventura, embora soubesse que, no fim, só haveria traição. Ou, pior ainda, acabaria descobrindo que Shay tinha cometido um erro ao confiar em David, o que poderia significar... qualquer coisa. Provavelmente algo terrível.

Ela sentiu um arrepio e decidiu não pensar mais naquela possibilidade.

Ao alcançar o desvio, desacelerou e se virou, para dar uma última olhada na cidade, que reluzia no vale escuro. Estava tão longe que Tally conseguia escondê-la com a mão. O céu limpo permitia enxergar os fogos de artifício se abrindo como flores — tudo numa miniatura perfeita. A natureza ao seu redor parecia muito maior; o rio, cheio de poder; a floresta, enorme, escondendo segredos em sua vastidão escura.

Tally ficou observando as luzes da cidade por um bom tempo antes de descer da prancha, imaginando quando veria sua casa novamente.

Na trilha, Tally se perguntava se teria de caminhar muitas vezes. Nunca voara tão rápido quanto na subida das corredeiras, nem na viagem alucinada pela cidade no carro da Circunstâncias Especiais. Depois de experimentar tanta velocidade, andar carregando a mochila e a prancha lhe dava a sensação de ser uma lesma.

No entanto, não demorou muito até que as Ruínas de Ferrugem surgissem abaixo e o detector de metal da prancha guiasse Tally até o veio natural de ferro. Ela foi voando até as torres destruídas. Com os prédios começando a esconder a lua, ficou apreensiva. Estava cercada por construções e carros queimados. Ao olhar pelas janelas que não revelavam nada, ela se sentiu sozinha, uma viajante solitária numa cidade abandonada.

— Pegue a montanha para além da abertura — disse, em voz alta, como um encantamento para manter afastados os fantasmas das ruínas.

Pelo menos, aquela parte do bilhete era bem óbvia: a "montanha" só poderia se referir à montanha-russa. Quando os escombros dos prédios deram lugar a terrenos mais abertos, Tally acelerou a prancha. Na montanha-russa, fez o circuito inteiro em velocidade máxima. Talvez "para além da abertura" fosse a única parte importante da charada, mas Tally decidiu lidar com o bilhete como se fosse um feitiço. Esquecer qualquer pedaço poderia pôr tudo a perder.

E era ótimo voar a toda novamente, deixando os fantasmas das Ruínas de Ferrugem para trás. Enquanto vencia curvas fechadas e descidas acentuadas, vendo o mundo girar ao seu redor, Tally sentiu-se como um objeto carregado pelo vento: sem saber em que direção aquela jornada a levaria.

Poucos segundos antes de pular o buraco, as luzes do detector de metal se apagaram. A prancha se afastou de seus pés, e seu estômago pareceu ir junto, deixando um vazio no lugar. Seu palpite estava certo: em velocidade máxima, não havia muito tempo para advertências.

Tally atravessou o ar, no silêncio da escuridão, rompido apenas pelo som de seu próprio deslocamento. Lembrou-se da primeira vez que tinha passado pelo buraco, de como tinha ficado com raiva. Poucos dias depois, porém, tudo não passava de uma brincadeira entre as duas, coisa comum entre os feios. Mas agora Shay tinha desaparecido de novo, exatamente como o trilho sob seus pés, deixando Tally em queda livre.

Passados cinco segundos, as luzes voltaram a se acender e, enquanto os braceletes antiqueda a seguravam, a prancha se reativava para subir suavemente e sustentá-la com uma firmeza reconfortante. Lá embaixo, havia uma curva e uma subida acentuada em espiral. Tally desacelerou e seguiu em frente, murmurando:

— Para além da abertura.

As ruínas continuavam passando sob seus pés. Naquele ponto, estavam quase totalmente encobertas. Apenas algumas massas disformes apareciam por entre a vegetação. Mas os Enferrujados tinham erguido construções firmes graças à sua adoração por inúteis esqueletos de metal. As luzes na frente de sua prancha permaneciam acesas.

— Até achar a longa e plana que procura — disse a si mesma.

Ela tinha decorado o bilhete, mas repetir as palavras não tornava seu significado mais evidente.

A pergunta era "a" *o quê*? A montanha-russa? A abertura? A primeira seria estupidez. Qual seria o sentido de uma montanha-russa longa e plana? Uma abertura longa e plana? Talvez pudesse descrever uma garganta, entre as montanhas, incluindo um conveniente rio lá embaixo. Mas como uma garganta poderia ser plana?

Talvez "a" significasse a letra a. Deveria procurar alguma coisa com forma semelhante à da letra a? Como o a era arredondado, não podia ser longo e plano. O mesmo valia para o A, maiúsculo, a não ser que considerassem os traços separadamente.

— Obrigada pela grande dica, Shay — disse Tally, em voz alta.

Falar sozinha não parecia má ideia nas ruínas distantes, onde os vestígios dos Enferrujados lutavam contra a ação das plantas rastejantes. Qualquer coisa era melhor que um silêncio fantasmagórico. Ela passou por vastas áreas de concreto partido pela grama que forçava a passagem. Janelas de paredes desabadas a encaravam, com ervas brotando no meio, como olhos nascidos da terra.

Tally examinou o horizonte em busca de mais pistas. Não havia nada longo e plano para ser visto. Olhando para o chão abaixo, mal conseguia enxergar qualquer coisa em meio à escuridão pontuada por plantas. Se passasse pelo que a pista indicava, sem saber, teria que refazer o caminho de manhã. Mas quando saberia haver ido longe demais?

— Obrigada, Shay — repetiu.

Nesse momento, ela viu algo no chão e parou.

No meio da cobertura de plantas e detritos, havia formas geométricas — uma fila de retângulos. Ela baixou um pouco e notou um caminho marcado por trilhos de metal e dormentes de madeira. Como o trilho da montanha-russa, porém muito maior. E que seguia em linha reta até desaparecer.

— Pegue a montanha para além da abertura, até encontrar a longa e plana que procura. — Aquilo era uma montanha-russa, só que longa e plana. — Mas para que serve isso? — perguntou Tally.

Qual era a graça de uma montanha-russa sem curvas e subidas? Ela não sabia a resposta. Não importava como os Enferrujados se divertiam; aquilo era perfeito para voar numa prancha. Os trilhos seguiam em dois sentidos, mas era fácil decidir. Um voltava para o lugar de onde tinha saído, a área central das ruínas. O outro ia para longe, para o norte, na direção do mar.

— O mar é gelado — disse, repetindo parte da linha seguinte do bilhete de Shay.

Tally se perguntou até onde iria. Acelerou a prancha, satisfeita por ter descoberto a resposta. Se todas as charadas de Shay fossem tão fáceis de adivinhar, a viagem seria uma moleza.

ESPAGBOL

Ela viajou bastante naquela noite.

Os trilhos avançavam abaixo dela, contornando suavemente as montanhas e atravessando rios por cima de pontes em pedaços, sempre na direção do mar. Por duas vezes, Tally foi conduzida por dentro de outras ruínas dos Enferrujados, cidades menores que também haviam desmoronado. Permaneciam apenas algumas formas retorcidas de metal que subiam por entre as árvores como dedos sem carne tentando agarrar o ar. Havia latarias queimadas em toda parte, lotando as vias que saíam da cidade; carros amassados nas colisões que tinham marcado o desespero final dos Enferrujados.

Ao se aproximar do centro de uma das cidades em ruínas, ela entendeu o propósito daquela montanha-russa longa e plana. Numa confluência de trilhos, interconectados como num imenso circuito impresso, havia alguns carrinhos de trem, grandes contêineres cheios de coisas dos Enferrujados — pilhas irreconhecíveis de plástico e metal. Tally lembrou que as cidades de ferrugem não eram autossuficientes. Estavam sempre comprando e vendendo umas das outras. Isso quando não brigavam para definir quem possuía a maior quantidade de bens. As cidades deviam usar a montanha-russa plana para levar os produtos de um lugar ao outro.

Quando os primeiros raios de sol surgiam no céu, Tally começou a ouvir o barulho do mar distante, um murmúrio baixinho vindo de além do horizonte. Sentia a salinidade no ar, o que despertava lembranças dos passeios de infância pelo oceano, com Ellie e Sol.

"O mar é gelado, procure o freio", dizia o bilhete de Shay. Logo, Tally conseguiria ver as ondas quebrando no litoral. Talvez estivesse perto de entender mais aquela pista.

Ela se perguntava quanto tempo ganhara graças à nova prancha. Decidiu acelerar. Para se proteger do frio da madrugada, fechou bem o casaco do alojamento. A pista subia gradualmente, superando as formações de rocha calcária. Uma imagem de penhascos à beira do oceano, repletos de pássaros marinhos que faziam ninho nas cavernas altas, veio à mente de Tally.

Tinha impressão de que as viagens de acampamento com Sol e Ellie aconteceram séculos antes. Imaginou se não existiria uma operação que pudesse transformá-la novamente em criança. Para sempre.

De repente, diante de Tally apareceu uma fenda, atravessada por uma ponte semidestruída. Num instante, ela percebeu que a ponte não chegava ao outro lado. E não havia um rio cheio de depósitos de metal lá embaixo para mantê-la no ar. Só uma enorme queda até a água.

Tally virou a prancha, derrapando, e sentiu os joelhos se dobrando com a força da freada. Os tênis aderentes deslizaram, soltando um chiado, e seu corpo ficou quase paralelo ao chão.

Mas, na verdade, não havia chão.

Havia um abismo lá embaixo, uma fissura aberta no penhasco à beira-mar. Ondas invadiam o canal estreito. A espuma parecia brilhar no escuro, e os rugidos ferozes alcançavam os ouvidos de Tally. As luzes do detector de metal foram se apagando, uma a uma, depois que ela passou pela extremidade destruída da ponte de metal.

Tally sentiu a prancha perder sustentação e começar a cair.

Uma possibilidade passou por sua cabeça: se pulasse naquela hora, poderia se agarrar ao fim da ponte partida. Nesse caso, porém, a prancha cairia no precipício e a ela ficaria presa ali.

Finalmente, a prancha parou em pleno ar. Mas Tally continuava caindo. Agora os últimos pedaços da ponte encontravam-se *acima* dela, fora de alcance. A prancha caía lentamente, com as luzes se apagando à medida que os ímãs perdiam o apoio. Tally era muito pesada. Ela tirou a mochila dos ombros, decidida a soltá-la no ar. Mas como sobreviveria sem o kit? A única opção seria retornar à cidade para buscar mantimentos, o que significaria perder mais dois dias. Nesse momento, um vento gelado vindo do oceano subiu pelo abismo, deixando seus braços arrepiados. Era o sopro da morte.

O vento acabou segurando a prancha no ar. Por um instante, Tally ficou suspensa, sem subir, nem cair. Logo em seguida, porém, a prancha reiniciou a descida...

Tally enfiou as mãos nos bolsos do casaco e abriu os braços, criando uma espécie de vela, para capturar o vento. Veio uma rajada mais forte, e ela subiu um pouco, tirando parte do peso da prancha. Uma das luzes se acendeu.

Como um pássaro, de asas bem abertas, ela começou a subir.

Gradualmente, os sustentadores recuperaram o apoio nos trilhos, até a prancha voltar ao nível da ponte. Com cuidado, Tally conduziu o equipamento até o penhasco. Ela tremia

148

quando a prancha chegou novamente à terra firme. Desceu com as pernas bambas.

— O mar é gelado, procure o *freio* — disse com raiva.

Como podia ter sido tão burra, acelerando enquanto o bilhete de Shay dizia para tomar cuidado?

Tally deitou-se no chão. Sentia-se subitamente atordoada e cansada. Mentalmente reviu as cenas do abismo se abrindo, as ondas indiferentes se chocando contra as rochas recortadas. Ela poderia estar ali, sendo atirada seguidamente, até não haver mais nada.

Lembrou-se de que aquilo era a natureza selvagem. Os erros, ali, tinham sérias consequências.

Antes mesmo de o coração se acalmar, o estômago de Tally começou a roncar.

Ela abriu a mochila e procurou o purificador de água, que tinha sido enchido no último rio. Esvaziou o filtro. Um punhado de barro pulou no chão.

— Eca — disse, dando uma espiada pelo buraco.

Parecia limpa e tinha cheiro de água. Tomou um gole providencial, mas guardou a maior parte para preparar o jantar, o café da manhã ou o que fosse. Tally planejava viajar o máximo de tempo à noite, deixando a prancha recarregar de dia, para não perder tempo.

Revirando o saco à prova d'água, pegou um pacote de comida. A embalagem dizia "EspagBol". Não sabia do que se tratava. Ela abriu o pacote e puxou o que parecia ser um fio enorme enrolado. Jogou-o no purificador e esperou até que o ruído de água borbulhando indicasse a fervura.

Ao voltar sua atenção para o horizonte reluzente, ficou maravilhada. Nunca tinha visto o amanhecer de fora da cidade. Como a maioria dos feios, não costumava acordar cedo. E, de qualquer modo, o horizonte sempre estava escondido atrás da paisagem de Nova Perfeição. A visão de uma alvorada de verdade era impressionante.

Uma faixa de tons de laranja e amarelo incendiava o céu, magnífica e surpreendente, espetacular como fogos de artifício, só que mudando num ritmo imponente, quase imperceptível. Estava percebendo como eram as coisas na natureza. Perigosas ou lindas. Ou ambas as coisas.

O purificador emitiu um sinal. Tally abriu a tampa e deu uma olhada. Era macarrão com molho vermelho e pequenos pedaços de carne de soja. Pelo cheiro, parecia delicioso. Ela leu a embalagem novamente.

— EspagBol... Espaguete à bolonhesa!

Depois de achar um garfo na mochila, Tally comeu vorazmente. Com o sol nascente a aquecendo e o mar batendo lá embaixo, era a melhor refeição que fazia em muito tempo.

Como ainda havia um pouco de carga na prancha, Tally decidiu seguir caminho depois do café da manhã. Antes, releu as primeiras linhas do bilhete de Shay:

> Pegue a montanha para além da abertura,
> até achar a longa e plana que procura.
> O mar é gelado, procure o freio.
> Na segunda, cometa um erro feio.

Caso "na segunda" significasse uma segunda ponte quebrada, Tally preferia encontrá-la de dia. Se tivesse visto o abismo um instante mais tarde, teria virado EspagBol na base dos penhascos.

Seu primeiro problema, porém, era passar pelo precipício. Era muito maior que o buraco no trilho da montanha-russa — certamente grande demais para ser pulado. Aparentemente, a única saída era ir andando por outro caminho. Então, ela foi pelo mato; suas pernas até agradeceram pelo alongamento depois de uma longa noite em cima da prancha. Em pouco tempo, o vão tinha acabado e ela pôde voltar ao caminho, já do outro lado.

Tally passou a voar numa velocidade bem menor, mantendo os olhos fixos à sua frente, dando apenas espiadas ocasionais à paisagem ao seu redor.

Do lado direito, montanhas se erguiam, altas o bastante para ter neve nos cumes, mesmo no início do outono. Tally sempre considerara a cidade enorme, um verdadeiro mundo, mas tudo naquele lugar seguia uma escala muito maior. E era tão belo. Conseguia entender por que as pessoas tinham vivido na natureza, sem torres de festa ou mansões. Ou dormitórios.

A lembrança de casa também fez Tally pensar como seus músculos doloridos gostariam de um banho quente. Imaginou uma banheira gigante, como as que existiam em Nova Perfeição, com jatos d'água e um pacote de espuma massageadora. Se uma improvável banheira aparecesse em seu caminho, seria o purificador capaz de ferver água suficiente para enchê-la? Como eles tomavam banho na Fumaça? Tally se perguntava como estaria cheirando depois de mais alguns dias sem um banho. Havia sabonete no kit de sobrevivência? Xampu? Já sabia que não havia toalhas. Nunca tinha se dado conta da quantidade de *coisas* de que precisava.

A segunda interrupção dos trilhos apareceu depois de mais uma hora de viagem: uma ponte em ruínas sobre um rio que descia das montanhas.

Tally fez uma parada controlada e olhou da beirada. A queda não era tão acentuada quanto no primeiro abismo, mas a altura bastava para matar. E tampouco havia como pular para o outro lado. Dar a volta andando levaria uma eternidade. A garganta prosseguia sem indicar qualquer caminho próximo.

— Na segunda, cometa um erro feio — murmurou.

Que dica. Qualquer coisa que fizesse, naquela situação, seria um erro. Seu cérebro estava cansado demais para pensar, e a prancha, quase sem bateria.

A manhã já estava na metade. Era hora de dormir.

Antes, contudo, Tally tinha de abrir a prancha. Segundo o Especial responsável por lhe passar as instruções, era necessário aumentar a superfície de exposição ao sol para a recarga. Assim, ela soltou as travas, e a prancha se desmontou. Abriu como um livro em suas mãos, tornando-se duas pranchas; depois cada uma destas também se abriu, como uma sequência de bonecas de papel. Finalmente, Tally se viu diante de oito pranchas conectadas, medindo duas vezes sua altura, porém mais finas que uma folha grossa de papel. A coisa inteira tremulava ao vento intenso do oceano, como uma pipa gigante, mas os ímãs a impediam de sair voando.

A prancha ficou aberta sob o sol, com sua superfície metálica tornando-se preta à medida que absorvia a luz. Em poucas horas, estaria recarregada e pronta para voar de novo. Tally só esperava que a remontagem também fosse fácil.

Ela pegou o saco de dormir, retirou-o do pacote e se enfiou lá dentro, sem despir qualquer peça de roupa. "Pijamas", acrescentou mentalmente à lista de coisas da cidade de que sentia falta.

Usou o casaco como travesseiro e cobriu a cabeça com a blusa, que tirou depois de muita dificuldade. Sentindo os primeiros raios de sol no rosto, percebeu que havia se esquecido de aplicar um adesivo de protetor solar depois do nascer do sol. Ótimo. Uma pele queimada e descascando cairia muito bem com os arranhões em seu rosto de feia.

Ela não conseguiu pegar no sono. Estava esquentando, e era estranho dormir ali, exposta. Os gritos dos pássaros ecoavam em sua cabeça. Conformada, Tally se levantou. Talvez se comesse mais alguma coisa...

Foi tirando os pacotes um por um. As embalagens diziam:

EspagBol
EspagBol
EspagBol
EspagBol
EspagBol...

Tally contou 41 pacotes, o suficiente para três refeições de EspagBol por dia, durante duas semanas. Ela deixou o corpo cair e fechou os olhos, tomada por um cansaço repentino.

— Obrigada, dra. Cable — disse.

Em poucos minutos, estava dormindo.

ERRO FEIO

Ela estava voando, examinando a terra firme, sem qualquer sinal de trilhos ou de prancha sob seus pés, mantendo-se no ar graças apenas à sua vontade e ao vento que batia em seu casaco aberto. Contornou a extremidade de um penhasco imenso que dava num oceano escuro interminável. Um grupo de pássaros a seguia, soltando guinchos que machucavam seus ouvidos exatamente como a voz aguda da dra. Cable.

De repente, as pedras lá embaixo começaram a rachar. Uma grande fenda se abriu, e o oceano invadiu a lacuna com um rugido que abafou o barulho dos pássaros. Ela se viu caindo em direção à água escura.

O oceano a engoliu. Encheu seus pulmões de água e congelou seu coração. Ela sequer conseguia gritar...

— Não! — berrou Tally, levantando-se num susto.

Uma brisa gelada passou pelo seu rosto e a ajudou a acordar. Tally olhou ao redor, percebendo que estava em cima do penhasco, enfiada no saco de dormir. Cansada, com fome e desesperada para ir ao banheiro, mas não caindo rumo ao nada.

Ela respirou fundo. Havia mesmo pássaros grasnando, só que à certa distância.

Aquele era apenas o mais recente de muitos pesadelos em que despencava.

A noite chegava, anunciada pelo sol se pondo sobre o oceano, tingindo a água de vermelho-sangue. Tally vestiu a camisa e o casaco de novo antes de sair de dentro do saco de dormir. A temperatura parecia cair a cada minuto. A luminosidade diminuía diante de seus olhos. Ela se apressou para partir.

Cuidar da prancha foi a parte mais difícil. Sua superfície aberta tinha se molhado e agora estava coberta por uma fina camada de sereno e água do mar. Tally tentou secá-la com a manga do casaco, mas havia muita água e pouco casaco. Embora tivesse se fechado com facilidade, a prancha molhada parecia pesada, como se a água permanecesse entre cada camada. A luz de operação ficou amarela, chamando a atenção de Tally. As laterais da prancha estavam escoando a água aos poucos.

— Excelente. Tempo para comer.

Tally pegou um pacote de EspagBol, mas logo se deu conta de que o purificador estava vazio. A única fonte de água era o mar lá embaixo, e não havia como descer. Sem opção, ela torceu a manga do casaco, conseguindo alguns esguichos. Depois, recolheu com as mãos a água que saía da prancha, até conseguir encher metade do purificador. O resultado da operação foi um EspagBol grosso e muito temperado, que exigiu um belo esforço de mastigação.

Quando Tally terminou a péssima refeição, a luz da prancha já estava verde.

— Muito bem. Tudo pronto para partir — disse a si mesma.

A pergunta era: para onde? Ela ficou parada, pensando, com um pé na prancha e outro no chão. O bilhete de Shay dizia: "Na segunda, cometa um erro feio."

Cometer um erro não seria muito difícil. Mas o que poderia ser considerado um erro *feio*? Afinal, ela já tinha quase se matado naquele dia.

Tally lembrou-se do sonho. Cair na garganta se encaixaria na definição de erro feio. Ela subiu na prancha e avançou até a extremidade destruída da ponte. De lá, observou o ponto em que o rio encontrava o mar.

Se descesse, a única alternativa viável seria seguir a corrente do rio. Talvez aquele fosse o significado da pista. No entanto, não havia um caminho nítido pelo despenhadeiro. Sequer apoio para as mãos.

Evidentemente, um simples veio de ferro bastaria para garantir uma descida segura. Seus olhos analisaram as paredes da garganta, em busca do tom avermelhado do ferro. Alguns pontos pareciam promissores, mas, na escuridão crescente, não havia como ter certeza.

Tally concluiu que tinha dormido demais. Esperar o amanhecer representaria perder mais 12 horas. E a água havia acabado.

A outra alternativa era caminhar pela montanha mesmo. Nesse caso, porém, poderia levar dias até alcançar um ponto em que conseguisse descer. E como o enxergaria à noite?

Precisava ganhar tempo em vez de ficar vagando na escuridão.

Nervosa, ela tomou uma decisão. Teria de encontrar uma forma de descer a bordo da prancha. Talvez fosse um erro, mas era exatamente isso que o bilhete pedia. Ela lançou a prancha sobre o abismo, até começar a perder suporte. Assim, foi descendo, cada vez mais rápido à medida que o metal dos trilhos ficava para trás.

Tally procurou desesperadamente um sinal de ferro nas paredes do precipício. Levou a prancha à frente, na direção da parede de pedra, mas não notou nada. Algumas das luzes do detector de metal se apagaram. Se descesse mais, despencaria.

Aquilo não daria certo. Tally estalou os dedos, e a prancha parou por um segundo, tentando subir de volta, mas, depois de uma balançada, continuou a descer.

Tarde demais.

Tally abriu o casaco, mas o ar estava parado dentro do abismo. Ela viu uma listra meio enferrujada na pedra e se aproximou, mas não passava de uma mancha de líquen. Nesse ponto, a prancha começou a cair mais rápido, com as luzes se apagando uma a uma. E, finalmente, se desligou.

Aquele erro poderia ser o último de Tally.

Ela caiu como uma pedra na direção das ondas agitadas. Como no sonho, sentiu-se sufocada por uma mão gelada, como se seus pulmões já estivessem cheios de água. A prancha despencava abaixo dela, girando como uma folha solta no ar.

Tally fechou os olhos e aguardou o impacto brutal com a água gelada.

De repente, alguma coisa a pegou pelos pulsos e a puxou com violência, fazendo-a girar no ar. Sentiu uma dor lancinante nos ombros ao dar uma volta completa, como uma ginasta nas argolas.

Abrindo os olhos, ela demorou a se situar. Estava pousando na prancha, que a aguardava firmemente um pouco acima da água.

— Que porcaria é...? — perguntou, em voz alta.

Somente quando seus pés se ajeitaram, Tally percebeu o que havia acontecido. O rio tinha evitado sua queda. Vinha acumulando depósitos de metal por séculos, ou desde que existia, e os ímãs da prancha haviam encontrado uma sustentação bem a tempo.

— Mais ou menos salva — murmurou.

Depois de esfregar os pulsos, que doíam devido ao tranco causado pelos braceletes antiqueda, perguntou-se por quanto tempo alguém precisaria cair para que aquelas coisas arrancassem seus braços do tronco.

De qualquer maneira, ela tinha conseguido descer. O rio passava à sua frente, dançando até se enfiar por entre as montanhas cobertas de gelo. Tremendo por causa do vento do oceano, Tally tentou se proteger com o casaco encharcado.

— Após quatro dias, pegue o lado desprezado — repetiu, lembrando do bilhete de Shay. — Quatro dias. Já passou da hora.

Depois das primeiras queimaduras, Tally resolveu aplicar um adesivo de filtro solar na pele diariamente, ao amanhecer. Entretanto, mesmo com poucas horas de sol por dia, seus braços marrons começaram a ficar ainda mais escuros.

O EspagBol nunca mais pareceu tão gostoso como na primeira vez, no despenhadeiro. As refeições variavam de razoáveis a repugnantes. A pior parte era o EspagBol no café da manhã, perto do pôr do sol, quando o simples ato de pensar em comer o macarrão a deixava sem apetite para o resto da vida. Ela quase torcia para que aquilo acabasse, o que a forçaria a pegar um peixe e cozinhá-lo ou a simplesmente passar fome — um jeito sofrido de perder sua gordura de feia.

O que Tally realmente temia era ficar sem papel higiênico. Seu único rolo já estava pela metade. Ela tinha iniciado um esquema rígido de racionamento, contando as folhas. E, a cada dia, seu cheiro piorava.

No terceiro dia subindo o rio, Tally decidiu tomar um banho.

Como sempre, acordou uma hora antes do pôr do sol. Sentia-se pegajosa dentro do saco de dormir. Tinha lavado suas roupas de manhã e as deixado secando sobre uma pedra. A ideia de vestir roupas limpas com o corpo sujo daquele jeito lhe deu arrepios.

A água do rio corria depressa e quase não deixava resíduos no filtro do purificador — o que significava que era limpa. No entanto, também era extremamente gelada, provavelmente por vir da neve que cobria as montanhas próximas. Tally esperava que estivesse menos congelante depois de um dia inteiro sob o sol.

Para sua surpresa, o kit de sobrevivência realmente incluía sabonetes, escondidos num canto da mochila. Tally segurou um com firmeza e ficou de pé na beira do rio. Vestia apenas o sensor de cintura e tremia, exposta ao vento gelado.

— Lá vou eu — disse, esforçando-se para evitar que seus dentes batessem.

Assim que botou um pé na água, deu um pulo para trás, tentando aplacar a pontada que tinha sentido na perna. Aparentemente, não haveria como entrar no rio passo a passo. Seria necessário pular.

Tally caminhou pela margem do rio, procurando um bom ponto para pular e tentando juntar coragem. Lembrou-se de que nunca tinha ficado pelada ao ar livre. Na cidade, todo lugar aberto era público. Mas ali não via um rosto humano há dias. O mundo parecia ser só seu. Apesar do frio, o sol deixava uma sensação maravilhosa em sua pele.

Ela cerrou os dentes e olhou para o rio. Ficar parada, pensando na natureza, não a deixaria limpa. Bastava dar alguns passos e pular — a gravidade cuidaria do resto.

Decidiu fazer uma contagem regressiva começando pelo cinco. Depois, pelo dez. Não funcionou. Então percebeu que estava congelando só de permanecer parada naquele lugar.

Finalmente, pulou.

A água gelada pareceu agarrar Tally. Todos seus músculos estavam paralisados, suas mãos tinham se transformado em garras trêmulas. Por um instante, ela se perguntou se conseguiria voltar à margem. Talvez fosse simplesmente morrer ali, mergulhando para sempre nas águas glaciais.

Tally respirou fundo, ainda tremendo, e tentou se lembrar de que os antepassados dos Enferrujados deviam tomar banho em rios gelados como aquele. Esforçando-se para segurar o queixo no lugar, ela enfiou a cabeça embaixo d'água e subiu de volta, jogando os cabelos para trás.

Um momento depois, um surpreendente calor se acendeu na sua barriga, como se a água gélida tivesse ativado um depósito secreto de energia dentro de seu corpo. Ela abriu os olhos e gritou de alegria. As montanhas que a cercavam havia três dias de caminhada pareciam reluzir, com seus picos cobertos de neve recebendo os últimos raios do sol que se recolhia. O coração de Tally se acelerou, seu sangue espalhando um calor inesperado pelo corpo.

Mas a carga de energia estava acabando rapidamente. Ela se apressou em abrir o sabonete e, apesar de senti-lo escorregar por entre os dedos, conseguiu passá-lo em toda a pele e nos cabelos. Mais um mergulho e estaria pronta para sair da água.

Ao olhar para a margem, Tally notou que tinha se afastado do seu ponto de parada, por causa da correnteza. Deu algumas braçadas para voltar e começou a caminhar em direção às rochas na beira do rio.

Com a água na altura do peito, já tremendo devido ao vento que batia em seu corpo molhado, Tally ouviu um barulho que a deixou paralisada.

Alguma coisa estava se aproximando. Alguma coisa grande.

O LADO DESPREZADO

O estrondo vinha do céu, como se fosse uma bateria gigante, raivosa e acelerada, invadindo sua cabeça e seu coração. Parecia sacudir todo o horizonte, fazendo o leito do rio tremer a cada pancada.

Tally agachou-se, dentro da água, até ficar apenas com a cabeça para fora, segundos antes de a máquina aparecer.

Ela veio da direção das montanhas, voando baixo e levantando poeira, no rastro das fortes correntes de ar que provocava. Era muito maior que um carro voador — e cem vezes mais barulhento. Aparentemente sem auxílio de ímãs, a máquina se sustentava no ar graças a um disco semi-invisível que reluzia sob o sol.

Ao alcançar o rio, parou numa manobra radical. Sua passagem agitou a água, criando ondas circulares, como se uma imensa pedra deslizasse na superfície. Tally viu, no interior do veículo, pessoas olhando para a margem do rio. Sua prancha aberta era sacudida pela ventania, e os ímãs lutavam para mantê-la próxima ao chão. A mochila tinha desaparecido no meio da poeira. As roupas, o saco de dormir e os pacotes de EspagBol espalhavam-se ao vento.

Tally se afundou um pouco mais na água revolta, pensando na possibilidade de ficar ali, pelada e sozinha, sem qualquer tipo de auxílio. Já estava quase congelada.

Nesse instante, a máquina moveu-se para a frente, exatamente como uma prancha, e começou a se afastar. Seguiu em direção ao mar e desapareceu tão rapidamente quanto havia chegado, deixando ecos nos ouvidos de Tally e espuma na superfície da água.

Tally saiu do rio se arrastando. Seu corpo parecia uma pedra de gelo, e ela mal conseguia fechar a mão. Caminhou até suas coisas e agarrou as roupas, vestindo-as antes mesmo que o sol fraco pudesse deixá-la mais seca. Sentou-se e ficou de braços cruzados, até os tremores pararem, olhando temerosa para o horizonte avermelhado.

Os estragos não tinham sido tão grandes. A luz de operação da prancha permanecia verde, e a mochila, embora suja, não apresentava danos. Depois de uma busca e contagem dos pacotes de EspagBol, concluiu que só havia perdido dois. Por outro lado, o saco de dormir estava arrebentado, cortado em pedacinhos por alguma coisa.

Tally engoliu em seco. Nenhum fragmento do saco de dormir era maior que um lenço. E se estivesse dentro dele quando a máquina veio?

Rapidamente, dobrou a prancha e guardou todo o resto. Num instante, estava pronta para partir. Pelo menos, a ventania provocada pela estranha máquina tinha deixado tudo seco.

— Muito obrigada — disse Tally, ao subir na prancha, curvando-se para a frente, enquanto assistia ao sol começando a sumir.

Estava ansiosa para sair daquele lugar o mais rapidamente possível, para estar longe no caso de eles voltarem. Mas quem eram eles? A máquina voadora batia perfeitamente com a descrição feita por seus professores das geringonças dos Enferrujados: uma espécie de tornado portátil que destruía tudo em seu caminho. Tally já tinha ouvido falar de aeronaves capazes de estilhaçar vidros ao passar e veículos blindados que podiam atravessar as casas das pessoas.

No entanto, os Enferrujados tinham desaparecido muito tempo antes. Quem seria tolo o bastante para reconstruir suas máquinas idiotas?

Tally voou na escuridão cada vez mais intensa, de olhos atentos a qualquer sinal da pista seguinte: "Após quatro dias, pegue o lado desprezado." E a qualquer outra surpresa que a noite escondesse.

Mas uma coisa ficara bem evidente: ela não estava sozinha.

Mais adiante, o rio dividiu-se em dois.

Tally parou para examinar a ramificação. Um dos lados era nitidamente maior; o outro era pouco mais largo que um córrego. Um "afluente", como se chamava um rio menor que desaguava num maior.

Parecia lógico que ela devia seguir o rio principal. No entanto, estava viajando havia três dias, numa prancha mais rápida que o normal. Talvez fosse hora de considerar a pista seguinte.

— Após quatro dias, pegue o lado desprezado — murmurou Tally.

Sob a luz da lua quase cheia, observou os dois rios. Qual deles ela desprezava? Ou qual deles ela *desprezaria* na cabeça de Shay? Os dois pareciam bem comuns. Tally tentou enxergar mais à frente: talvez um deles levasse a algo desprezível que só podia ser visto de dia.

Esperar a resposta, porém, significaria perder uma noite. E também ficar no frio e no escuro sem um saco de dormir.

Tally pensou que talvez a pista não se referisse àquele lugar. Talvez devesse permanecer no rio principal até que algo mais óbvio surgisse. Por que, afinal, Shay chamaria os dois rios de "lados"? Se estivesse falando da ramificação, não faria mais sentido dizer "pegue o caminho desprezado"?

— O lado desprezado — repetiu Tally, lembrando-se de algo.

Ela levou os dedos ao rosto. Ao mostrar seu morfo perfeito a Shay, Tally tinha explicado que sempre começava espelhando seu lado esquerdo e que odiava o lado direito de seu rosto. E aquilo era exatamente o tipo de coisa que ficaria na memória de Shay.

Então aquela seria uma maneira de dizer que ela devia pegar a direita?

Pela direita, seguia o rio menor, o afluente. As montanhas ficavam mais próximas naquela direção. Poderia estar se aproximando da Fumaça.

Tally observou os dois rios no escuro. Um grande e um pequeno. Recordou-se de Shay dizendo que a simetria dos perfeitos era besteira, que ela preferia ter um rosto com dois lados diferentes.

Até aquele momento, Tally não havia se dado conta da importância da conversa, a primeira vez que Shay tinha expressado seu desejo de permanecer feia. Se tivesse percebido na hora, talvez pudesse ter convencido Shay a desistir da fuga. E, agora, as duas estariam numa torre de festa, juntas e perfeitas.

— Então é direita mesmo — disse Tally, suspirando e apontando a prancha para o rio menor.

Quando o sol nasceu, Tally soube que fizera a escolha certa.

À medida que o afluente avançava por entre as montanhas, os campos ao seu redor se enchiam de flores. Logo as flores brancas reluzentes se espalhavam como grama, expulsando todas as outras cores da paisagem. Na luz do amanhecer, era como se a terra brilhasse de dentro para fora.

"E busque nas flores os olhos de um inseto alado", pensou Tally, tentando decidir se descia da prancha. Talvez houvesse algum inseto com olhos especiais que devesse procurar.

Ela deslizou até a margem e desceu.

As flores só acabavam na beira do rio. Tally agachou-se para examinar uma mais de perto. Cinco longas pétalas brancas curvavam-se delicadamente para cima, a partir do caule, em torno da parte do meio, que exibia apenas um leve tom amarelado. Uma das pétalas inferiores era mais comprida e se esticava quase até a terra. De repente, um movimento chamou a atenção de Tally, que logo avistou um pequeno pássaro voando entre as flores, pulando de uma para a outra, pousando nas pétalas mais longas e dando bicadas sem parar.

"São tão belas", pensou Tally. E havia muitas, por toda parte. Ela teve vontade de se deitar no meio das flores e dormir.

No entanto, não conseguia ver nada que lembrasse "os olhos de um inseto". Tally ficou de pé novamente e observou toda a área ao seu redor. Não havia nada além das montanhas, do branco ofuscante das flores e do rio cintilante que subia o morro. Tudo parecia tranquilo, um mundo diferente daquele que a máquina voadora havia feito em pedaços na noite anterior.

Ela voltou para a prancha e seguiu em frente, mais devagar para poder procurar cuidadosamente qualquer coisa que se encaixasse à pista de Shay. E sem esquecer de aplicar mais um adesivo para se proteger do sol cada vez mais alto.

Tally subiu a montanha acompanhando o rio. Lá de cima, podia ver áreas sem flores, pedaços de solo arenoso e seco. A paisagem irregular era uma imagem estranha, como um belo quadro depois de sofrer a ação de uma lixa.

Ela desceu da prancha várias vezes para examinar as flores, à procura de insetos ou de qualquer outra coisa que correspondesse às palavras do bilhete de Shay. Mas o dia passava e nada fazia sentido.

Por volta do meio-dia, o rio afluente já estava bem mais estreito. Mais cedo ou mais tarde, Tally alcançaria sua origem, uma fonte na montanha ou um monte de neve em derretimento. Então teria de caminhar. Exausta depois da noite agitada, resolveu montar acampamento.

Seus olhos varreram o céu, tentando descobrir se haveria outras máquinas voadoras dos Enferrujados por perto. A possibilidade de uma daquelas coisas se aproximando durante seu sono a deixava aterrorizada. Quem saberia o que as pessoas no interior do veículo queriam? Se não estivesse escondida, na noite anterior, o que teriam lhe feito?

Só havia uma certeza: as células solares da prancha eram bem visíveis de cima. Tally decidiu verificar a carga. Graças à velocidade reduzida e ao sol forte no céu, restava mais da metade. Ela desdobrou a prancha, mas apenas em quatro partes, e a escondeu no meio das flores mais altas que conseguiu encontrar. Em seguida, subiu um morro próximo, de onde podia vigiar a prancha e escutar qualquer coisa que se aproximasse pelo ar. Também decidiu arrumar a mochila antes de dormir, o que permitiria uma fuga rápida, se fosse necessário.

Era tudo que podia fazer.

Depois de comer um pacote levemente repugnante de EspagBol, ela se encolheu num ponto bem escondido pelas flores. O vento fazia suas longas hastes balançarem, e as sombras dançavam nas pálpebras fechadas de Tally.

Ela se sentia meio exposta sem o saco de dormir, repousando apenas com as roupas do corpo, mas o sol quente e a longa noite de viagem logo a puseram para dormir.

Quando acordou, o mundo pegava fogo.

TEMPESTADE DE FOGO

No início, ouvia apenas um som de vento forte em seus sonhos.

Em seguida, um barulho violento preencheu o ar, os galhos secos passaram a estalar mais intensamente, e o cheiro de fumaça envolveu Tally, finalmente arrancando-a do sono, num susto.

Nuvens densas de fumaça a cercavam e escondiam o céu. Uma parede irregular de chamas movia-se por entre as flores, emitindo ondas de calor. Ela agarrou a mochila e desceu o morro, aos tropeços, fugindo do fogo.

Tally não fazia ideia de onde estava o rio. Não conseguia enxergar nada em meio à nuvem de fumaça. Seus pulmões lutavam para respirar naquele ambiente hostil.

Então ela viu alguns raios de sol atravessando a fumaça e conseguiu se localizar. O rio estava na direção do fogo, do outro lado do morro.

Depois de voltar pelo mesmo caminho, Tally olhou para baixo, por entre as chamas. O fogo estava mais forte. As labaredas subiam o morro, passando de uma linda flor a outra, deixando-as queimadas e pretas. Ela vislumbrou as águas do rio no meio da fumaça, mas o calor a obrigou a se afastar.

Acabou caindo para o outro lado novamente, tossindo e cuspindo, sem tirar um pensamento da cabeça: sua prancha teria sido engolida pelas chamas?

Tally precisava chegar ao rio. A água era o único lugar em que estaria a salvo da fúria do fogo. Como não podia passar pelo alto, talvez pudesse contornar o morro.

Desceu o barranco a toda velocidade. Havia alguns focos de incêndio naquele lado, mas nada que se comparasse ao fogo incontrolável atrás dela. Logo Tally alcançou o pé do morro e começou a circundá-lo, andando agachada para evitar a fumaça.

Na metade do caminho, deparou-se com uma área queimada, por onde o fogo já tinha passado. As frágeis hastes de flores despedaçavam-se sob seus tênis, e o calor que subia da terra carbonizada irritava seus olhos.

Ao pisar as flores queimadas, sentia um calor intenso nos pés. Seus passos estavam funcionando como um atiçador remexendo a lenha quase apagada. Tally sentia os olhos secos e o rosto muito quente.

Momentos depois, ela avistou o rio. O fogo estendia-se numa barreira contínua até a margem oposta. Um vento ruidoso o espalhava e lançava fagulhas que pousavam do lado mais próximo. Uma massa de fumaça avançou para cima de Tally, deixando-a sem enxergar e sem respirar por alguns instantes.

Quando conseguiu abrir os olhos, Tally percebeu o brilho das células solares da prancha e correu imediatamente em sua direção, ignorando as flores em brasa espalhadas pelo caminho.

A prancha parecia imune à ação do fogo, protegida pela sorte e pela camada de orvalho que sempre acumulava ao anoitecer.

Rapidamente, ela fechou a prancha e subiu a bordo, sem esperar que a luz amarela ficasse verde. Por causa do calor, o equipamento estava quase seco e se ativou ao comando de Tally. Ela foi na direção do rio e, uma vez sobre a água, passou a acompanhar a correnteza, enquanto procurava uma brecha na parede de fogo à sua esquerda.

Seus sapatos aderentes estavam arruinados, com as solas rachadas como lama ressecada. Por isso, Tally voou devagar, de vez em quando pegando água com as mãos para aliviar o calor no rosto e nos braços.

Um estrondo ressoou do seu lado esquerdo, inconfundível mesmo em meio ao barulho do fogo. Tally e a prancha foram pegos por uma ventania repentina e lançados na direção oposta. Tentando resistir, ela enfiou um pé na água, para deter a prancha. Segurou firme com as duas mãos, lutando desesperadamente para não ser jogada no rio.

Subitamente, a fumaça se dissipou, e uma forma familiar surgiu da escuridão. Era a máquina voadora, agora com o estrondo ainda mais nítido, ofuscando o fogo feroz. A ventania provocada pelo veículo atiçou as chamas, que alcançaram nova intensidade, e as fagulhas já chegavam ao outro lado do rio.

O que eles estavam *fazendo*? Não percebiam que estavam espalhando as chamas?

A pergunta foi respondida um segundo depois, quando um jato de fogo saiu da máquina, alcançando a outra margem e incendiando mais uma área coberta por flores.

Eles tinham iniciado o fogo. E agora queriam propagá-lo em todas as direções possíveis.

A máquina voadora se aproximou. Tally identificou um rosto estranho a observando do lugar do piloto e, imediatamente, girou a prancha para fugir. Mas a coisa se ergueu no ar, passou por cima dela, e logo o vento impedia qualquer ação.

Tally foi arremessada sobre a água. Antes que caísse, os braceletes antiqueda a seguraram acima da correnteza por um momento. Em seguida, porém, a ventania atingiu a prancha, muito mais leve sem a passageira, e a girou como se fosse uma folha no ar.

De mochila e tudo, Tally afundou no meio do rio.

Sob a água, estava tudo gelado e tranquilo.

Por alguns momentos, Tally sentiu somente alívio por ter escapado do vento implacável, da máquina barulhenta e do calor insuportável do incêndio. No entanto, o peso dos braceletes e da mochila a puxavam rapidamente para baixo, e o pânico passou a tomar conta de seu coração.

Agitando os braços avidamente, começou a subir em direção às luzes oscilantes da superfície. Os equipamentos e as roupas molhadas faziam muito peso, mas, quando seus pulmões pareciam prestes a explodir, ela emergiu no meio do caos. Teve tempo apenas de inalar um pouco do ar enfumaçado antes de ser atingida por uma onda. Ela tossiu e cuspiu a água, num esforço para não voltar a afundar.

Uma sombra passou por cima de Tally e deixou o céu escuro. Nesse instante, sua mão encostou em algo — um familiar revestimento de borracha...

A prancha havia voltado para buscá-la! Do jeito exato que sempre acontecia quando ela caía. Os braceletes antiqueda a levantaram até que pudesse se agarrar à superfície irregular e recuperar o fôlego.

172

Um apito bem agudo soou da margem. Tally piscou para tirar a água dos olhos e notou que a máquina dos Enferrujados havia pousado. Figuras pulavam do veículo e espalhavam espuma branca no chão enquanto passavam pelas flores em chamas, até entrarem no rio. Estavam atrás dela.

Tally empenhou-se para subir na prancha.

— Espere! — disse a pessoa mais próxima.

Com dificuldade, Tally ficou de pé, tentando manter o equilíbrio sobre a prancha molhada. Seus tênis, bastante queimados, estavam escorregadios. Sua mochila encharcada parecia pesar uma tonelada. Quando ela se curvou, a mão de alguém coberta por uma luva surgiu, na tentativa de agarrar a parte da frente da prancha. Em seguida, uma cabeça saiu da água, escondida por uma espécie de máscara. Olhos imensos a fitavam.

Ela deu um pisão na mão. Esmagados, os dedos se soltaram, mas, com o peso concentrado na parte da frente, a prancha inclinou-se para dentro d'água.

E Tally caiu no rio novamente.

Várias mãos a agarraram e a afastaram da prancha. Ela foi erguida e posta sobre um par de ombros largos. De relance, viu outros rostos mascarados: grandes olhos, nada humanos, observavam-na sem piscar.

Olhos de inseto.

OLHOS DE INSETO

Eles a tiraram da água e a levaram para a margem, içada pela máquina voadora.

Os pulmões de Tally estavam cheios de água e fumaça. Ela mal conseguia respirar sem que uma tosse terrível fizesse seu corpo inteiro tremer.

— Ponham a garota no chão!

— De onde ela apareceu?

— Deem um pouco de oxigênio a ela.

Eles puseram Tally de costas no chão, que estava tomado por uma grossa camada de espuma branca. Então, o homem que a havia carregado tirou a máscara com olhos de inseto, revelando algo surpreendente.

Tratava-se de um perfeito. Um perfeito jovem, tão bonito quanto Peris.

O homem botou a máscara no rosto de Tally. Sem forças, ela resistiu por um instante, mas logo um ar puro chegou aos seus pulmões. Embora se sentisse meio tonta, Tally sugava o oxigênio com gratidão.

A máscara foi retirada.

— Não exagere. Vai acabar hiperventilando.

Ela tentou falar, mas só conseguia tossir.

— Está ficando complicado — disse outra pessoa. — Jenks quer levá-la para cima.

— Jenks pode esperar.

Tally esforçou-se para falar:

— Minha prancha.

O homem reagiu com um belo sorriso e depois olhou para cima.

— Está a caminho. Ei! Alguém ponha essa coisa no helicóptero! Qual é seu nome, garota?

— Tally — respondeu, antes de outra tossida.

— Bem, Tally, está pronta para sair daqui? O fogo não vai ficar esperando.

Ela pigarreou e tossiu de novo.

— Acho que sim.

— Certo. Vamos lá.

O homem ajudou Tally a se levantar e a conduziu até a máquina. Lá dentro, onde passaram a dividir o espaço com mais três pessoas usando máscaras de inseto, o barulho era muito menor. Em seguida, a porta se fechou.

A máquina se agitou, e Tally sentiu que estavam deixando o solo.

— Minha prancha! — gritou.

— Relaxe, menina. Já cuidamos disso — disse uma mulher, tirando a máscara.

Também era uma jovem perfeita. Tally se perguntou se aquelas seriam as pessoas mencionadas no bilhete. Os "olhos de inseto". Eram *eles* que ela devia procurar?

— Ela vai ficar bem? — perguntou uma voz que surgiu no meio da cabine.

— Vai sobreviver, Jenks. Pegue o desvio de sempre e cuide do fogo no caminho de volta para casa.

175

Enquanto a máquina subia, Tally olhava para baixo. Estavam seguindo o curso do rio. O fogo se espalhava pela outra margem, empurrado pelo deslocamento de ar. De vez em quando, a máquina disparava uma labareda lá embaixo.

Tally observou os rostos dos membros da tripulação. Pareciam muito determinados e concentrados em suas tarefas para serem meros jovens perfeitos. Aquilo tudo era um absurdo.

— O que estão fazendo? — perguntou ela.

— Um pequeno incêndio.

— Isso eu percebi. Mas *por quê*?

— Para salvar o mundo, garota. Sentimos muito que você tenha surgido no nosso caminho.

Eles se autodenominavam guardiões.

O que a havia tirado do rio chamava-se Tonk. Todos falavam com um sotaque carregado e vinham de uma cidade que Tally não conhecia.

— Não é muito longe daqui — disse Tonk. — Mas nós, guardiões, passamos a maior parte do tempo na natureza. A base dos helicópteros de fogo fica nas montanhas.

— *Heli-quê* de fogo?

— Helicópteros. É num deles que está agora.

Depois de examinar o interior do veículo ruidoso, ela gritou:

— Isto é tão... Enferrujado!

— E é mesmo. Uma relíquia. Algumas partes têm quase duzentos anos. Produzimos cópias das peças quando começam a ficar desgastadas.

— Mas por que fazem isso?

— Eles chegam a qualquer lugar, havendo ou não uma estrutura magnética no solo. E são um instrumento perfeito para se espalhar fogo. Com certeza, os Enferrujados sabiam como criar confusão.

— E vocês espalham fogo para...

Tonk sorriu e, em seguida, pegou um dos pés de Tally. Da sola do tênis, ele tirou uma flor, que estava amassada, mas sem sinais de ter sido queimada.

— Para acabar com a *phragmipedium panthera*.

— Como é que é?

— Essa flor era uma das plantas mais raras do mundo. Uma orquídea-tigre branca. Na época dos Enferrujados, um único bulbo valia mais que uma casa.

— Uma casa? Mas existem milhões delas por aí.

— Você reparou? — Ele levantou a flor, mantendo os olhos fixos na delicada boca. — Cerca de trezentos anos atrás, uma Enferrujada descobriu uma maneira de modificar a espécie geneticamente, para que se adaptasse a uma variedade maior de condições. Ela alterou seus genes para que se espalhasse mais facilmente.

— Por quê?

— A mesma coisa de sempre. Para usar como moeda de troca. O problema é que o plano deu certo demais. Olhe para baixo.

Tally espiou pela janela. A máquina tinha ganhado altura e deixado o incêndio para trás. Lá embaixo, agora, só havia campos brancos, interrompidos apenas por alguns poucos trechos sem vegetação.

— É, parece que ela fez um bom trabalho. Mas qual é o problema? As flores são bonitas.

— Uma das plantas mais bonitas do mundo. Porém, como eu disse, deu certo demais. Ela se transformou numa cultura definitiva. Algo que chamamos de monocultura. Essas flores afastam todas as outras espécies, acabam com as árvores e a grama. E nada se alimenta delas, à exceção de um tipo de beija--flor, que suga seu néctar. A questão é que esse beija-flor faz ninho em árvores.

— Não há nenhuma árvore lá embaixo — disse Tally. — Só as orquídeas.

— Exatamente. Esse é o significado de monocultura: tudo igual. Depois que um determinado número de orquídeas se estabelece numa área, não há beija-flores suficientes para cuidar da polinização. Sabe, para espalhar as sementes.

— A-hã, eu conheço essa história de pássaros e abelhas.

— Claro que conhece, garota. Então, vítimas de seu próprio sucesso, as orquídeas acabam morrendo, deixando uma terra sem vida para trás. Um zero biológico. Por isso, nós, os guardiões, tentamos impedir que se espalhem. Já experimentamos veneno, doenças criadas em laboratório, predadores que atacam os beija-flores... mas o fogo é a única arma que funciona de verdade. — Tonk virou a orquídea, acendeu um isqueiro e deixou que a chama tocasse a boca da flor. — E temos de agir com bastante cuidado.

Tally notou que os outros guardiões estavam limpando suas botas e uniformes, atentos a qualquer sinal de flores no meio da lama e da espuma. Ela voltou a mirar a brancura infinita.

— E vocês estão fazendo isso há quanto...

— Quase trezentos anos. Os Enferrujados começaram depois de perceberem o que tinham provocado. Mas nunca sairemos vencedores. Apenas tentamos conter a praga.

Contrariada, Tally se recostou e tossiu. Aquelas flores tão belas, delicadas e inofensivas acabavam com tudo ao seu redor.

O guardião se aproximou e lhe ofereceu o cantil. Ela aceitou a água.

— Você está indo para a Fumaça, não está? — perguntou Tonk.

— Estou, como você sabe?

— Bem, uma feia escondida no meio das flores, levando uma prancha e um kit de sobrevivência...

— Ah, claro.

Ela se lembrou da pista: "e busque nas flores os olhos de um inseto alado". Eles já deviam ter visto outros feios.

— Nós ajudamos o pessoal da Fumaça, e eles nos ajudam — explicou Tonk. — Se quiser saber minha opinião, acho meio bizarro essa história de viverem na natureza e continuarem feios. Mas entendem mais da vida selvagem do que a maioria dos perfeitos da cidade. É incrível.

— É, parece que sim — disse Tally.

— Parece que sim? — perguntou Tonk, com uma expressão de surpresa. — Você está indo até eles. Não devia ter certeza?

A partir daquele momento, não haveria como evitar as mentiras. Tally não podia contar que ela era uma espiã, uma infiltrada.

— É claro que tenho certeza.

— Bem, vamos desembarcá-la em breve.

— Na Fumaça?

Tonk estranhou de novo.

— Você não sabe? A localização da Fumaça é um grande segredo. Eles não confiam em perfeitos. Nem mesmo em nós, os guardiões. Vamos deixá-la no lugar de sempre. Você sabe o resto, não é?

— É óbvio. Estava só testando você.

O helicóptero pousou em meio a uma nuvem de poeira. As flores brancas se dobravam, sob a força do vento, em torno do ponto de pouso.

— Obrigada pela carona — disse Tally.

— Boa sorte. Espero que goste da Fumaça.

— Eu também.

— Se mudar de ideia, Tally, estamos sempre em busca de voluntários.

— O que são voluntários?

— São pessoas que escolhem seus próprios trabalhos — respondeu Tonk, sorrindo.

— Ah, entendi. — Tally tinha ouvido falar que aquilo era possível em algumas cidades. — Quem sabe? Enquanto isso, continue com o bom trabalho. Por falar nisso, não estão planejando botar fogo em nada aqui por perto, estão?

Todos riram.

— Só cuidamos dos limites da infestação, para evitar que as flores ampliem sua presença — explicou Tonk. — Este lugar em que estamos fica bem no meio. Não há mais esperança aqui.

Tally olhou ao redor. Em nenhuma direção, havia sinal de cores diferentes do branco. Como o sol tinha se posto uma hora antes, as orquídeas brilhavam como fantasmas sob a luz da lua. Agora que Tally entendia a situação, a paisagem a assustava. Como era a expressão mesmo? Zero biológico.

— Beleza.

Ela desceu do helicóptero, pegou a prancha no suporte magnético localizado ao lado da porta e foi se afastando agachada, com cuidado, seguindo as orientações dos guardiões.

Logo a máquina voltou à vida. Tally observou o disco reluzente, admirada. Tonk havia explicado que era um par de lâminas finas, girando tão rápido que era impossível vê-las. Era aquilo que sustentava a estrutura no ar. Ela não sabia dizer se era brincadeira. Na verdade, parecia apenas um campo de força comum.

Enquanto a máquina manobrava, o vento voltou a ficar forte, levando Tally a segurar a prancha com firmeza. Ela acenou até o helicóptero sumir no céu escuro.

Um suspiro: estava sozinha novamente.

Observando o lugar, Tally se perguntou como encontraria os Enfumaçados no meio daquele deserto de orquídeas. "Depois na cabeça careca espere a alvorada", dizia a última pista do bilhete de Shay. Tally deu uma geral na paisagem, e um sorriso de alívio tomou conta de seu rosto.

Havia uma montanha alta e arredondada, não muito longe dali. Devia ter sido um dos primeiros pontos de proliferação das flores geneticamente modificadas. Sua metade superior estava morrendo: não havia nada além de terra devastada pelas orquídeas.

A área descampada parecia exatamente uma cabeça careca.

Em poucas horas, ela chegou ao cume desmatado da montanha.

A prancha não tinha utilidade naquele lugar. No entanto, a caminhada era fácil graças às botas novas dadas pelos guardiões. As suas haviam se despedaçado no helicóptero, depois de mal saírem inteiras do fogo. Tonk também tinha enchido o purificador com água.

As roupas de Tally haviam começado a secar no helicóptero, e a caminhada completou o serviço. A mochila tinha sobrevivido ao afogamento, assim como os pacotes de EspagBol, mantidos secos dentro do saco impermeável. A única perda causada pelo rio, no fim, havia sido o bilhete de Shay, reduzido a uma maçaroca de papel molhado em seu bolso.

De qualquer modo, Tally estava quase lá. Enquanto observava os arredores, do alto da montanha, concluiu que, fora as bolhas nas mãos e nos pés, alguns machucados nos joelhos e umas mechas de cabelo destruídas pela fumaça, ela tinha se saído bem. Se os Enfumaçados conseguissem encontrá-la e acreditassem na sua intenção de se juntar a eles, sem suspeitarem de que era uma espiã, tudo daria certo.

Ela aguardou na montanha. Apesar de exausta, não conseguia dormir, atormentada pela pergunta: seria capaz de fazer o que a dra. Cable queria? O pingente em seu pescoço também parecia ter sobrevivido à aventura. Tally não acreditava que um pouco de água pudesse avariá-lo, mas a resposta só viria ao chegar à Fumaça e tentar ativá-lo.

Por um momento, desejou que o pingente não estivesse funcionando. Talvez uma pancada, ao longo do caminho, tivesse quebrado o mecanismo de leitura ocular. Assim, não seria capaz de enviar a mensagem à dra. Cable. Mas aquilo não era consolo. Sem o pingente, Tally estaria presa naquele ambiente selvagem. Feia para sempre.

A única maneira de voltar para casa era trair sua amiga.

MENTIRAS

Pouco depois do amanhecer, eles apareceram para pegá-la.

Tally os viu subindo por entre as orquídeas: quatro pessoas carregando pranchas, vestidas inteiramente de branco. Grandes chapéus, também brancos, de padrão camuflado, escondiam suas cabeças. Ela percebeu que, se eles se agachassem entre as flores, praticamente desapareceriam.

Aquelas pessoas faziam todo o possível para se manter escondidas.

Enquanto o grupo se aproximava, Tally reconheceu as tranças de Shay, balançando sob um dos chapéus, e começou a acenar agitadamente. Seu plano inicial era seguir as orientações ao pé da letra e aguardar no alto da montanha. Entretanto, assim que viu a amiga, decidiu pegar a prancha e descer a toda.

Infiltrada ou não, Tally não aguentava mais esperar para reencontrar Shay.

A figura alta e magricela se separou das outras e correu em sua direção. As duas se abraçaram, aos risos.

— É você *mesmo*! Eu sabia!

— Claro que sou eu, Shay. Não aguentava mais ficar longe de você.

Aquilo não deixava de ser verdade.

— Quando vimos o helicóptero, ontem à noite, a maioria achou que devia ser outro grupo — contou Shay, sem perder o sorriso. — Eles diziam que já tinha passado muito tempo e que era hora de eu esquecer.

Tally tentou retribuir o sorriso, sem saber se havia recuperado tempo o bastante para parecer convincente. Mal podia acreditar que tinha iniciado a jornada quatro dias *depois* do seu aniversário de 16 anos.

— Quase fiquei perdida. Não podia ter deixado um bilhete mais obscuro?

— Ah. — Shay ficou meio sem graça. — Achei que fosse entender.

Sem suportar a imagem de Shay se culpando, Tally balançou a cabeça.

— Na verdade, o bilhete estava óbvio. Eu é que sou uma estúpida. A pior parte foi quando encontrei as flores. Os guardiões não me viram logo de cara e por pouco não acabei tostada.

Os olhos de Shay se encheram de preocupação ao verem o rosto arranhado e queimado, as bolhas nas mãos e o cabelo arrasado de Tally.

— Ai, Tally! Parece que você saiu de uma zona de guerra.

— Quase isso.

Os outros três feios se aproximaram, mas não se juntaram às duas. Um garoto ergueu um aparelho no ar.

— Ela está suja.

— O quê? — reagiu Tally, quase paralisada.

Gentilmente, Shay tirou a prancha de suas mãos e a entregou ao garoto. Depois de fazer uma varredura com o aparelho, ele assentiu e arrancou uma das aletas de estabilização.

184

— Vejam só.

— Às vezes, eles botam localizadores nas pranchas de longa distância — explicou Shay. — Para ver se acham a Fumaça.

— Ah, sinto muito... Eu não sabia. Juro!

— Relaxe, Tally — disse o garoto. — Não é sua culpa. Também havia um na prancha de Shay. É por isso que encontramos os novatos aqui. — Ele mostrou o localizador novamente. — Vamos levar isso para um lugar qualquer e colá-lo numa ave migratória. Quem sabe os Especiais não gostam da América do Sul?

Todos os Enfumaçados caíram na risada antes de o garoto chegar mais perto para examinar o corpo de Tally. Ela tentou recuar quando o aparelho passou perto do pingente. Mas o garoto apenas sorriu.

— Tudo bem. Você está limpa.

Tally deu um suspiro de alívio. Agora entendia tudo: como ela ainda não havia ativado o pingente, o aparelho não tinha indicado nada. O outro dispositivo era apenas um recurso usado pela dra. Cable para despistar os Enfumaçados — fazê-los baixar a guarda. A verdadeira ameaça, afinal, era Tally.

Shay ficou ao lado do companheiro e segurou sua mão.

— Tally, este aqui é David.

Ele sorriu. Embora fosse um feio, tinha um belo sorriso. E seu rosto demonstrava um tipo de confiança que Tally nunca vira num feio. Talvez fosse alguns anos mais velho que ela. Tally não conhecia pessoas que tinham amadurecido naturalmente depois dos 16 anos. Não sabia o quanto de ser feio era apenas uma consequência daquela idade complicada.

Por outro lado, David estava longe de ser um perfeito. Seu sorriso era torto, e sua testa, grande demais. De qualquer jeito, feios ou não, era bom ver Shay, David... todos eles. Fora os momentos surpreendentes com os guardiões, tinha passado muito tempo sem ver rostos humanos.

— Então, o que você tem aí?

— Ahn?

Croy era outro feio do grupo de resgate. Embora também parecesse ter mais de 16 anos, a idade não lhe caía tão bem quanto em David. Em algumas pessoas, a operação era uma necessidade maior. Ele se ofereceu para levar a mochila.

— Ah, obrigada — disse Tally, com os ombros doloridos de carregar o peso durante uma semana.

Enquanto caminhavam, Croy abriu a mochila para conferir seu conteúdo.

— Purificador. Localizador. — Ele abriu o saco impermeável. — Espagbol! Que delícia!

Tally fez um som de nojo.

— Pode ficar com isso.

— Posso? — perguntou ele, surpreso.

Nessa hora, Shay se intrometeu e tirou a mochila de suas mãos.

— Não, não pode.

— Ei, comi esse negócio três vezes por dia nos últimos... por uma eternidade — disse Tally.

— Eu sei. Mas comida desidratada é difícil de se encontrar na Fumaça — explicou Shay. — É melhor guardar para trocar.

— Trocar? O que você quer dizer?

Na cidade, os feios às vezes negociavam pequenas tarefas ou objetos roubados. Mas *comida*? Shay deu uma risada.

— Vai se acostumar. Na Fumaça, as coisas não brotam das paredes. Você precisa cuidar do que trouxe. Não saia dando a qualquer um que pedir — reforçou ela, olhando para Croy, que agora se mostrava envergonhado.

— Eu ia dar alguma coisa em troca — disse ele.

— Claro que ia — opinou David.

Durante a caminhada, Tally reparou que a mão de David tocava de leve no ombro de Shay. Lembrou-se de como ela costumava falar nele — como se fosse um sonho. Talvez a perspectiva de liberdade não fosse a única razão de sua amiga ter fugido para lá.

Eles alcançaram o limite do campo de flores, uma área cheia de árvores e arbustos que começava aos pés de uma montanha muito alta.

— Como evitam que as orquídeas se espalhem? — perguntou Tally.

Os olhos de David brilharam, como se aquele fosse seu assunto preferido.

— A antiga floresta consegue detê-las. Está aí há séculos. Provavelmente desde antes dos Enferrujados.

— Milhares e milhares de espécies vivem nela — acrescentou Shay. — Por isso, ela é forte o suficiente para manter a praga afastada — completou, buscando um olhar de aprovação de David.

— O resto da terra era parte de fazendas ou pasto — prosseguiu ele, apontando para a vasta área branca. — Os Enferrujados já tinham devastado tudo antes da chegada da praga.

Bastaram alguns minutos na floresta para Tally compreender por que as orquídeas não tinham chance. Por todos os lados, o mato cerrado e as árvores de troncos grossos se uniam em barreiras intransponíveis. Mesmo na trilha estreita, a toda hora ela esbarrava em galhos e ramos ou tropeçava em raízes e pedras. Nunca tinha visto um mato tão selvagem e pouco acolhedor. Trepadeiras cheias de espinhos se prolongavam na semiescuridão como uma proteção de arame farpado.

— Vocês *vivem* aqui? — perguntou ela.

— Calma — respondeu Shay, rindo. — Ainda falta um pouco. Só estamos nos assegurando de que não há ninguém nos seguindo. A Fumaça fica num ponto muito mais alto, onde não existem tantas árvores. Estamos chegando ao riacho. Logo subiremos nas pranchas.

— Legal.

Seus pés já estavam esfolados dentro das botas novas. Pelo menos, eram mais quentes que seus tênis antiderrapantes e muito melhores para caminhadas. Imaginava como seria se não as tivesse ganhado dos guardiões. Como conseguiria novos sapatos na Fumaça? Seria preciso trocar por toda sua comida? Ou teria de fabricar um par por conta própria? Ela observou os pés de David, que estava à sua frente, e achou que realmente pareciam feitos à mão, como um monte de pedaços de couro costurados de um modo grosseiro. Estranhamente, porém, ele se movia graciosamente pelo mato, silencioso e confiante, enquanto os demais avançavam como uma manada de elefantes.

A simples ideia de produzir um par de calçados com as próprias mãos deixou Tally desnorteada.

Respirando fundo, ela tentou se lembrar de que nada daquilo importava. Assim que alcançasse a Fumaça, poderia ativar o pingente. Estaria em casa em questão de um dia.

Talvez de horas. E, então, teria toda a comida e a roupa que quisesse, bastando pedir. E, finalmente, um rosto perfeito. E Peris e todos seus antigos amigos por perto.

Depois de muita espera, aquele pesadelo chegaria ao fim.

Em pouco tempo, o som de água corrente se espalhou pela floresta, e eles encontraram uma pequena clareira. David pegou seu aparelho novamente e o apontou para a trilha da qual haviam saído.

— Nada — anunciou ele, sorrindo para Tally. — Parabéns. Agora você é uma de nós.

Shay deu um riso emocionado e abraçou Tally, enquanto os outros preparavam suas pranchas.

— Ainda não acredito que você veio. Achei que eu tivesse estragado tudo. Demorei tanto para falar da ideia de fugir. E fui tão estúpida por provocar uma briga em vez de simplesmente contar o que queria fazer.

— Você já tinha contado tudo, só que eu não queria ouvir. Depois que entendi que estava falando sério, eu só precisava parar para pensar. Levei um tempo... cada minuto até a última noite antes do meu aniversário. — Tally respirou fundo, perguntando-se por que estava mentindo daquele jeito, sem necessidade. Devia simplesmente calar a boca, chegar à Fumaça e resolver o assunto. Mas ela prosseguiu. — Aí me dei conta de que nunca mais veria você se não viesse. E ficaria sempre me perguntando como teria sido.

Pelo menos, aquela última parte era verdade.

À medida que eles subiam a montanha, o riacho foi se alargando, abrindo caminho floresta adentro. As árvores baixas e retorcidas deram lugar a pinheiros altos, e a vegetação rasteira tornou-se mais densa. Em certos trechos, a corrente era mais forte. Shay gritou ao passar pela espuma produzida pela água agitada.

— Estava ansiosa para mostrar isso! E olha que as corredeiras *realmente* bacanas ficam do outro lado.

Passado um tempo, eles deixaram o riacho e seguiram um veio de ferro que atravessava um espinhaço. Lá de cima, podiam ver um pequeno vale, praticamente sem vegetação. Shay segurou a mão de Tally.

— Ali está. Nosso lar.

A Fumaça ficava logo abaixo.

A MODELO

A Fumaça era realmente enfumaçada.

Espalhadas pelo vale, havia fogueiras, e pequenos grupos de pessoas em volta. O cheiro de madeira queimada e de comida alcançava Tally, fazendo-a se lembrar de acampamentos e festas ao ar livre. Além da fumaça, via-se uma névoa matutina, uma faixa branca descendo de nuvens posicionadas ao lado da montanha mais alta. Alguns painéis solares refletiam uma luz tênue. Canteiros separavam as construções — cerca de vinte estruturas de um único andar feitas com longas tábuas de madeira. Havia madeira por toda parte: em cercas, áreas de cozinha, passarelas sobre partes enlameadas e grandes pilhas ao lado das fogueiras. Tally se perguntava onde arranjavam tanta madeira.

Então viu os tocos nos limites do vilarejo e ficou chocada.

— Árvores... — disse baixinho, horrorizada. — Vocês derrubam árvores.

— Só aqui neste vale — explicou Shay, apertando sua mão. — No começo, parece estranho, mas era assim que os Pré-Enferrujados viviam, sabia? E estamos plantando árvores no outro lado da montanha, tomando a área das orquídeas.

— Entendi — disse Tally, desconfiada. Ela observou um grupo de feios movendo uma árvore caída, empurrando-a com ajuda de duas pranchas. — Vocês têm uma estrutura magnética?

— Em alguns pontos — respondeu Shay, orgulhosa. — Recolhemos um monte de metal de uma ferrovia. Uma estrutura parecida com a que você seguiu no litoral. Construímos alguns caminhos por dentro da Fumaça e pretendemos cobrir todo o vale. Estou trabalhando nesse projeto. Contamos alguns passos e enterramos um pedaço de ferro-velho. Como tudo por aqui, é mais difícil do que parece. Você não *acreditaria* em como uma mochila cheia de aço é pesada.

David e os outros já estavam descendo, deslizando em ordem por entre duas fileiras de pedras pintadas de laranja fluorescente.

— É um dos caminhos? — perguntou Tally.

— É, sim. Vamos lá. Vou levá-la à biblioteca. Quero que conheça o Chefe.

Shay explicou que o Chefe não estava realmente no comando. Ele apenas fingia estar, especialmente diante de novatos. O único lugar em que mandava de fato era a biblioteca, o maior prédio na praça central do vilarejo.

Na entrada, o cheiro familiar dos livros empoeirados chamou a atenção de Tally. Ao olhar ao redor, ela notou que a biblioteca não tinha muita coisa além de livros. Nada de telão no ar ou telas individuais de trabalho. Apenas pares trocados de mesas e cadeiras e corredores intermináveis de estantes.

Shay levou Tally a área central do lugar, onde um balcão arredondado era ocupado por um sujeito pequeno que falava num telefone antigo. Enquanto se aproximava, Tally sentia o coração bater acelerado. Temia o que estava prestes a ver.

O Chefe era um feio *velho*. Antes de entrar, Tally havia visto alguns deles, a certa distância, mas tinha conseguido desviar os olhos a tempo. Agora estava cara a cara com a verdade enrugada, venosa, esmaecida, grosseira, terrível. Seus olhos caídos avaliavam os visitantes enquanto ele discutia com quem quer que estivesse do outro lado da linha. Ao mesmo tempo em que disparava a voz ruidosa, agitava um braço para que fossem embora.

Dando uma risadinha, Shay levou Tally para perto das estantes.

— Ele vai acabar nos chamando. Antes quero mostrar uma coisa a você.

— Coitado...

— Quem, o Chefe? Sinistro, não é? Ele tem uns *quarenta*! Espere só até conversar com ele.

Tally tentou apagar da cabeça a imagem de sua fisionomia decadente. Aquelas pessoas devem estar fora de si para suportarem aquilo, para *desejarem* aquilo.

— O rosto dele...

— Ainda não viu nada. Dá uma olhada nisso aqui.

Shay fez Tally se sentar a uma mesa, foi a uma prateleira e puxou alguns volumes mantidos em capas protetoras. Ela os jogou na frente da amiga.

— Livros de papel? O que têm de mais?

— Não são livros. Se chamam "revistas" — explicou Shay.

Ela abriu um exemplar e apontou para as páginas. Eram todas estranhamente brilhantes e cheias de fotos. De pessoas.

Feios.

Os olhos de Tally demonstravam espanto enquanto Shay virava as páginas, sempre apontando e rindo. Ela nunca tinha visto tantos rostos tão diferentes. Bocas, olhos e narizes de todos os formatos possíveis, combinados de um jeito absurdo, em pessoas de todas as idades. E os *corpos*? Alguns eram monstruosamente gordos ou estranhamente musculosos ou perturbadoramente magros. E quase todos apresentavam proporções desequilibradas e feias. No entanto, em vez de demonstrarem vergonha por causa de suas deformidades, as pessoas davam risadas, trocavam beijos e posavam, como se as fotos tivessem sido tiradas numa grande festa.

— Quem são esses esquisitos?

— Eles não são esquisitos — disse Shay. — O engraçado é que são pessoas famosas.

— Famosas por quê? Por serem horríveis?

— Não. São esportistas, atores, artistas. Acho que os caras de cabelo comprido são músicos. Os mais feios são políticos. Alguém me disse que os gordinhos, na maioria, são comediantes.

— É curioso mesmo. Curioso no sentido de estranho — disse Tally. — Então era assim a aparência das pessoas antes do primeiro perfeito? Como é que as pessoas conseguiam encarar essas coisas?

— Sei que, no início, é meio assustador. Mas, se você continuar olhando por um tempo, acaba se acostumando.

Shay avançou até uma foto de página inteira de uma mulher vestindo roupas íntimas bem justas, como uma espécie de biquíni de renda.

— Mas o que... — surpreendeu-se Tally.

— É isso aí.

A mulher parecia estar passando fome. No tronco, as costelas se destacavam, e as pernas eram tão finas que Tally não entendia como aguentavam o peso do corpo. Os cotovelos e os ossos pélvicos eram pontudos. Apesar de tudo, a mulher sorria e aparentava se orgulhar do corpo, como alguém que tivesse acabado de passar pela operação sem perceber que haviam retirado gordura demais. O curioso era que seu rosto estava mais perto de ser perfeito do que o resto. Ela possuía olhos grandes, pele sedosa e nariz pequeno, mas as maçãs do rosto eram protuberantes, praticamente visíveis sob a pele.

— Que tipo de pessoa é ela?

— Uma modelo.

— E o que seria isso?

— Seria uma perfeita profissional. Quando todo mundo é feio, acho que ser belo vira uma espécie de trabalho.

— E por que ela está de calcinha? — perguntou Tally, antes de se lembrar de algo. — Ela tem aquela doença! Aquela que os professores sempre mencionavam.

— Provavelmente. Sempre achei que não passasse de uma invenção para nos assustar...

Antes de a operação existir, muitas pessoas, principalmente mulheres jovens, sentiam tanta vergonha de serem gordas que simplesmente paravam de comer. Perdiam peso rápido demais. Sem conseguir se controlar, continuavam emagrecendo até acabarem no mesmo estado daquela "modelo". Na escola, diziam que algumas chegavam a morrer. Essa foi uma das justificativas da operação. Como todos sabiam que se tornariam perfeitos aos 16 anos, ninguém desenvolvia a doença. Na verdade, a maioria se empanturrava antes da operação, sabendo que a gordura seria mesmo retirada.

Tally olhou bem para a foto e sentiu um arrepio. Por que retornar *àquilo*?

— Esquisito, né? — disse Shay, virando-se em seguida. — Vou ver se o Chefe já pode nos ver.

Antes que a amiga saísse de vista, Tally reparou como Shay era magra. Não como uma pessoa doente; era apenas uma feia magra, que não tinha o hábito de comer muito. Tally se perguntou se, na Fumaça, aquilo se tornaria cada vez mais grave, até Shay morrer de fome.

Ela levou um dedo ao pingente. Era sua chance. Poderia resolver tudo naquele exato momento.

Aquelas pessoas haviam se esquecido de como era o mundo antigo. Sim, podiam até estar se divertindo, acampando e brincando de esconder, numa grande provocação às cidades. No entanto, por alguma razão, ignoravam que os Enferrujados haviam agido como desequilibrados, chegando perto de destruir o mundo, de mil maneiras diferentes. A fome daquela quase perfeita era apenas uma delas. Por que voltar àquele tipo de coisa?

Eles já andavam cortando *árvores* naquele lugar.

Tally abriu o pingente de coração e observou o pequeno orifício por onde o laser leria sua impressão ocular. Com a mão trêmula, aproximou-o do rosto. Era besteira esperar. Só ficaria mais difícil.

E que opção ela tinha?

— Tally, ele está quase...

Ela fechou o pingente e o jogou para dentro da camisa. Shay deu um sorriso malicioso.

— Eu tinha reparado nisso aí. Qual é o lance? — perguntou.

— Do que está falando?

— Ah, não enrola. Você nunca usou esse tipo de coisa. Foi só passar duas semanas sozinha para ficar toda romântica? — Tally olhou para o coração, sem saber o que dizer.

— O cordão é bem bonito. Lindo. Mas de quem você ganhou, Tally?

— De uma pessoa. Apenas uma pessoa — respondeu Tally, sem conseguir mentir.

— Um casinho de última hora, hein? Sempre achei que estivesse se guardando para o Peris.

— Não é nada disso. É que...

Por que não contar tudo de uma vez? Shay acabaria entendendo quando os Especiais aparecessem. Se soubesse antes, pelo menos poderia se preparar, antes que aquele mundo de fantasia fosse abaixo.

— Preciso contar uma coisa — disse Tally.

— Pode contar.

— A minha vinda até aqui é uma espécie de... quando eu fui fazer minha...

— O que vocês estão *fazendo*?

Tally quase morreu de susto ao ouvir aquela voz áspera. Era uma versão ao mesmo tempo envelhecida e estridente da voz da dra. Cable. Uma gilete enferrujada cortando seus nervos.

— Essas revistas têm mais de trezentos anos, e vocês estão sem luvas!

Enquanto ia até a cadeira de Tally, o Chefe tirou do bolso um par de luvas de lã e as calçou. Depois, deu a volta para fechar o volume que ela estava lendo.

— Seus dedos estão cobertos por ácidos muito perigosos, minha jovem. Se não tomar cuidado, vai fazer essas revistas apodrecerem. Antes de bisbilhotar a coleção, venha falar comigo!

— Desculpa, Chefe — interveio Shay. — Foi culpa minha.

— Não duvido disso — disse ele, pondo as revistas no lugar, com movimentos elegantes e cuidadosos, que contrastavam com suas palavras duras. — Agora, minha jovem, imagino que esteja aqui para a vaga de trabalho.

— Trabalho? — perguntou Tally.

Diante da expressão de espanto da amiga, Shay caiu na gargalhada.

TRABALHO

Todos os Enfumaçados almoçavam juntos, exatamente como os feios no alojamento.

Estava na cara que as mesas compridas eram feitas de troncos de árvores. Os móveis apresentavam nós e verticilos, e veios ondulados percorriam sua superfície. Eram mesas rústicas e bonitas, mas Tally não conseguia ignorar o fato de que as árvores haviam sido derrubadas ainda vivas.

Ela ficou feliz ao ser levada por Shay e David para perto da grande lareira, lá fora, onde um grupo de feios mais jovens se reunia. Era um alívio se afastar das árvores caídas, bem como dos feios mais velhos — e mais perturbadores. Ali, pelo menos, todos os Enfumaçados podiam passar por estudantes. Embora não tivesse experiência em estimar a idade de um feio, Tally estava mais ou menos certa. Dois haviam acabado de chegar de outra cidade — sequer tinham 16 anos. Os outros três — Croy, Ryde e Astrix — eram amigos de Shay, do grupo que tinha fugido junto antes de Tally e Shay se conhecerem.

Vivendo na Fumaça havia menos de cinco meses, os amigos de Shay já demonstravam a mesma autoconfiança de David. De alguma maneira, tinham a autoridade dos perfeitos de meia-idade, ainda que sem o maxilar imponente, os olhos levemente destacados e as roupas elegantes. Durante o almoço, conversavam sobre os projetos em que estavam envolvidos. Um canal para desviar um afluente do rio até mais perto da Fumaça; novos padrões para a lã usada nos suéteres que vestiam; uma nova latrina. (Tally não fazia ideia do que fosse uma "latrina".) Eles pareciam muito sérios, como se suas vidas se resumissem a uma jogada, que tinha de ser planejada e replanejada todos os dias.

A comida formava montes de tamanho respeitável sobre os pratos. Era pesada, de um jeito a que Tally não estava acostumada, e tinha um gosto acentuado, como quando sua turma de história da alimentação tentava cozinhar sozinha. Por outro lado, os morangos eram doces, sem precisar de açúcar, e, embora parecesse estranho comê-lo puro, o pão dos enfumaçados apresentava um sabor próprio, sem acrescentar nada. Obviamente, Tally devoraria com prazer qualquer coisa que não fosse EspagBol.

Ela não perguntou, contudo, o que tinha no ensopado. A imagem das árvores mortas era tormento suficiente para aquele dia.

Enquanto esvaziavam os pratos, os amigos de Shay enchiam Tally de perguntas sobre a cidade. Resultados das competições dos alojamentos, resumos das novelas, novidades da política. Tinha ouvido a respeito de mais alguém fugindo da cidade? Tally respondia a tudo da melhor maneira possível. E ninguém tentava esconder a saudade. Seus rostos pareciam muitos anos mais jovens ao se lembrarem de antigos amigos e brincadeiras.

Então Astrix perguntou sobre sua jornada até a Fumaça.

— Para ser sincera, foi bem fácil, depois que peguei o espírito das dicas deixadas por Shay.

— Não foi tão fácil — comentou David. — Você levou o quê? Uns dez dias?

— Saiu de lá na noite anterior ao nosso aniversário, não foi? — perguntou Shay.

— À meia-noite — disse Tally. — Nove dias... e meio.

— Levou um tempo para os guardiões encontrarem você, hein? — estranhou Croy.

— Acho que sim. E quase fizeram churrasco de mim. Estavam causando um incêndio gigantesco e meio que perderam o controle.

— Sério? Caramba.

Os amigos de Shay mostraram-se surpresos.

— Minha prancha quase foi queimada. Tive de salvá-la e pular no rio.

— É por isso que seu rosto está assim? — perguntou Ryde.

Tally tocou a pele descascando em seu nariz.

— Ah, isso aqui é...

"Queimadura de sol", pensou em dizer. Mas os rostos dos outros revelavam um encantamento pela história. Depois de tanto tempo sozinha, Tally estava gostando de ser o centro das atenções.

— Havia fogo por toda parte. Meus tênis derreteram quando atravessei um campo imenso de flores em chamas.

— Que radical — disse Shay, assobiando.

— É estranho. Os guardiões costumam ficar atentos a nós — observou David.

— Bem, acho que não me viram. — Tally preferiu não mencionar o fato de que tinha escondido a prancha de propósito. — Enfim, eu estava no rio e nunca tinha visto um helicóptero, exceto no dia anterior. E essa coisa apareceu,

201

fazendo um barulhão no meio da fumaça, empurrando o fogo na minha direção. E claro que eu não tinha ideia de que os guardiões eram os mocinhos da história. Achei que fossem uns Enferrujados piromaníacos saídos da tumba!

Todos riram. Tally se sentiu bem recebendo a atenção do grupo. Era como contar a companheiros de dormitório sobre algum truque, mas na verdade muito melhor, porque ela tinha mesmo sobrevivido a uma situação de vida ou morte. David e Shay estavam engolindo tudo. E Tally ficou feliz por ainda não haver ativado o pingente. Não seria capaz de ficar ali, deleitando-se com a admiração dos Enfumaçados, se tivesse acabado de trair todos eles. Decidiu esperar até a noite, quando estivesse sozinha, para fazer o que devia fazer.

— Deve ter sido assustador — disse David, tirando Tally de seus pensamentos incômodos. — Ficar sozinha no meio das orquídeas, por todos estes dias, esperando.

— Até achei as flores bonitas. Não sabia da história toda de serem uma superpraga.

— Você não contou *nada* no bilhete? — perguntou David a Shay.

— Você me disse para não contar nada que pudesse indicar a localização da Fumaça. Então usei um código. Ou algo parecido — explicou Shay, constrangida.

— Parece que seu código quase provocou a morte dela — disse David, deixando Shay arrasada. — Quase ninguém faz essa viagem sem companhia. Não na primeira vez em que sai da cidade.

— Eu já tinha saído da cidade antes — disse Tally, abraçando Shay, na tentativa de confortá-la. — Deu tudo certo. Para mim, não passava de um monte de flores bonitinhas. E comecei a viagem com comida para duas semanas.

— Por que pegou tanto EspagBol? — perguntou Croy. — Você deve adorar esse negócio.

Todos caíram na gargalhada, e Tally esboçou um sorriso.

— Nem me dei conta na hora. Três pacotes de EspagBol por dia, durante nove dias. Mal conseguia engolir aquilo depois do segundo dia. Mas a fome não deixava escolha.

Os outros concordaram. Eles pareciam entender bem de viagens difíceis — e, pelo visto, de trabalho duro também. Tally já tinha reparado na quantidade de comida consumida no almoço. Pensando bem, Shay não devia correr tanto risco assim de desenvolver a doença da fome. Ela havia acabado com a montanha que cobria seu prato.

— Fico feliz que tenha conseguido — disse David. Em seguida, esticou o braço e tocou de leve nos arranhões no rosto de Tally. — Parece que passou por mais aventuras do que está nos contando.

Tally deu de ombros, nervosa, torcendo que os outros interpretassem seu comportamento como humildade. Shay sorriu e abraçou David.

— Sabia que você ia achar Tally muito legal.

O toque de um sino fez todos se apressarem para terminar a refeição.

— O que foi isso? — perguntou Tally.

— Hora de voltar ao trabalho — respondeu David, rindo.

— Você vem com a gente — disse Shay. — Não se preocupe. Vai dar tudo certo.

A caminho do trabalho, Shay falou mais sobre as montanhas-russas longas e planas conhecidas como ferrovias. Algumas prolongavam-se pelo continente inteiro, uma pequena parte da herança dos Enferrujados que ainda marcava a terra. Diferentemente da maioria das ruínas, as ferrovias eram úteis, e não apenas para se voar em pranchas. Também eram a principal fonte de metal dos Enfumaçados.

David tinha descoberto uma nova linha cerca de um ano antes. Como não levava a qualquer região de interesse, ele havia elaborado um plano para retirar o metal dos trilhos e ampliar a estrutura para pranchas dentro e em torno do vale. Shay trabalhava nesse projeto desde sua chegada à Fumaça, dez dias antes.

Seis dos feios subiram em suas pranchas e foram até o outro lado do vale, descendo um córrego de águas brancas e depois seguindo por um espinhaço repleto de minério de ferro. Naquele ponto, Tally se deu conta do tamanho da subida desde que havia deixado o litoral. O continente inteiro parecia se estender diante deles. Um pequeno conjunto de nuvens escondia a parte mais alta, logo à frente, mais florestas, campos e rios sinuosos podiam ser vistos em meio à névoa. Ela também enxergava o oceano de orquídeas, reluzindo sob o sol, como um deserto entranhado na terra.

— É tudo tão grandioso — murmurou Tally.

— É isso que ninguém percebe lá de dentro — disse Shay. — Como a cidade é pequena. Como eles têm de manter a pequenez de todos para que permaneçam presos.

Apesar de assentir, Tally não gostou de imaginar toda aquela gente solta nos campos ao seu redor, derrubando árvores e matando animais para se alimentar, andando naquela paisagem como uma máquina ressuscitada dos Enferrujados.

Mesmo assim, não trocaria aquele momento por nada. Gostava de ficar parada ali, observando os campos espalhados lá embaixo. Tally havia passado quatro anos olhando para a paisagem de Nova Perfeição, pensando se tratar da mais bela vista no mundo, mas agora tinha mudado de opinião.

Mais para baixo e quase do outro lado da montanha, outro rio cruzava os trilhos de David. A rota que ia da Fumaça até lá desviava em vários pontos, tirando proveito dos veios de ferro, rios e leitos secos, mas em nenhum momento eles precisaram descer das pranchas. Segundo Shay, caminhar não seria uma opção quando voltassem carregados de metal pesado.

Os trilhos estavam cobertos por trepadeiras e árvores atrofiadas, com todos os dormentes de madeira presos sob os tentáculos vegetais. A floresta tinha sido derrubada em algumas áreas, em torno de segmentos desaparecidos de ferrovia, mas mantinha o resto sob seu rígido domínio.

— Como vamos tirar isso daqui? — perguntou Tally, chutando uma raiz retorcida e se sentindo impotente diante da força da natureza.

— Veja isso — disse Shay. Ela tirou uma ferramenta da mochila: uma barra quase da altura de Tally. Shay girou uma ponta, fazendo com que quatro braços se abrissem, como a estrutura de um guarda-chuva. — Isso é conhecido como macaco e consegue mover praticamente qualquer coisa.

Shay mexeu novamente no cabo, e os braços se retraíram. Em seguida, enfiou uma ponta do macaco sob um dormente. Assim que ela girou o pulso, o equipamento começou a tremer, e um som gutural saiu da madeira. Os pés de Shay escorregaram, mas ela jogou seu peso contra o macaco, mantendo-o sob o dormente. Lentamente, a madeira antiga começou a subir, soltando-se das plantas e torcendo o trilho que a atravessava. Tally viu os braços do macaco se desdobrando, aos poucos, e forçando o dormente para cima. Os trilhos se soltaram da fixação. Shay virou-se para ela sorrindo.

— Eu não falei?

— Quero tentar — disse Tally, estendendo a mão, ainda impressionada.

Shay sorriu e tirou outro macaco da mochila.

— Arranque aquele dormente, enquanto mantenho esse aqui levantado.

O macaco era mais pesado do que parecia, mas seu funcionamento era simples. Tally o abriu e o enfiou sob o dormente indicado por Shay. Depois, girou o cabo lentamente, até que o macaco começou a vibrar em suas mãos.

Quando a madeira se mexeu, Tally sentiu toda a pressão do metal e do chão. Finalmente, as raízes se soltaram, causando uma trepidação, que mais parecia o reflexo de um terremoto distante. Um gemido metálico preencheu o ar quando os trilhos começaram a se dobrar, libertando-se da vegetação e dos cravos enferrujados que os mantinham presos havia séculos. Porém, mesmo com o macaco completamente aberto, os trilhos ainda não estavam totalmente livres de suas amarras ancestrais. Tally e Shay tiveram de se esforçar para arrancá-los.

— Está se divertindo? — perguntou Shay, limpando o suor da testa.

Sorrindo, Tally fez que sim.

— Não fique parada aí, Shay. Vamos acabar com isso.

206

DAVID

Algumas horas depois, havia uma pilha de ferro-velho numa extremidade da clareira. Cada pedaço de trilho demandava uma hora de trabalho para ser retirado e os seis do grupo para ser transportado. Os dormentes formavam outro monte; pelo menos, a madeira usada pelos Enfumaçados não vinha de árvores vivas. Tally mal conseguia acreditar na quantidade de material que haviam recuperado literalmente libertando os trilhos da prisão da floresta.

Também não acreditava no que via em suas mãos. Estavam vermelhas, lanhadas, doloridas e cheias de bolhas.

— Estão horríveis, hein — comentou David, espiando por cima do ombro de Tally, que permanecia impressionada.

— A *sensação* é horrível — disse ela. — E só agora que eu percebi.

— O trabalho é uma boa distração. Mas talvez seja melhor dar uma parada. Estou saindo para ver se encontro outro ponto da ferrovia para retirada de material. Quer vir junto?

— Claro — respondeu Tally, aliviada.

Pensar em segurar o macaco de novo já fazia suas mãos tremerem.

Deixando os outros na clareira, os dois saíram de prancha, passando por cima das árvores retorcidas e seguindo o caminho quase invisível escondido sob a densa floresta. David voava baixo, desviando com habilidade de troncos e cipós, como se praticasse slalom num circuito conhecido. Tally notou que, a exemplo dos tênis, *todas* as suas roupas eram feitas à mão. Enquanto na cidade só se usavam costuras como enfeites, o casaco de David parecia ser produto da junção de uma dezena de pedaços de couro, de tons e tamanhos diferentes. Aquela colcha de retalhos lembrava Tally do monstro de Frankenstein, o que, por sua vez, levou um pensamento terrível à sua mente.

E se aquilo fosse couro *legítimo*, como se fazia antigamente? E se fosse pele de animal?

Ela sentiu um arrepio. Não acreditava que ele estivesse vestindo um monte de animais mortos. Não estava diante de selvagens. Apesar de tudo, admitia que o casaco caía bem em David, o couro se ajustava perfeitamente aos seus ombros — e evitava os galhos de maneira mais eficiente do que a jaqueta de microfibra do alojamento.

David desacelerou quando alcançaram uma área desmatada. Tally percebeu que havia um paredão de pedra logo adiante.

— Que esquisito — comentou.

Os trilhos pareciam ir de encontro à montanha, desaparecendo no meio dos rochedos.

— Os Enferrujados levavam a sério essa história de caminhos retos — disse David. — Quando construíam ferrovias, não gostavam de fazer desvios.

— Então eles simplesmente *atravessavam* as coisas?

— Isso. Aqui havia um túnel aberto bem no meio da montanha. Deve ter desmoronado em algum momento após o pânico se espalhar entre os Enferrujados.

— Você acha que havia alguém... lá dentro? Quero dizer, na hora em que isso aconteceu?

— Provavelmente, não. Mas não temos como saber. Talvez exista uma pilha de esqueletos de Enferrujados aí dentro.

Tally engoliu em seco ao pensar no que poderia haver no interior da montanha, esmagado e preso durante séculos, no escuro.

— A floresta é bem menos fechada por aqui — disse David. — É mais fácil fazer nosso trabalho. Minha preocupação é esses rochedos caírem quando começarmos a retirar o material.

— Parecem estar bem firmes.

— Acha mesmo? Dá uma olhada nisso.

David desceu da prancha e pisou num rochedo. Demonstrando habilidade, subiu até um ponto na sombra. Tally se aproximou e saltou sobre uma pedra ao lado de David. Assim que seus olhos se adaptaram a baixa luminosidade, ela notou um grande espaço entre as duas rochas. David se esgueirou e, passando pelo vão, sumiu na escuridão.

— Venha — disse.

— Hum, não há nenhuma pilha de Enferrujados mortos por aí, certo?

— Não que eu saiba. Mas talvez hoje seja nosso dia de sorte.

Ainda preocupada, Tally se agachou e engatinhou pela passagem, sentindo as pedras geladas roçarem em seu corpo. De repente, uma luz se acendeu à sua frente. Era David, sentado num canto, com uma lanterna na mão. Ela seguiu adiante e se sentou ao seu lado. Dali, via formas gigantes na parte superior.

— Então o túnel não foi totalmente soterrado — observou.

— Não mesmo. O rochedo se dividiu em pedaços, alguns grandes, outros pequenos.

David apontou o facho da lanterna para uma fenda entre os dois. Tally espiou e, no escuro, conseguiu ver que o espaço lá embaixo era muito maior. Um reflexo metálico revelava a posição de um trecho da ferrovia.

— Imagine isso. Se conseguíssemos descer até lá, não precisaríamos ficar arrancando raízes e mato. Há um monte de trilhos livres esperando por nós.

— E só algumas centenas de toneladas de pedras no caminho...

— Eu sei, mas valeria a pena — disse David, apontando a lanterna para seu próprio rosto, que assumiu uma aparência assustadora. — Há séculos ninguém vai lá embaixo.

— Que ótimo.

Tally estava arrepiada. Seus olhos examinavam as pequenas fendas obscuras espalhadas por toda parte. Era possível que nenhum ser humano tivesse estado ali por muito tempo, mas várias criaturas gostavam de viver em cavernas escuras e frias.

— Não consigo deixar de pensar que poderíamos criar uma abertura se movêssemos o rochedo exato...

— Em vez do rochedo errado, que acabaria esmagando a todos nós, não é?

David deu uma risada e jogou a luz no rosto de Tally.

— Sabia que você diria isso.

— Como assim? — perguntou Tally, tentando ver o rosto de David no escuro.

— Percebi que está sendo difícil para você.

— Está sendo difícil? O que está sendo difícil?

— Viver aqui na Fumaça. Você não está muito segura.

210

Tally sentiu outro arrepio, mas desta vez não por causa de cobras, morcegos ou Enferrujados mortos. Temia que David já tivesse deduzido que ela era uma espiã.

— Tem razão, acho que não estou muito segura.

Ela viu um breve reflexo nos olhos de David conforme ele assentia.

— Muito bem. Pelo menos, está levando isto a sério. Muitos garotos vêm para cá achando que é tudo uma grande brincadeira.

— Nunca pensei dessa forma — garantiu ela.

— Já percebi. Para você, não é só uma aventura, como acontece com a maioria dos que fogem. Nem Shay, que acredita sinceramente que a operação é um erro, consegue compreender o nível de seriedade da Fumaça. — Tally ficou calada diante daquelas palavras. Depois de um longo silêncio na escuridão, David prosseguiu: — É perigoso por aqui. As cidades são como esses rochedos. Podem parecer firmes, mas, se você ficar mexendo muito, tudo pode desabar.

— Acho que entendo o que está dizendo. — Desde o dia da operação, Tally sentia o peso insuportável da cidade sobre seus ombros. E tinha visto pessoalmente que lugares como a Fumaça representavam uma ameaça a pessoas como a dra. Cable. — Mas não consigo entender por que eles se preocupam tanto com vocês.

— É uma longa história. Parte da explicação é...

Tally aguardou um pouco antes de perguntar.

— É o quê?

— Bem, devia ser segredo. Não costumo contar isso até que a pessoa tenha estado aqui por algum tempo. Anos. Mas você parece... séria o bastante para lidar com a informação.

— Pode confiar em mim — assegurou Tally.

Não sabia por que dissera aquilo. Ela era uma espiã, uma infiltrada. Era a última pessoa em quem David deveria confiar.

— Espero que possa mesmo, Tally — disse David, estendendo um braço. — Sinta a palma da minha mão.

Tally segurou a mão de David e passou os dedos por sua palma. Era áspera como os veios da mesa do refeitório. A pele do polegar, em particular, era dura e ressecada como um pedaço de couro envelhecido. Não surpreendia que ele fosse capaz de trabalhar o dia inteiro sem reclamar.

— Caramba. Quanto tempo se leva para conseguir calos como os seus?

— Uns 18 anos.

— Uns dez... — Tally perdeu a fala, incrédula. Comparou a aspereza da palma dele com sua própria pele frágil e cheia de bolhas. Sentia na ponta dos dedos aquela tarde de trabalho exaustivo multiplicada por uma vida inteira. — Mas como?

— Não sou um fugitivo, Tally.

— Não estou entendendo.

— Foram meus pais que fugiram, e não eu.

— Ah.

De repente, Tally sentiu-se uma tola. Em nenhum instante, aquilo havia passado pela sua cabeça. Se era possível viver na Fumaça, então também era possível começar uma família ali. Mas ela não vira nenhuma criança. E o lugar parecia tão impalpável, tão efêmero. Seria como ter um filho durante uma excursão.

— Como eles conseguiram? Sem acompanhamento médico...

— Eles são médicos.

— Ahn... Espera aí. Médicos? Quantos anos tinham quando fugiram?

212

— Idade suficiente. Eles não eram mais feios. Acho que seriam chamados de perfeitos de meia-idade.

— Sim, no mínimo isso. — Os perfeitos jovens podiam trabalhar ou estudar, se quisessem, mas poucos pensavam seriamente numa profissão até alcançarem a meia-idade. — Agora, o que você quis dizer com "eles não *eram* feios".

— Não eram, mas agora são.

Tally tentou processar as palavras em sua cabeça.

— Está dizendo que não passaram pela terceira operação? Que continuam com aparência de meia-idade, embora, na verdade, sejam coroas?

— Não, Tally. Eu já expliquei: eles são médicos.

Uma sensação terrível tomou conta de Tally. Aquilo era mais assustador que as árvores caídas e os perfeitos cruéis. Mais impactante que qualquer coisa que tivesse sentido desde a partida de Peris.

— *Eles reverteram a operação?*

— Sim.

— Eles se operaram? Aqui, neste ambiente selvagem? Para se tornarem...

A boca de Tally se fechou, como se estivesse engasgada.

— Não. Não foi através de cirurgia.

Naquele instante, a caverna pareceu se fechar em torno dela, deixando-a sem ar. Tally se esforçou para respirar. Quando David afastou a mão, ela se deu conta, em meio ao pânico que tomava sua mente, que a havia segurado todo o tempo.

— Eu não devia ter contado.

— Não, David, eu que tenho de pedir desculpas. Não queria fazer essa cena toda.

213

— É minha culpa. Você acabou de chegar, e eu saí jogando tudo isso na sua cabeça.

— Mas eu quero que você... — Ela não conseguiu evitar. — Quero que você confie em mim. Que me conte essas coisas. É muito importante para mim.

Aquilo era verdade.

— Tudo bem, Tally. De qualquer maneira, acho que basta por enquanto. Está na hora de voltarmos — disse David. Então se virou e engatinhou na direção da luz do sol.

Enquanto o seguia, Tally pensou no que David dissera a respeito dos rochedos. Embora fossem imensos, poderiam cair com um simples empurrão no lugar errado. Estavam prontos para esmagar os dois.

Ela também sentiu o pingente balançando em seu pescoço — um peso sutil, porém insistente. A dra. Cable devia estar impaciente, à espera do sinal. Entretanto, a revelação de David tinha tornado tudo muito mais complicado. A Fumaça, afinal, não era apenas um refúgio para foragidos de todos os tipos. Era uma autêntica organização social, uma verdadeira cidade. Se Tally ativasse o rastreador, aquilo não levaria apenas ao fim da grande aventura de Shay. Levaria à separação de David de sua casa, de toda sua *vida*.

Com a grandiosidade da montanha a oprimindo, Tally percebeu que ainda lutava para respirar, mesmo a poucos metros de chegar ao lado de fora.

214

PAIXÃO

Em volta da fogueira, à noite, Tally contou como havia se escondido dentro do rio, quando o helicóptero dos guardiões apareceu pela primeira vez. Como antes, ninguém piscava. Aparentemente, sua viagem até a Fumaça tinha sido uma das mais emocionantes.

— Dá para imaginar? Eu, sem roupa e agachada dentro da água, enquanto a máquina dos Enferrujados destruía meu acampamento!

— Por que eles não pousaram? — perguntou Astrix. — Não viram suas coisas?

— Achei que tivessem visto.

— Os guardiões só recolhem feios no meio das flores brancas — explicou David. — É o ponto de encontro que indicamos aos fugitivos. Se saírem pegando qualquer um, podem acabar, acidentalmente, trazendo um espião até aqui.

— Acho que vocês não iam gostar nada disso, não é? — disse Tally, em voz baixa.

— Mesmo assim, eles deviam tomar mais cuidado com aqueles helicópteros — disse Shay. — Qualquer dia alguém vai acabar virando picadinho.

— Eu que o diga. A ventania quase levou minha prancha embora. Meu saco de dormir voou do chão direto para as hélices. Ficou todo rasgado.

A admiração no rosto da plateia a deixava feliz.

— E onde você dormiu depois?

— Não foi tão complicado. Foi só por uma... — Tally se conteve bem na hora. Tinha passado apenas uma noite sem saco de dormir, mas na história inventada haviam sido quatro noites no meio das orquídeas. — Estava quente o suficiente.

— É melhor arrumar outro saco antes de ir dormir — aconselhou David. — É bem mais frio aqui em cima.

— Eu a levo até o comércio — disse Shay. — É como uma central de pedidos, Tally. A diferença é que, quando você pega alguma coisa, tem de deixar outra em pagamento.

Tally se remexeu na cadeira, incomodada. Ainda não tinha se acostumado à ideia de ter de *pagar* pelas coisas.

— Tudo que tenho é EspagBol.

Shay sorriu.

— É perfeito para troca. Fora as frutas, não conseguimos produzir comida desidratada aqui. E viajar carregando comida normal é um saco. O EspagBol vale ouro.

Depois do jantar, Shay levou Tally a uma grande cabana, na área central da vila. As prateleiras estavam repletas de coisas produzidas na Fumaça e alguns poucos objetos oriundos de cidades. Estes, em sua maioria, pareciam gastos e mal conservados. Alguns haviam sido consertados várias vezes. Tally, porém, estava fascinada pelos objetos feitos a mão. Ela passou os dedos doloridos nos potes de argila e ferramentas de madeira, impressionada com as texturas únicas. Tudo tinha uma aparência pesada e... austera.

O lugar também era comandado por um feio mais velho, mas não tão assustador quanto o Chefe. Ele logo apareceu com acessórios de lã e alguns sacos de dormir prateados. Os cobertores, xales e luvas eram bonitos, com cores discretas e padrões simples. Shay, contudo, insistiu para que Tally comprasse um saco de dormir produzido na cidade.

— É muito mais leve e fica de um tamanho bem pequeno. Será muito mais útil quando sairmos juntas por aí — justificou.

— Claro — disse Tally, tentando sorrir. — Vai ser ótimo.

Ela acabou trocando doze pacotes de EspagBol por um saco de dormir e mais seis por um suéter feito à mão. Ainda ficou com oito pacotes. Não conseguia acreditar que o suéter, marrom com listras vermelhas e detalhes verdes, custasse metade do preço de um saco de dormir gasto e remendado. — Ainda bem que você não perdeu o purificador de água na viagem — disse Shay, no caminho de volta. — É impossível arranjar um desses.

— E quando eles quebram? — perguntou Tally, surpresa.

— Dizem que você pode beber água dos córregos sem passá-la pelo purificador.

— É brincadeira, né?

— Não. Muitos dos Enfumaçados mais velhos fazem isso. Mesmo os que têm purificadores não se dão ao trabalho de usá-los — contou Shay.

— Que nojo.

— Pode crer. Você pode usar o meu, se precisar.

Tally pôs a mão no ombro de Shay.

— Você também.

Shay reduziu o passo.

— Tally?

— Sim?

— Lá na biblioteca, você ia me dizer alguma coisa, antes de o Chefe começar a gritar. — As palavras de Shay pegaram Tally desprevenida. Ela se afastou e, por reflexo, levou a mão ao pingente pendurado em seu pescoço. — Isso mesmo. Alguma coisa sobre o cordão — completou Shay.

Tally assentiu, mas não sabia por onde começar. Ainda não havia ativado o pingente e, desde a conversa com David, sequer sabia se teria coragem para tanto. Talvez, se voltasse à cidade um mês depois, esfomeada e de mãos vazias, a dra. Cable demonstrasse alguma piedade.

Por outro lado, e se a mulher mantivesse a palavra e impedisse Tally de se submeter à operação? Em vinte anos, estaria cheia de rugas e marcas de expressão. Tão feia como o Chefe. Seria uma excluída. Se permanecesse na Fumaça, teria de passar as noites num saco de dormir velho, temendo que um dia seu purificador de água parasse de funcionar.

Estava cansada de mentir para todo mundo.

— Não contei a história toda — disse Tally.

— Eu sei. Mas acho que já entendi. — Surpresa, Tally olhou para a amiga. Não tinha coragem de dizer nada. — É meio óbvio, não é? — prosseguiu Shay. — Está chateada porque quebrou a promessa que me fez. Não guardou segredo em relação à Fumaça. — O queixo de Tally caiu. Shay sorriu e pegou sua mão. — Com seu aniversário mais perto, você decidiu que queria fugir. No meio tempo, conheceu uma pessoa. Uma pessoa importante. A pessoa que lhe deu esse cordão de coração. Aí você quebrou a promessa. Contou para essa pessoa aonde estava indo.

— Ahn, mais ou menos isso.

— Eu *sabia* — disse Shay, soltando um risinho malicioso. — É por isso que anda toda nervosa. Quer ficar aqui, mas ao mesmo tempo gostaria de estar em outro lugar. Com outra pessoa. Antes de sair, você deixou instruções, uma cópia do meu bilhete, para o caso de sua paixão querer se juntar a nós. Acertei, não acertei?

Tally mordeu os lábios. O rosto de Shay reluzia. Ela estava nitidamente empolgada por ter descoberto o grande segredo de Tally.

— Bem, você acertou uma parte.

— Ah, Tally. — Shay pôs as mãos nos ombros da amiga. — Está tudo bem. Eu fiz a mesma coisa.

— Como assim?

— Eu não devia contar a ninguém que estava vindo para cá. David tinha me feito prometer que não contaria. Nem a você.

— Por quê?

— Ele não a conhecia. Não tinha certeza se podia confiar em você. Geralmente, fugitivos só recrutam amigos antigos, pessoas com quem aprontaram durante anos. Eu conhecia você desde o início do verão. E nunca havia falado da Fumaça, até o dia anterior à minha partida. Não sabia como reagiria se você dissesse não.

— Então não era para ter me contado?

— De jeito nenhum. Por isso, quando você apareceu aqui, todos ficaram nervosos. Eles não sabem se podem confiar em você. Até David tem agido de um modo estranho comigo.

— Sinto muito, Shay.

— Não é culpa sua! — Shay se mostrava inconformada. — A culpa é minha. Eu estraguei tudo. Mas e daí? Depois que eles conhecerem você, tudo vai ficar bem.

— Acho que sim — disse Tally, baixinho. — Todo mundo tem sido legal.

Ela desejava ter ativado o pingente assim que havia chegado. Agora, depois de um único dia, começava a perceber que não estava traindo apenas o sonho de Shay. Centenas de pessoas tinham construído uma vida na Fumaça.

— E tenho certeza de que seu alguém também é uma pessoa legal. Mal posso esperar até estarmos todos juntos — disse Shay.

— Não sei... se isso vai acontecer.

Tinha de existir uma maneira de resolver aquilo. Talvez se ela fosse para outra cidade... ou se procurasse os guardiões dizendo que queria ser voluntária... talvez a tornassem perfeita. Ela, porém, não sabia quase nada a respeito da cidade deles, além do fato de que não conhecia ninguém por lá...

— Pode ser — disse Shay. — Eu também não tinha certeza de que você viria. Mas estou contente que tenha vindo.

— Mesmo com os problemas que criei? — perguntou Tally, com um sorriso amarelo.

— Não é nada de mais. Acho que o pessoal anda muito paranoico. Passam o tempo todo escondendo o lugar para que os satélites não consigam localizá-lo e camuflando transmissões telefônicas para evitar interceptações. O segredo em relação aos fugitivos também é um exagero. Um exagero perigoso. Se você não fosse esperta o bastante para entender minhas instruções, poderia estar na metade do caminho para o Alasca a esta altura!

— Não sei, não, Shay. Eles devem saber o que estão fazendo. As autoridades da cidade podem ser bem rígidas.

Shay riu do comentário.

— Não vai me dizer que acredita na Circunstâncias Especiais.

— Eu... — Tally fechou os olhos. — Só acho que os Enfumaçados têm de tomar cuidado.

— Claro. Tudo bem. Não estou dizendo que devemos sair gritando por aí. Mas, se pessoas como eu e você quiserem vir para cá e levar uma vida diferente, por que não poderiam? Ninguém tem o direito de nos dizer que somos obrigados a ser perfeitas, concorda?

— Talvez só estejam preocupados porque somos crianças.

— Esse é o problema das cidades, Tally. Todos são crianças. Mimadas, dependentes e perfeitas. É como dizem na escola: olhos grandes significam fragilidade. É como você me disse, alguma hora é preciso crescer.

— Entendi. Sei que os feios daqui são mais maduros. Dá para ver nas caras deles — admitiu Tally.

Shay segurou a amiga e olhou bem em seus olhos por um segundo.

— Está se sentindo culpada, não está?

Tally devolveu o olhar, sem conseguir falar. No ar frio da noite, sentia-se desprotegida, como se Shay pudesse ver através de suas mentiras.

— Como é que é?

— Culpada. Não só por ter contado a alguém sobre a Fumaça, mas também porque esse alguém pode acabar vindo para cá. Agora que você conhece a Fumaça, não está mais tão segura de que foi uma boa ideia. — Shay suspirou. — Sei que no início parece esquisito e que há muito trabalho duro por aqui. Mas acho que vai acabar gostando.

Tally baixou a cabeça, sentindo lágrimas nos olhos.

— Não é essa a questão. Ou talvez seja. É que eu não sei se...

As palavras estavam entaladas na garganta. Se continuasse, teria de contar a verdade a Shay: que ela era uma espiã, uma traidora enviada ali para destruir tudo que os cercava.

E que Shay era a estúpida que a havia levado até lá.

— Ei, calma, está tudo bem. — Shay segurou e acalentou Tally, que começava a chorar. — Desculpe. Não devia ter jogado tudo isso em cima de você de uma vez. É que tenho me sentido meio distante desde que chegou. Parece que você não quer olhar para mim.

— Eu devia contar tudo a você.

— Shhh. — Os dedos de Shay acariciaram os cabelos de Tally. — Estou feliz com você por perto.

Tally não conteve as lágrimas. Escondeu o rosto na manga desfiada do seu novo suéter e sentiu o calor de Shay a acolhendo. Era tomada por uma terrível culpa a cada gesto de carinho da amiga.

Metade de si estava feliz por ter ido à Fumaça e visto tudo aquilo. Poderia passar a vida inteira na cidade sem conhecer quase nada do mundo. Mas a outra metade ainda desejava que houvesse ativado o pingente imediatamente na chegada à Fumaça. Assim, tudo teria sido muito mais fácil.

Contudo, não havia como voltar no tempo. Ela tinha de se decidir por trair a Fumaça ou não. E estava totalmente ciente das implicações para Shay, David e todos os outros que viviam ali.

— Está tudo bem, Tally — sussurrou Shay. — Vai dar tudo certo.

SUSPEITA

Com o passar dos dias, Tally mergulhou na rotina da Fumaça.

Havia algo reconfortante na exaustão provocada pelo trabalho duro. Durante toda a vida, Tally tinha sofrido de insônia, passando a maioria das noites perdida em pensamentos sobre discussões, reais ou imaginárias, e sobre coisas que poderia ter feito de outro modo. Na Fumaça, porém, seu cérebro se desligava no instante em que a cabeça encostava no travesseiro, que nem um travesseiro era, mas apenas seu novo suéter enfiado num saco de algodão.

Tally ainda não sabia quanto tempo permaneceria ali. Não tinha resolvido nada em relação a ativar o pingente, mas sabia que pensar naquilo o tempo todo a deixaria agoniada. Por isso, decidiu esquecer. Um dia poderia acordar e chegar à conclusão de que não conseguiria passar a vida inteira como uma feia. E aí não se importaria com as pessoas que magoaria ou com o preço da escolha... até lá, contudo, a dra. Cable teria de esperar.

Esquecer os problemas era fácil na Fumaça. A vida ali era muito mais intensa do que na cidade. Tally tomava banho num rio tão gelado que tinha de pular na água gritando. A comida saía do fogo tão quente que podia queimar sua língua — algo que nunca aconteceria na cidade. Evidentemente, ela sentia falta de um xampu que não irritasse os olhos, dos banheiros convencionais (havia aprendido, horrorizada, o que eram "latrinas") e, principalmente, do spray curativo. Mesmo assim, com as mãos cheias de bolhas, Tally sentia-se mais forte do que nunca. Era capaz de trabalhar o dia inteiro na ferrovia e, na volta, apostar corrida de prancha com David e Shay. Isso tudo carregando mais metal do que teria sido capaz de arrancar um mês antes. David havia lhe ensinado a consertar as roupas usando agulha e linha, a distinguir os animais predadores das presas e até a limpar peixes — o que, no fim das contas, não era tão ruim quanto dissecá-los nas aulas de biologia.

A beleza concreta da Fumaça também tirou as preocupações de sua cabeça. Cada dia que nascia parecia mudar a montanha, o céu e os vales próximos, tornando-os deslumbrantes de modos completamente diferentes. A natureza, afinal, não precisava de uma operação para ficar linda. Ela simplesmente era.

Um dia de manhã, a caminho dos trilhos da ferrovia, David emparelhou sua prancha com a de Tally. Seguiu em silêncio por um tempo, fazendo as curvas e manobras com a habilidade de sempre. Naquelas duas semanas vivendo ali, Tally tinha descoberto que o casaco de David era mesmo de couro de animais mortos, mas, gradualmente, havia se acostumado à ideia. Embora os Enfumaçados caçassem, eles eram como os guardiões: só matavam espécies que não pertenciam àquela região ou que tivessem se multiplicado em excesso devido à interferência dos Enferrujados. Os retalhos irregulares provavelmente ficariam ridículos em outra pessoa. Em David, porém, de alguma forma o casaco caía bem, como se crescer

224

num ambiente selvagem lhe permitisse se fundir aos animais que haviam cedido a pele para aquela roupa. E não atrapalhava em nada o fato de ele próprio ter fabricado o casaco.

As palavras vieram sem aviso.

— Tenho um presente para você.

— Um presente? Sério?

Àquela altura, Tally já compreendia que nada se tornava sem valor na Fumaça. Nada era descartado ou jogado fora porque estava velho ou quebrado. Tudo era consertado, adaptado e reciclado. Se algo não tivesse serventia para um Enfumaçado, entrava numa troca por outra coisa. Quase nada era dado.

— É sério, sim — disse David, aproximando-se para lhe entregar um pequeno pacote.

Enquanto rasgava o papel, Tally seguia a rota habitual, descendo o riacho praticamente sem olhar para o caminho. O presente era um par de luvas, de couro marrom-claro, feitas à mão.

Ela enfiou o papel brilhante, vindo da cidade, no bolso e então pôs as luvas nas mãos cheias de bolhas.

— Obrigada! Deram certinho.

— Eu as fiz quando tinha sua idade. Agora estão meio pequenas para mim.

Tally apenas sorriu, desejando poder abraçá-lo. Quando os dois abriram os braços para fazer uma curva fechada, ela segurou sua mão por um instante.

Flexionando os dedos, Tally percebeu que as luvas eram macias e maleáveis. Na parte que cobria a palma da mão, estavam mais claras, resultado dos anos de uso. Linhas brancas nas articulações dos dedos indicavam inúmeras passagens pelas mãos de David.

— São maravilhosas — comentou ela.

— Não precisa exagerar — disse David. — Elas não são mágicas, nem nada parecido.

— Mas há... alguma coisa especial nelas.

Tally percebeu que era a história que carregavam. Na cidade, ela tivera muitas coisas. Praticamente tudo que queria vinha de mão beijada. No entanto, as coisas da cidade eram descartáveis e substituíveis; podiam ser trocadas como as camisetas, casacos e saias que formavam o uniforme do alojamento. Ali, na Fumaça, os objetos ficavam velhos e carregavam suas histórias em amassados, arranhões e rasgos.

David deu uma risada e acelerou para se juntar a Shay na frente do grupo.

Quando eles chegaram ao local da ferrovia, David avisou que teriam de liberar mais trilhos e que, por isso, usariam motosserras para lidar com a vegetação em volta das partes de metal.

— E quanto às árvores? — perguntou Croy.

— Qual é o problema?

— Temos de derrubá-las? — perguntou Tally.

David não deu muita importância.

— Árvores baixas como essas não têm muita serventia. Mas também não vamos desperdiçá-las. Vamos levá-las para a Fumaça e usá-las como lenha.

— Lenha? — reagiu Tally.

Os Enfumaçados costumavam derrubar somente árvores do vale, nunca do resto da montanha. E David queria usar aquelas, que tinham décadas, para cozinhar? Tally buscou apoio em Shay, mas a expressão da amiga era de uma neutralidade cautelosa. Embora provavelmente tivesse a mesma opinião, não queria questionar David, na frente dos outros, sobre como cuidar do seu projeto.

— Sim, como lenha — respondeu ele. — Depois que tivermos coletado o material que nos interessa, faremos o replantio. Poremos umas árvores realmente úteis no lugar da ferrovia.

Os outros cinco observavam em silêncio. David girou a serra, ansioso por começar, mas ciente de que ainda não tinha apoio total do resto do grupo.

— Ei, David — disse Croy. — Essas árvores não são inúteis. Elas protegem a vegetação rasteira da luz do sol, o que evita a erosão.

— Certo, vocês venceram. Em vez de plantar outras espécies, vamos deixar que a floresta reocupe o lugar com essas malditas árvores e toda a vegetação rasteira que vocês quiserem.

— Mas precisamos devastar a área? — perguntou Astrix.

David respirou fundo. "Devastação" era como se chamava o que os Enferrujados haviam feito às antigas florestas: todas as árvores derrubadas, todos os seres vivos dizimados e países inteiros transformados em pastagem. As florestas tropicais tinham sido destruídas, reduzidas de milhões de espécies interligadas a um bando de vacas comendo grama — uma vasta teia cheia de vida trocada por hambúrgueres baratos.

— Prestem atenção: não estamos devastando nada. Só estamos limpando a sujeira que os Enferrujados deixaram para trás — argumentou David. — É preciso fazer uma pequena cirurgia para isso.

— Poderíamos cortar apenas em torno das árvores — sugeriu Tally. — Só derrubá-las quando for necessário. Como você disse, cirurgia.

— Tudo bem — disse ele, com desdém. — Vamos ver o que vão achar dessas árvores depois que tiverem de arrancar algumas do chão.

Ele estava certo.

A motosserra roncava ao abrir caminho por entre grossas trepadeiras. Separava emaranhados de plantas como um pente num cabelo molhado. Às vezes, ouvia-se um barulho de metal, consequência de raros golpes errados que acabavam nos trilhos. No entanto, quando seus dentes encontravam as raízes retorcidas e os galhos curvados das árvores, a história era diferente.

Tally fazia uma careta ao ver sua motosserra ser repelida pela madeira resistente. Cascas de árvore pulavam em seu rosto, e o ronco baixinho transformava-se num rugido de protesto. Ela teve de se esforçar para conseguir atravessar a firmeza do velho galho. Mais um corte bastaria para liberar aquele pedaço de trilho.

— Está indo bem, está quase lá, Tally.

Ela reparou que Croy se mantinha bem atrás, preparado para pular no caso de a serra escapar de suas mãos. Agora entendia por que David queria acabar logo com as árvores baixas. Seria muito mais fácil do que atravessar o emaranhado de raízes e galhos, tentando fazer a motosserra prevalecer em pontos específicos da mata.

— Árvores idiotas — murmurou Tally, cerrando os dentes enquanto golpeava mais uma vez.

228

Finalmente, a serra obteve êxito contra a madeira, soltando um som alto ao penetrar no galho. Depois de atravessá-lo, ficou livre por um segundo e então atingiu a terra, o que provocou mais barulho e espalhou cascalho por toda parte.

— É isso aí! — gritou Tally, dando um passo para trás e levantando os óculos, enquanto a motosserra se acalmava em suas mãos.

Croy se aproximou e chutou o pedaço de galho para longe dos trilhos.

— Incisão perfeita, doutora — comentou.

— Acho que estou pegando o jeito da coisa — disse Tally, limpando a testa.

Era quase meio-dia. Com o sol castigando a clareira e o friozinho da manhã muito longe dali, Tally resolveu tirar o suéter.

— Você tinha razão sobre aquela história de as árvores darem sombra.

— Nem me fale — respondeu Croy. — Aliás, belo suéter.

Ela sorriu. Aquilo, ao lado das luvas novas, era sua preciosidade.

— Obrigada.

— O que deu em troca?

— Seis pacotes de EspagBol.

— Meio caro. Mas é bonito. — Croy a encarou nesse momento. — Tally, se lembra do dia em que chegou aqui? Quando eu meio que agarrei sua mochila? Eu não ia pegar suas coisas. Pelo menos, não sem dar algo em troca. Apenas fiquei surpreso quando disse que eu podia ficar com tudo.

— Eu sei. Não esquenta.

Depois de trabalhar ao lado de Croy, Tally tinha passado a achá-lo um cara legal. Ainda preferia fazer dupla com David ou Shay, mas os dois estavam juntos naquele dia. E já era tempo de conhecer melhor alguns dos outros Enfumaçados.

— Espero que também tenha arranjado outro saco de dormir — disse Croy.

— Arranjei. Doze pacotes.

— Então deve estar quase sem produtos para troca.

— Só me sobraram oito.

— É uma quantidade razoável. Mas aposto que, no caminho para cá, não imaginava que estava comendo sua futura riqueza.

Tally deu uma risada. Os dois se agacharam e se enfiaram embaixo da árvore parcialmente cortada para tirar os pedaços de perto do trilho.

— Se soubesse o valor, provavelmente não teria comido tantos pacotes, passando fome ou não. Nem gosto mais de EspagBol. O pior era comer aquele negócio de manhã.

— Para mim, seria uma delícia — disse Croy. — Ei, acha que essa parte está livre?

— Claro. Vamos passar para a próxima — disse ela, entregando a motosserra ao parceiro.

Croy começou pela parte fácil, a vegetação rasteira.

— Tally, só tem uma coisa que achei meio confusa.

— O que é?

A motosserra tocou uma parte de metal, lançando faísca para todos os lados.

— No dia em que chegou, disse que tinha saído da cidade com comida para duas semanas.

— Isso.

230

— Se você levou nove dias para chegar aqui, devia ter apenas o equivalente a cinco dias de comida sobrando. Uns quinze pacotes, no total. Mas lembro que naquele dia, quando olhei dentro da sua mochila, fiquei espantado porque parecia haver toneladas de EspagBol — contou Croy. Preocupada, Tally tentou não demonstrar reação. — E eu estava certo, não estava? Doze mais seis mais oito... vinte e seis?

— É, acho que sim.

— É isso mesmo — disse Croy, enquanto cortava com cuidado sob um galho mais baixo. — Mas você saiu da cidade *antes* do seu aniversário, não foi?

Tally tentou pensar rápido.

— Exatamente. Sabe, Croy, acho que nem comi três vezes por dia. Como eu disse, depois de um tempo, estava de saco cheio de EspagBol.

— Parece que você não comeu nada para quem fez uma viagem tão longa.

Era difícil fazer as contas mentalmente, tentar encontrar números que fizessem sentido. Ela se lembrou das palavras de Shay na primeira noite: alguns Enfumaçados desconfiavam dela, suspeitavam que pudesse ser uma espiã. Àquela altura, Tally achava que todos já a haviam aceitado. Aparentemente, estava errada. Respirou fundo e tentou não deixar o temor que sentia transparecer em sua voz.

— Croy, vou contar uma coisa a você. Um segredo.

— O que é?

— É bem provável que eu tenha saído da cidade com comida para mais de duas semanas. Não cheguei a contar.

— Mas você sempre disse...

— Eu sei. Talvez tenha exagerado um pouco, para fazer a viagem parecer mais interessante, entende? Como se eu pudesse ter ficado sem comida, caso os guardiões não aparecessem logo. Mas você está certo: sempre tive bastante comida comigo.

— Entendi. — Croy a fitava com um sorriso amistoso. — Achei que pudesse ser isso. Sua viagem estava mesmo parecendo um pouco... interessante demais para ser verdade.

— Mas a maior parte do que eu contei é...

— Claro que é. — A motosserra na mão de Croy parou por um instante. — Tenho certeza de que a maior parte é verdade. A questão é quanto exatamente?

Tally enfrentou o olhar penetrante de Croy sem saber o que dizer. Alguns pacotes a mais de comida não significavam nada. Não provavam que ela era uma espiã. O melhor seria apenas rir daquilo e não dar importância. No entanto, o fato de ele estar absolutamente certo a deixou muda.

— Quer cuidar da serra um pouquinho? — disse ele, em tom ameno. — Limpar essa área é dureza.

Como estavam apenas retirando a vegetação, ainda não havia metal para carregar de volta ao vilarejo até o meio-dia. Prevenido, o grupo tinha levado comida: sopa de batata e pão com pedacinhos de azeitona. Quando Shay se afastou do grupo com seu almoço, sentando-se perto da mata fechada, Tally achou bom. Ela foi atrás da amiga e se acomodou ao seu lado, sob os raios de sol que passavam por entre as árvores.

— Tenho de conversar com você, Shay.

Ela suspirou baixinho, enquanto continuava a despedaçar o pão, sem olhar para Tally.

— É, acho que tem, sim.

— Ah, ele também falou com você?

— Ele não precisou dizer nada.

— Como assim? — perguntou Tally, confusa.

— Como assim que é óbvio. Desde que chegou aqui. Eu devia ter reparado logo no início.

— Eu não... — Tally não conseguiu terminar a frase. — O que está querendo dizer? Acha que Croy tem razão?

— Só estou dizendo que... — Shay parou e encarou Tally. — Croy? O que isso tem a ver com Croy?

— Estávamos conversando antes do almoço. Ele reparou no meu suéter e perguntou se eu tinha arrumado um saco de dormir. E acabou concluindo que, depois dos nove dias que levei para chegar aqui, eu ainda tinha muito EspagBol sobrando.

— Você tinha muito *o quê*? — O rosto de Shay mostrava que ela não estava entendendo nada. — De que absurdo você está falando?

— Lembra do dia em que cheguei? Eu disse a todo mundo que... — Tally parou na metade, depois de, finalmente, notar algo nos olhos de Shay. Estavam vermelhos, como se ela tivesse passado a noite em claro. — Espere aí. Do que achou que eu estivesse falando?

Shay mostrou a mão, espalmada, com os dedos bem separados.

— Disso.

— Disso o quê? — perguntou Tally

— Mostre sua mão também. — Atendendo à amiga, Tally abriu a mão, na mesma posição, criando uma espécie de imagem espelhada. — São do mesmo tamanho — disse Shay, para então mostrar as palmas das duas mãos. — E têm as mesmas bolhas.

Tally olhou para baixo. Na verdade, as mãos de Shay encontravam-se num estado até pior: avermelhadas, secas e cheias de pedaços de pele soltos por causa de bolhas estouradas. Ela sempre dava tudo de si, se entregava, pegava as tarefas mais difíceis.

Os dedos de Tally buscaram as luvas presas ao seu cinto.

— Shay, tenho certeza de que David não quis...

— E eu tenho certeza de que ele quis. Aqui na Fumaça, as pessoas sempre pensam muito bem antes de darem presentes.

Tally mordeu os lábios. Era verdade. Ela tirou as luvas da cintura.

— Acho que deve ficar com as luvas.

— Eu. Não. Quero. As luvas.

Atordoada, Tally se sentou. Primeiro Croy e agora aquilo.

— É, parece que não — disse, deixando as luvas caírem. — Mas, Shay, você não acha que deve conversar com David antes de perder a cabeça por causa disso?

Roendo uma unha, Shay fez que não.

— Ele quase não conversa mais comigo. Desde que você chegou. Nunca fala de nada importante. Vive dizendo que precisa pensar em outros assuntos.

— Ah. — Tally não sabia o que dizer. — Eu não... É que... eu gosto do David, mas...

— Ei, a culpa não é sua. Sei muito bem disso. — Shay esticou o braço e deu um peteleco, de leve, no pingente em forma de coração da amiga. — Além do mais, talvez esse seu alguém misterioso apareça, e isso não vai ter importância nenhuma.

Tally concordou. Certamente, depois que os Especiais aparecessem, a vida romântica de Shay seria a menor preocupação de qualquer um ali.

— Você já falou disso com David? Parece que pode ser um probleminha — disse Shay.

— Não, não falei.

— E por que não?

— Porque nunca tocamos nesse assunto.

A expressão de Shay endureceu.

— Muito conveniente — disse ela.

— Shay, foi você mesma quem me disse para não contar a ninguém sobre a Fumaça. Isso tudo me deixa muito mal. Não tem nada a ver ficar falando do assunto para todo mundo.

— Claro, usar esse negócio no pescoço é o suficiente. Se bem que não parece estar funcionando, já que, pelo visto, David não reparou.

— Ou talvez ele não dê a mínima porque isso tudo é só sua...

Tally parou no meio. Aquilo não era só a imaginação de Shay. Agora ela entendia. E sentia também. Ao lhe mostrar a caverna e lhe contar o segredo sobre seus pais, David tinha confiado nela, embora não devesse. E ainda havia o presente. Podia mesmo ser apenas uma reação exagerada de Shay?

Num cantinho silencioso da sua cabeça, Tally desejava que não fosse. Ela respirou fundo e então soltou o que estava preso em sua garganta:

— Shay, o que você quer que eu faça?

— Só conte para ele.

— Contar o quê?

— Por que você usa esse coração. Conte sobre esse alguém misterioso — respondeu Shay. Quando Tally reparou na cara que estava fazendo, era tarde demais. — Você não quer contar, não é? Não consegue nem esconder.

— Não, eu vou contar. Vou, sim.

— Até parece que vai.

Shay se virou e tirou um pedaço enorme de pão de dentro da sopa, devorando-o com uma mordida feroz.

— Eu *vou* contar — insistiu Tally, tocando o ombro da amiga. Em vez de se afastar, Shay se virou de novo, com a esperança estampada em seu rosto. Tally engoliu em seco. — Vou contar tudo a ele. Prometo.

BRAVURA

À noite, no jantar, ela comeu sozinha.

Depois de passar o dia inteiro cortando árvores, não se sentia mais horrorizada com a mesa do refeitório. A textura da madeira lhe transmitia uma firmeza tranquilizadora, e percorrer seus desenhos com os olhos era mais fácil do que pensar.

Pela primeira vez, Tally reparou na mesmice da comida. Mais pão, mais cozido. Alguns dias antes, Shay havia explicado que a carne abundante do cozido era de coelho. Nada de derivado de soja, como a carne desidratada do EspagBol, mas carne de animais de verdade, provenientes da populosa fazendinha mantida num dos cantos da Fumaça. A imagem de coelhos sendo mortos, limpos e cozidos era compatível com seu estado de espírito. Como o resto daquele dia, o jantar tinha um gosto agressivo e preocupante.

Shay não tinha voltado a conversar com ela depois do almoço. Como Tally também não fazia ideia do que dizer a Croy, trabalhou o resto do tempo em silêncio. O pingente da dra. Cable parecia cada vez mais pesado, enroscado em seu pescoço tão firmemente quanto as trepadeiras, os arbustos e as raízes que envolviam os trilhos da ferrovia. A sensação era de que todos na Fumaça enxergavam a verdadeira essência do cordão: um símbolo de sua traição.

Tally se perguntou se seria capaz de viver ali depois de tudo aquilo. Croy suspeitava de sua presença, e parecia ser uma questão de tempo para todos os outros saberem. Um pensamento terrível tinha ocupado sua mente o dia inteiro: talvez a Fumaça fosse o lugar certo, mas ela havia desperdiçado sua oportunidade ao ir lá como uma espiã.

E, para piorar, tinha se colocado entre David e Shay. Completamente sem querer, traíra sua melhor amiga. Como um veneno ambulante, ela matava tudo ao seu redor.

Pensou nas orquídeas que se espalhavam pelos campos lá embaixo, arrancando a vida das outras plantas e do próprio solo, num processo egoísta e incontrolável. Tally Youngblood era uma praga. E, ao contrário das orquídeas, sequer era bonita.

Assim que ela acabou de comer, David sentou-se do outro lado da mesa.

— Oi — disse ele.

— Ei.

Ela ainda conseguiu dar um sorriso. Apesar de tudo, vê-lo era um alívio. Comer sozinha a lembrava dos dias seguintes ao seu aniversário, quando estava presa num corpo de feia, com todos sabendo que já devia ter se tornado perfeita. Agora, pela primeira vez desde sua chegada à Fumaça, voltava a se sentir feia.

David esticou o braço e segurou sua mão.

— Tally, sinto muito.

— Por quê?

Ele virou a mão de Tally, revelando várias bolhas novas em seus dedos.

238

— Percebi que não usou mais as luvas. Depois de almoçar com Shay. Não foi muito difícil imaginar o motivo.

— Ah, claro. Não é que eu não goste delas. Só não havia clima para usá-las.

— Eu entendo. A culpa é toda minha. — Ele observou o ambiente lotado. — Podemos ir para outro lugar? Preciso contar algo a você.

Sentindo o frio do pingente em seu pescoço e lembrando da promessa feita a Shay, Tally concordou.

— Tudo bem. Também tenho algo a contar.

Eles atravessaram a Fumaça, passando por fogueiras sendo apagadas com pás cheias de areia; janelas iluminadas por velas e lâmpadas elétricas; e um grupo de feios jovens correndo atrás de uma galinha solta. Subiram pelo espinhaço do qual Tally havia observado o vilarejo pela primeira vez. David a levou até uma formação rochosa, plana e arejada, de onde se tinha uma ótima vista por entre as árvores. Como sempre, Tally notou a naturalidade de David, que parecia conhecer intimamente cada centímetro do caminho. Nem os perfeitos, cujos corpos eram primorosamente equilibrados, projetados para alcançar uma elegância absoluta em qualquer tipo de roupa, se moviam daquela forma completamente natural.

Tally se obrigou a tirar os olhos dele. Lá embaixo, no vale, as orquídeas brilhavam com uma maldade discreta sob o luar — um mar congelado diante da floresta mergulhada na escuridão.

David falou primeiro:

— Sabia que é a primeira fugitiva a chegar aqui sozinha?

— Verdade?

Observando a vastidão branca das flores, ele confirmou.

— Na maioria das vezes, sou eu quem os trago.

Tally lembrou-se de Shay, na última noite que tinham passado juntas na cidade, dizendo que o misterioso David a levaria à Fumaça. Até então, ela mal acreditava na existência de tal pessoa. Agora, sentada ao lado de David, tudo parecia muito real. Ele encarava o mundo com mais seriedade que qualquer outro feio. Na verdade, era mais sério que alguns perfeitos de meia-idade, como seus pais. De um jeito engraçado, David tinha um olhar tão intenso quanto o dos perfeitos cruéis, embora não fosse tão frio.

— Antigamente, minha mãe cuidava disso — contou ele. — Agora está muito velha.

Tally hesitou. Na escola, os professores costumavam dizer que os feios que não se submetiam à operação acabavam ficando frágeis.

— Ai, sinto muito. Quantos anos ela tem?

Ele reagiu com uma risada.

— Minha mãe ainda está bem em forma. A questão é que, para os feios, é mais fácil confiar em alguém como eu, da mesma idade que eles.

— Ah, entendi.

Tally recordou-se de como tinha reagido ao Chefe no primeiro dia. Passadas poucas semanas, estava muito mais acostumada aos diferentes tipos de rostos criados pela idade.

— Às vezes, alguns feios conseguem vir sozinhos, seguindo instruções codificadas, como você. Mas são sempre grupos de três ou quatro. Ninguém tinha chegado aqui realmente sozinho antes.

— Deve achar que sou uma boba.

— Claro que não — disse David, segurando a mão de Tally. — Achei uma grande demonstração de coragem.

— A viagem não foi tão complicada assim.

— Tally, não é a viagem que requer coragem. Já fiz viagens muito mais longas por conta própria. É sair de casa. — Com um dedo, ele traçou uma linha em sua mão castigada. — Não consigo imaginar deixar a Fumaça para trás, largar tudo que eu conheço, sabendo que nunca vou voltar. — Aquilo deixou Tally nervosa. Para ela, realmente não fora fácil, embora não houvesse escolha. — Mas você abandonou sua cidade, o único lugar em que já viveu. E sozinha. Sequer conhecia alguém que morasse aqui, alguém que pudesse convencê-la, por experiência própria, que este lugar era real. Fez tudo na base da confiança, porque sua amiga havia pedido. Talvez seja por isso que acho que posso confiar em você.

Com os olhos fixos nas flores, Tally se sentia cada vez pior, ouvindo as palavras de David. Se ele pelo menos soubesse a verdadeira razão de estar ali...

— Quando Shay me contou que você vinha, fiquei furioso.

— Porque eu poderia revelar a localização da Fumaça?

— Em parte por causa disso. Mas em parte também porque é muito perigoso para uma garota de 16 anos, criada na cidade, percorrer centenas de quilômetros sozinha. Para ser sincero, achei que era um risco desnecessário, já que você provavelmente não passaria da janela do seu quarto. — Olhando para ela, David apertou sua mão suavemente. — Fiquei impressionado ao vê-la descendo aquele morro.

— Eu estava num estado lamentável naquele dia — disse Tally, sorrindo.

— Você estava toda arranhada, com os cabelos e as roupas chamuscados pelo fogo, e mesmo assim tinha um sorriso enorme no rosto.

Sob a luz do luar, o semblante de David parecia reluzir. Tally fechou os olhos, sem querer acreditar. Que maravilha. Ela ia receber uma medalha por bravura, quando, na realidade, devia ser expulsa da Fumaça por traição.

— Agora você não parece mais tão feliz — disse David.

— Nem todo mundo está satisfeito com minha presença aqui.

— Eu sei. Croy me contou sobre sua grande descoberta — revelou David, rindo.

Tally abriu os olhos.

— Contou, é?

— Não lhe dê importância. Desde que você apareceu, ele desconfia do fato de ter vindo sozinha. Acha que houve algum tipo de ajuda. Ajuda da cidade. Mas eu já disse a ele que está imaginando coisas.

— Obrigada.

— Você pareceu tão feliz ao encontrar Shay. Pude ver que realmente sentia falta dela — disse David.

— E sentia mesmo. Estava preocupada com ela.

— Claro que estava. E teve coragem para vir até aqui, ainda que isso significasse se afastar de tudo que conhecia, sem a companhia de ninguém. Não veio para cá porque queria viver na Fumaça, não é mesmo?

— Ahn... não entendi muito bem o que disse.

— Você veio para saber da Shay.

Tally encarou David. Embora ele estivesse completamente errado a seu respeito, era agradável ouvir aquelas palavras. Até então, o dia tinha sido marcado por suspeitas e questionamentos. Agora, o rosto de David demonstrava admiração por seus atos. Uma sensação tomou conta de Tally — um calor que afastou o vento frio que percorria a montanha.

Bastou mais um segundo para ter um arrepio e entender que sensação era aquela. Era o mesmo calor que experimentara quando conversou com Peris depois que foi operado. Ou quando os professores lhe lançavam um olhar de aprovação. Com um feio, porém, era uma sensação inédita. Sem os olhos grandes e perfeitos, seus semblantes não eram capazes de provocar aquilo. Ainda assim, o luar e o cenário, ou talvez as palavras, de alguma maneira haviam transformado David num perfeito. Por um breve instante.

Mas o encanto se baseava em mentiras. Tally não merecia o olhar de David e, por isso, voltou a se concentrar no oceano de orquídeas.

— Aposto que Shay deve estar arrependida de ter me contado sobre a Fumaça.

— Talvez neste exato momento, sim. Talvez por mais algum tempo — admitiu David. — Seguramente, não para sempre.

— Mas você e ela...

— Eu e ela. Shay muda de ideia muito rápido, sabia?

— Como assim?

— A primeira vez que ela quis vir para a Fumaça foi na primavera. Na época em que Croy e os outros vieram.

— Ela me contou. Shay desistiu, né?

— Sempre soube que desistiria. Ela só queria fugir por causa dos amigos. Se ficasse na cidade, seria abandonada.

243

Tally se lembrou de seus dias de solidão, após a operação de Peris.

— Conheço essa sensação.

— O problema é que ela não apareceu naquela noite. Mas isso é normal. O que me surpreendeu mesmo foi vê-la nas ruínas, algumas semanas depois, subitamente convencida de que queria deixar a cidade para sempre. E já estava até falando em trazer uma amiga, embora ainda não tivesse tocado no assunto com você. — Ele demonstrava certo inconformismo. — Quase disse a ela para esquecer. Para ficar na cidade e se tornar perfeita.

As palavras de David fizeram Tally pensar. Tudo haveria sido mais simples se ele tivesse feito exatamente aquilo. Àquela altura, Tally seria perfeita e estaria no alto de uma torre de festas, ao lado de Peris, Shay e um monte de novos amigos. No entanto, curiosamente, a imagem não lhe despertava mais a mesma empolgação. Parecia sem graça, como uma música repetida milhares de vezes.

David tocou sua mão.

— Fico feliz por não ter feito aquilo.

Por alguma razão, Tally respondeu:

— Eu também.

Sua reação a espantou porque, em algum nível, parecia sincera. Ela olhou bem para David: a sensação ainda existia. Tally via que a testa dele era muito grande e que havia uma pequena cicatriz branca acima da sobrancelha. E que o sorriso era torto. Porém, era como se algo tivesse mudado na cabeça de Tally, algo que havia tornado o rosto de David bonito para ela. O calor do corpo dele destoava do frio do outono. Ela chegou mais perto.

— Shay se esforçou muito para compensar seus erros: ter desistido da primeira vez e ter passado as instruções a você mesmo me prometendo que não faria isso — contou David. — Agora ela está convicta de que a Fumaça é o melhor lugar do mundo. E que eu sou o cara mais sensacional do mundo por tê-la trazido para cá.

— David, ela gosta muito de você.

— E eu gosto muito dela. Mas ela não é...

— Não é o quê?

— Não é determinada. Não é você.

Atordoada, Tally virou o rosto. Sabia que aquele era o momento de cumprir a promessa. Ou então nunca o faria. Seus dedos tocaram o pingente.

— David...

— Eu sei. Reparei no cordão. Depois do seu sorriso, foi a primeira coisa em que reparei.

— Deve imaginar que alguém me deu isso.

— Foi o que pensei — confirmou David.

— Pois é. E eu... contei a esse alguém sobre a Fumaça.

— Também pensei nisso.

— Não está irritado comigo? — perguntou Tally.

— Você não me fez nenhuma promessa. Eu nem a conhecia.

— Mas você...

David a olhava bem nos olhos. Seu rosto estava reluzente. Tally desviava o olhar, tentando afogar seus estranhos pensamentos de perfeita no oceano de flores brancas.

— Você deixou muita coisa para trás ao vir para cá... seus pais, sua cidade, sua vida inteira — disse David. — E já notei que está começando a gostar da Fumaça. Entende

245

o que estamos fazendo de uma maneira que a maioria dos fugitivos não consegue.

— Gosto da sensação de estar aqui. Mas talvez eu não... fique.

Ele sorriu.

— Eu sei. Escute, não quero apressar nada. Talvez a pessoa que lhe deu esse coração acabe vindo. Talvez não. Talvez você volte para lá. Mas, enquanto isso, poderia fazer algo por mim?

— Claro. O que seria?

David se levantou e lhe estendeu o braço.

— Quero que conheça meus pais.

O SEGREDO

Eles desceram pelo outro lado, percorrendo um caminho íngreme e estreito. David ia na frente, andando rápido mesmo no escuro, pisando nos lugares certos da trilha quase invisível sem nenhum tipo de hesitação. Tudo que Tally podia fazer era seguir seus passos.

O dia inteiro fora marcado por uma surpresa atrás da outra, e agora, para completar, ela ia conhecer os pais de David. Era a última coisa que poderia esperar depois de lhe mostrar o pingente e contar que não havia guardado segredo sobre a Fumaça. As reações de David eram diferentes das de qualquer outra pessoa que conhecesse. Talvez fosse o fato de ter crescido naquele lugar, longe dos hábitos da cidade. Ou talvez ele fosse simplesmente... diferente.

O espinhaço já tinha ficado bem para trás. A montanha, nessa parte, subia acentuadamente para um lado.

— Seus pais não moram na Fumaça? — perguntou Tally.

— Não. É muito perigoso.

— Perigoso como?

— Tem a ver com o que lhe contei no seu primeiro dia, na caverna da ferrovia.

— Sobre seu segredo? Sobre ter sido criado na natureza?

David parou por um momento para ficar de frente para ela.

247

— Há mais coisas envolvidas.

— Que coisas?

— Vou deixar que eles contem. Venha.

Minutos depois, um pequeno quadrado luminoso, bem fraquinho, apareceu na encosta. Tally percebeu que se tratava de uma janela, com uma luz vermelha vinda de trás que mal atravessava a cortina. A casa parecia semienterrada, como se tivesse sido encravada na montanha.

A poucos passos da entrada, David parou de novo.

— Não quero pegá-los de surpresa. Eles ficam nervosos — explicou, para em seguida gritar: — Boa noite!

Passados alguns segundos, a porta se abriu, e um facho de luz se espalhou pelo lugar.

— David? — perguntou uma mulher. Ela empurrou a porta mais um pouco, até que a luz revelou os dois. — Az, é o David.

Ao se aproximar, Tally viu que a mulher era uma feia velha. Não sabia dizer se ela era mais velha ou mais nova que o Chefe, mas sem dúvida tinha sua aparência, só não era tão assustadora quanto ele. Seus olhos, porém, brilhavam como os de um perfeito, e um sorriso acolhedor tomou conta de seu rosto enquanto ela dava um abraço no filho.

— Oi, mãe.

— Você deve ser Tally — disse ela.

— É um prazer conhecê-la.

Tally não sabia se devia apertar a mão dela ou algo do gênero. Na cidade, não passava muito tempo com os pais dos outros feios, exceto quando ia para a casa de amigos durante as férias escolares.

Aquela casa era muito mais quente do que as moradias rústicas da vila, e o piso de madeira não parecia tão duro.

Talvez os pais de David morassem ali havia tanto tempo que seus pés tivessem amaciado o chão. Mesmo assim, a casa aparentava ser mais firme do que qualquer construção da Fumaça. Estava realmente enterrada na montanha. Uma das paredes era de pedra, com uma camada de selante que a fazia reluzir.

— Também estou feliz em conhecê-la, Tally — disse a mãe de David.

Tally se perguntava qual seria seu nome. David sempre se referia aos dois como "mãe" e "pai", palavras que ela não usava para falar de Sol e Ellie desde a infância.

Então um homem apareceu e, depois de apertar a mão de David, virou-se para ela.

— Prazer em conhecê-la, Tally.

Ela hesitou, sem conseguir falar, tomada por uma súbita falta de ar. De alguma forma, David e o pai pareciam... iguais.

Não fazia sentido. Se seu pai realmente fosse médico, na época do nascimento de David, a diferença de idade seria de pelo menos trinta anos. Mas os queixos, as testas, até mesmo os sorrisos levemente tortos, eram muito similares.

— Tally? — chamou David.

— Me desculpem. É que vocês... vocês são idênticos!

Os pais de David caíram na gargalhada, o que deixou Tally envergonhada.

— Sempre ouvimos esse comentário — contou o pai. — Vocês, garotos da cidade, sempre acham isso impressionante. Mas você já ouviu falar da genética, não ouviu?

— Claro. Sei tudo a respeito de genes. Conheci duas irmãs, feias, que pareciam iguais. Agora, pais e filhos? É muito esquisito.

249

A mãe de David se esforçou para fazer uma cara séria, mas sua expressão ainda era suave.

— São os traços que herdamos de nossos pais que nos fazem diferentes. Um nariz avantajado, lábios finos, uma testa grande. Todas as coisas que a operação tira de nós.

— A preferência pela mediocridade — disse o pai.

Tally concordou lembrando-se das aulas na escola. A média geral das características faciais humanas servia de ponto de partida para a operação.

— Exatamente. Traços normais são uma das coisas que as pessoas buscam para seus rostos.

— Acontece que as famílias transmitem traços fora do normal. Como nosso nariz grande. — O pai apertou o nariz de David, que não pôde fazer nada, além de revirar os olhos. Tally percebeu que aquele nariz era maior que o de qualquer perfeito. Por que não tinha notado até então?

— Essa é uma das coisas de que as pessoas abrem mão ao se tornarem perfeitas. O nariz da família — disse a mãe. — Az, pode ligar a calefação?

De fato, Tally estava tremendo, mas não era de frio. Aquilo tudo era muito estranho. Ela não se acostumava à incrível semelhança entre David e o pai.

— Assim está ótimo — disse. — A casa é linda, ahn...

— Meu nome é Maddy. Vamos nos sentar?

Aparentemente, Az e Maddy já estavam esperando a visita. Na sala principal da casa, havia quatro xícaras antigas arrumadas sobre pequenos pires. Logo uma chaleira começou a apitar. Az derramou a água fervente num bule, espalhando um aroma floral pelo ambiente.

Tally olhou ao redor. O lugar não se parecia com nada na Fumaça. Era uma casa típica de coroas, cheia de objetos complicados. Havia uma estatueta de mármore num canto e tapetes trabalhados pendurados na parede. Suas cores se misturavam à luz e deixavam tudo mais suave. Maddy e Az deviam ter carregado muita coisa da cidade ao fugirem. Diferentemente de outros feios, que só possuíam os uniformes dos dormitórios e alguns objetos descartáveis, os dois tinham passado metade da vida juntando coisas, antes de partirem.

Ela se lembrou de ter crescido em meio a objetos de madeira feitos por Sol — formas abstratas produzidas a partir de galhos caídos que Tally recolhia em parques quando criança. Talvez a infância de David não tivesse sido tão diferente da sua.

— Isso tudo parece bastante familiar — comentou.

— David não contou? Eu e Az somos da mesma cidade que você — revelou Maddy. — Se tivéssemos ficado, talvez acabássemos responsáveis por transformá-la numa perfeita.

— É, quem sabe — murmurou Tally.

Se eles tivessem ficado, não haveria Fumaça, e Shay nunca teria fugido.

— David disse que você chegou aqui sozinha.

— Vim atrás de uma amiga. Ela me deixou instruções.

— E decidiu vir sozinha? Não quis esperar David aparecer de novo? — perguntou Maddy.

— Não havia tempo — respondeu o próprio David. — Ela partiu na noite anterior ao seu aniversário de 16 anos.

— Isso que é deixar as coisas para a última hora — observou Az.

— Mas também é bem emocionante — disse Maddy, aprovando a atitude.

— Na verdade, não tive muita escolha. Só fiquei sabendo da existência da Fumaça quando Shay, a minha amiga, estava indo embora. Isso foi mais ou menos uma semana antes do meu aniversário.

— Shay? Acho que não a conhecemos — disse Az.

Tally olhou para David, que não deu importância. Ele nunca havia levado Shay à casa dos pais? O que existiria, de verdade, entre David e Shay?

— Então você tomou a decisão bem rápido — comentou Maddy.

— Fui obrigada a tomar. Só tinha uma chance — explicou Tally, voltando à realidade.

— Está falando como uma verdadeira Enfumaçada — disse Az, enchendo as xícaras com um líquido escuro saído do bule. — Chá?

— Ah, sim, por favor.

Assim que segurou o pires, pôde sentir a quentura que atravessava o material branco e fino da xícara. Percebendo que se tratava de mais uma das misturas dos Enfumaçados que queimavam a língua, ela bebericou com cautela. Ao sentir o gosto amargo, fez uma careta.

— Ahn... me desculpem. É que nunca tomei chá.

Az se mostrou surpreso.

— É mesmo? Era muito popular quando nós vivíamos lá.

— Eu já tinha ouvido falar. Mas é uma bebida de coroas. Ahn, quer dizer, são os feios mais velhos que costumam tomar isso — explicou Tally, envergonhada.

Maddy apenas riu.

— Nós somos bem coroas. Então acho que podemos tomar chá.

— Está falando só por você, querida.

— Experimente isso — disse David, jogando um cubo branco no chá de Tally.

No gole seguinte, ela sentiu uma doçura que cortava o amargor. Agora, sim, podia tomar aquilo sem precisar fazer careta.

— Imagino que David tenha falado um pouco sobre nós — disse Maddy.

— Bem, ele disse que vocês fugiram há muito tempo. Antes de ele nascer.

— Ah, ele contou isso, é? — perguntou Az.

A expressão do pai era idêntica à de David quando alguém do grupo que cuidava da ferrovia fazia algo impensado e perigoso com uma motosserra.

— Não contei tudo a ela, pai — explicou David. — Só que eu cresci em contato com a natureza.

— Deixou o resto por nossa conta? — disse Az, um pouco aborrecido. — Que gentileza.

David encarou o pai.

— Tally veio atrás de notícias da amiga. Percorreu todo o caminho sozinha. Mas talvez não queira ficar por aqui.

— Não obrigamos ninguém a ficar — observou Maddy.

— Não estou falando disso. Só acho que ela deve saber, antes de decidir se quer voltar para a cidade.

Surpresa, Tally olhou para David, depois para Maddy e Az. O tom dele era estranho; não parecia um feio falando com os pais coroas. Parecia mais uma discussão entre feios. No mesmo nível.

— O que eu devo saber? — perguntou, em voz baixa.

Os três olharam para ela. Maddy e Az pareciam examiná-la.

— O grande segredo — disse Az. — Aquilo que nos fez fugir, quase vinte anos atrás.

— Um que não costumamos compartilhar — acrescentou Maddy, sem tirar os olhos de David.

— Tally merece saber — disse David, enfrentando a mãe. — Ela vai entender a importância.

— Ela é uma menina. Uma menina da cidade.

— Ela chegou aqui por conta própria, usando apenas um monte de instruções confusas como orientação.

Maddy franziu a testa.

— David, você nunca esteve numa cidade. Não sabe como eles são mimados. Passam a vida inteira dentro de uma bolha.

— Ela sobreviveu por nove dias, sem ajuda, mãe. Escapou até de uma queimada.

— Ei, vocês dois, por favor — interveio Az. — *Ela* está bem aqui na nossa frente. Não é mesmo, Tally?

— É, estou sim. E gostaria de saber do que estão falando.

— Me desculpe, Tally — disse Maddy. — É que esse segredo é muito importante. E muito perigoso.

Tally balançou a cabeça, que agora mantinha abaixada.

— Tudo por aqui é perigoso.

Eles ficaram em silêncio por alguns instantes. Tally só ouvia o tilintar da colher de Az mexendo no chá.

— Estão vendo? — disse David, quebrando o silêncio. — Ela entende as coisas. Merece nossa confiança. Merece saber a verdade.

— Todo mundo merece — respondeu Maddy, baixinho. — Alguma hora.

— Muito bem — disse Az, parando para tomar outro gole de chá. — Creio que vamos ter de lhe contar, Tally.

— Me contar *o quê*?

David respirou fundo antes de falar.

— A verdade sobre se tornar perfeita.

254

MENTES PERFEITAS

— Somos médicos — começou Az.

— Cirurgiões plásticos, para sermos mais precisos — disse Maddy. — Nós dois realizamos centenas de operações. Quando nos conhecemos, eu tinha acabado de ser nomeada para a Comissão de Padrões Morfológicos.

Tally arregalou os olhos.

— A Comissão da Perfeição?

Aquele nome fez Maddy sorrir.

— Estávamos nos preparando para um Congresso de Morfologia. É uma ocasião em que todas as cidades compartilham dados a respeito da operação.

Tally assentiu. As cidades se esforçavam para serem independentes, mas a Comissão da Perfeição era uma instituição global com a missão de garantir que todos os perfeitos fossem mais ou menos iguais. Não haveria sentido na operação se as pessoas de uma cidade fossem mais perfeitas que as das outras.

Como a maioria dos feios, Tally costumava sonhar que um dia integraria a Comissão, para ajudar a definir qual seria o visual da geração seguinte. Na escola, obviamente, tentavam fazer tudo aquilo parecer chato, com montes de gráficos, médias e medições de pupilas de rostos que pareciam diferentes.

— Ao mesmo tempo, eu realizava uma pesquisa independente sobre anestesia — acrescentou Az. — Uma tentativa
de tornar a operação mais segura.

— Mais segura? — perguntou Tally.

— Até hoje, algumas pessoas morrem, todos os anos, como
acontece em qualquer tipo de cirurgia — explicou ele. — E a
principal causa é o longo tempo que se passa inconsciente.

Tally nunca tinha ouvido falar daquilo.

— Ah, é?

— Descobri que havia complicações causadas pelo anestésico usado na operação. Pequenas lesões no cérebro. Praticamente invisíveis, mesmo utilizando os melhores equipamentos
para detecção.

Apesar do receio de soar estúpida, Tally perguntou:

— O que é uma lesão?

— Basicamente, é um monte de células que não parecem
muito legais — respondeu Az. — Como uma ferida, ou um
câncer, ou algo que parece estar fora do lugar.

— Você não podia ter simplesmente dito isso? — disse
David, para em seguida se virar para Tally. — Médicos...

Maddy ignorou o filho.

— Quando Az me mostrou os resultados, comecei a
pesquisar o assunto. A comissão local tinha milhões de imagens computadorizadas no banco de dados. Nada de material
para livros médicos, mas sim dados brutos de perfeitos do
mundo inteiro. Encontramos lesões por toda parte.

— Está dizendo que as pessoas estavam doentes? — perguntou Tally, confusa.

— Na verdade, não pareciam estar. E, como não se espalhavam, as lesões não eram cancerosas. Quase todos as tinham

e sempre exatamente no mesmo lugar — disse Maddy, apontando para um ponto de sua cabeça.

— Um pouco para a esquerda, querida — corrigiu Az, antes de jogar um cubo de açúcar em seu chá.

Maddy agradeceu e prosseguiu.

— E o mais importante: quase todos, no mundo inteiro, tinham essas lesões. Se fosse um problema de saúde, noventa e nove por cento da população manifestariam algum tipo de sintoma.

— Mas essas lesões não poderiam ser naturais? — perguntou Tally.

— Não. Apenas os pós-operados, ou seja, os perfeitos, tinham lesões — respondeu Az. — Nenhum feio as apresentava. Sem dúvida, eram resultado da operação.

Tally se remexeu na cadeira. A ideia de um pequeno e esquisito mistério no cérebro de todos a deixava desconfortável.

— Vocês descobriram a causa?

— De certa forma, sim. Examinamos com atenção todos os casos negativos: os poucos perfeitos que não tinham lesões. Tentamos entender por que eram diferentes. O que os tornava imunes às lesões? Descartamos tipo sanguíneo, gênero, estrutura óssea, fatores ligados à inteligência, marcadores genéticos... não havia nada que explicasse os negativos. Eles não pareciam ser diferentes dos outros.

— Aí descobrimos uma estranha coincidência — disse Az.

— Seus empregos — revelou Maddy.

— Empregos?

— Todos os negativos pertenciam aos mesmos grupos profissionais — explicou Az. — Bombeiros, guardas, médicos, políticos e pessoas que trabalhavam para a Circunstâncias Especiais. Nenhum desses apresentava lesões. Todos os outros perfeitos, sim.

— Então vocês estavam livres?

Az respondeu com um gesto positivo.

— Fizemos os testes em nós mesmos. Deram negativo.

— Do contrário, não estaríamos sentados aqui neste momento — disse Maddy.

— Como assim?

Foi a vez de David falar:

— Tally, as lesões não são acidentais. Fazem parte da operação, tanto quanto a modelagem dos ossos e a raspagem da pele. São uma das mudanças realizadas em quem se torna perfeito.

— Mas vocês disseram que nem todos têm as lesões.

— Em alguns perfeitos, elas somem. Ou são corrigidas voluntariamente. Sempre nos casos de profissões que exigem reações rápidas, como quem trabalha em emergências de hospitais ou no combate a incêndios. Aqueles que lidam com conflitos e perigo — explicou Maddy.

— Pessoas que encaram desafios — acrescentou David.

Enquanto tentava recuperar o fôlego, Tally se lembrou da viagem até a Fumaça.

— E os guardiões?

— Creio que havia alguns guardiões no meu banco de dados. Todos negativos — respondeu Az.

Tally visualizou os rostos dos guardiões que a resgataram. Eles tinham uma convicção e uma segurança incomuns, como David. Algo totalmente diferente dos semblantes dos novos perfeitos dos quais ela e Peris costumavam rir.

Peris...

Agora Tally sentia na garganta um gosto mais amargo do que o deixado pelo chá. Tentou se lembrar de como Peris havia se comportado quando ela invadiu a festa na Mansão Garbo. Porém, tinha passado tanta vergonha, que era difícil se recordar de algo específico a respeito do amigo. Ele apenas parecera muito diferente. E, talvez, mais velho, mais maduro.

Por alguma razão, não tinha se estabelecido uma conexão entre os dois... era como se ele fosse outra pessoa. Seria só por terem vivido em mundos distintos depois da operação dele? Ou haveria mais alguma coisa envolvida? Ela tentou imaginar como Peris se sairia na Fumaça, botando a mão na massa, costurando suas próprias roupas. O antigo Peris, o feio, gostaria desse desafio. Mas e o Peris perfeito?

Ela sentiu uma tontura, como se a casa inteira estivesse dentro de um elevador, caindo em alta velocidade.

— Que tipo de consequência as lesões provocam? — perguntou.

— Não sabemos exatamente — disse Az.

— Mas levantamos algumas hipóteses interessantes — ressaltou David.

— São apenas suspeitas — corrigiu Maddy.

Incomodado, Az mantinha os olhos fixos na xícara de chá.

— As suspeitas devem ter sido fortes o suficiente para convencê-los a fugir — observou Tally.

— Não tivemos muita escolha — disse Maddy. — Logo depois da nossa descoberta, recebemos uma visita da Circunstâncias Especiais. Eles apreenderam nosso banco de dados e nos mandaram parar de investigar, sob o risco de perdermos nossas licenças. Ou fugíamos ou seríamos obrigados a esquecer tudo que havíamos descoberto.

— E aquilo não era algo que pudéssemos esquecer — ressaltou Az.

Tally olhou para David. Ele estava sentado ao lado da mãe, com uma expressão séria, diante da xícara intocada de chá. Seus pais ainda relutavam em revelar todas suas suspeitas. Mas Tally podia ver que, para David, não havia motivo para tanta cautela.

— E você, o que acha? — perguntou a ele.

— Bem, você sabe como os Enferrujados viviam, não sabe? As guerras, o crime, essas coisas.

— Claro que sei. Eles eram desmiolados. Quase destruíram o mundo.

— E isso convenceu as pessoas a separarem as cidades da natureza, a deixarem a vida selvagem em paz — prosseguiu David. — E agora todos são felizes, porque todos são iguais. Todos são perfeitos. Nada de Enferrujados, nada de guerras. Não é isso?

— É, sim. Na escola, eles costumam dizer que é tudo muito complexo, mas a história é basicamente essa.

— Talvez não seja tão complicado — disse David, com um sorriso irônico. — Talvez as guerras e todas as outras coisas tenham acabado simplesmente porque não há mais controvérsias, discordâncias ou pessoas reivindicando mudanças. Apenas massas de perfeitos sorridentes. E algumas outras pessoas que controlam tudo.

Tally se lembrou das travessias até Nova Perfeição, da imagem dos perfeitos em sua diversão sem fim. Ela e Peris

260

costumavam dizer que nunca ficariam tão estúpidos, tão superficiais. No entanto, quando os dois se reencontraram...

— A transformação em perfeito não muda apenas a aparência — concluiu.

— Não — disse David. — Muda sua maneira de pensar.

SEM VOLTA

Eles ficaram acordados até tarde, conversando sobre as descobertas de Az e Maddy, a fuga e a descoberta da Fumaça. Depois de muito tempo, Tally resolveu fazer a pergunta que estava em sua cabeça desde o início:

— Afinal, como vocês dois reverteram a operação? Vocês eram perfeitos e agora são...

— Feios? — completou Az, sorrindo. — Essa parte foi bem simples. Somos especialistas no aspecto físico da operação. Quando definimos um rosto perfeito, usamos um tipo especial de plástico inteligente para modelar os ossos. Já quando preparamos os perfeitos jovens para entrarem na meia-idade ou na velhice, adicionamos um produto químico ao plástico, que com isso fica mais maleável, como argila.

— Eca — reagiu Tally ao imaginar seu rosto amolecendo, de repente, para que alguém pudesse amassá-lo até obter outro formato.

— Com doses diárias desse produto químico, o plástico vai aos poucos se derretendo, até ser absorvido pelo corpo. Seu rosto volta ao formato original. Ou quase.

— Quase?

— Só conseguimos nos aproximar do estado original dos ossos que sofrem modificações. E não somos capazes de realizar grandes mudanças, como na altura das pessoas, sem

262

cirurgia. Eu e Maddy mantivemos todos os benefícios não estéticos da operação: dentes indestrutíveis, visão perfeita, resistência a doenças. Mas nossa aparência é bem semelhante à que teríamos se não houvéssemos passado pela operação. Quanto à gordura retirada do corpo, parece bem fácil de recuperar — concluiu, apalpando a barriga.

— Mas *por quê*? Como uma pessoa pode querer ser feia? Vocês eram médicos. Isso quer dizer que não havia nada de errado com seus cérebros, não é?

— Nossas mentes continuam bem — respondeu Maddy. — Acontece que queríamos iniciar uma comunidade de pessoas sem lesões, pessoas livres do pensamento perfeito. Era a única maneira de conhecermos os efeitos reais das lesões. Por isso, precisávamos reunir um grupo de feios. Pessoas jovens, recrutadas nas cidades.

Tally começava a compreender.

— Para isso, também tinham de se tornar feios. Senão, quem confiaria em vocês?

— Aperfeiçoamos o produto químico. Criamos um comprimido para uso diário. Depois de alguns meses, nossos rostos voltaram às formas originais — disse Maddy, piscando para o marido. — Para ser sincera, foi um processo fascinante.

— Deve ter sido. E as lesões? Vocês não podem criar uma pílula para curá-las também?

Houve silêncio por algum tempo, até que Maddy resolveu responder:

— Não conseguimos encontrar respostas antes da aparição da Circunstâncias Especiais. Eu e Az não somos neurologistas. Trabalhamos nisso durante vinte anos, sem sucesso.

Contudo, aqui na Fumaça, *vimos* como faz diferença permanecer feio.

— Eu também vi — disse Tally, pensando na diferença entre Peris e David.

— Você entende as coisas bem rápido — comentou Az.

— Mas nós sabemos que existe uma cura — disse David.

— Como assim?

— Tem de existir — confirmou Maddy. — Nossos dados mostravam que todos apresentavam as lesões após a primeira operação. Isso quer dizer que, quando alguém acaba numa atividade profissional mais exigente, as autoridades de alguma maneira curam essa pessoa. As lesões são removidas em segredo, quem sabe até são corrigidas com uma pílula semelhante à que usamos para os ossos modelados. O que importa é que o cérebro volta ao normal. Então deve existir uma cura.

— Vocês vão descobrir um dia — disse David.

— Não dispomos dos equipamentos necessários — disse Maddy, num tom de frustração. — Sequer temos um indivíduo perfeito para estudar.

— Esperem um pouco — interrompeu Tally. — Vocês viviam numa cidade cheia de perfeitos. E quando se tornaram médicos as lesões desapareceram. Não notaram a mudança acontecendo?

— É claro que notamos. Estávamos aprendendo como o corpo humano funcionava e a lidar com a grande responsabilidade de salvar vidas. Mas nada daquilo parecia uma mudança dentro do nosso cérebro. Parecia apenas uma fase de amadurecimento.

— Ah, sim. Mas e quando observavam os outros? Como não perceberam que seus cérebros estavam lesionados?

Az sorriu antes de responder:

— Não tínhamos muita referência, apenas alguns colegas que pareciam ser diferentes da maioria das pessoas. Mais dedicados. Isso, porém, não chegava a ser surpreendente. A história mostra que a maioria das pessoas costuma agir como parte de um rebanho. Antes da operação, havia guerras, ódio coletivo e devastação. Seja lá qual for o efeito dessas lesões, não é nada muito distante da humanidade na época dos Enferrujados. Agora somos apenas... mais fáceis de controlar.

— Ter as lesões virou uma coisa normal — reforçou Maddy. — Todos estão acostumados aos efeitos.

A lembrança da última visita de Sol e Ellie veio imediatamente à cabeça de Tally. Seus pais tinham parecido muito seguros, mas, de certa forma, meio apalermados. A questão era que aquele sempre tinha sido o jeito deles: sábios e confiantes e ao mesmo tempo desligados de todos os problemas reais da filha feia. Seria consequência do dano em seus cérebros perfeitos? Para Tally, aquele era apenas o comportamento *normal* de qualquer pai.

Seguindo o mesmo raciocínio, a superficialidade e o egocentrismo eram simplesmente características normais em perfeitos recém-transformados. Enquanto era feio, Peris ria deles, mas não havia hesitado um segundo em juntar-se a eles na diversão. Ninguém hesitava. Então como seria possível distinguir entre o que era resultado da operação e o que era um comportamento em conformidade com a tradição?

A única forma era construir um mundo inteiramente novo, exatamente o que Maddy e Az tinham começado a fazer.

Tally se perguntou o que teria surgido antes: a operação ou a lesão? A transformação em perfeito seria apenas uma isca para que todos se submetessem à operação? Ou as lesões seriam meramente um toque final? Talvez a motivação lógica de todo mundo parecer igual fosse todo mundo pensar igual.

Ela se ajeitou na cadeira. Estava com a vista embaçada e sentia um aperto no estômago sempre que pensava em Peris, seus pais e todos os outros perfeitos que conhecia. Até que ponto seriam diferentes dela? Qual seria a sensação de ser perfeito? O que havia por trás daqueles olhos enormes e traços deslumbrantes?

— Parece cansada — comentou David.

Tally tentou sorrir. Tinha uma sensação de estar na casa de David havia dias. Poucas horas de conversa haviam transformado o mundo que conhecia.

— Um pouquinho.

— Acho que é melhor irmos embora, mãe.

— Claro, David — respondeu Maddy. — Está tarde, e Tally tem muitas novidades para digerir.

Então, Maddy e Az se levantaram, enquanto David ajudava Tally a fazer o mesmo. A despedida aconteceu numa atmosfera de confusão. Apesar disso, Tally conseguiu reconhecer, no rosto dos dois, uma expressão que a deixou chocada: eles sentiam *pena* dela. Lamentavam que tivesse de ouvir a verdade e que eles fossem os mensageiros. Passados vinte anos, embora estivessem acostumados com aquilo, entendiam que era algo terrível de se descobrir.

Noventa e nove por cento da humanidade tinham sofrido modificações no cérebro, e poucas pessoas no mundo sabiam exatamente do que se tratava.

— Agora entende por que eu queria que conhecesse meus pais?

— Acho que sim.

Tally e David seguiam no escuro, subindo o espinhaço para retornar à Fumaça, sob um céu repleto de estrelas.

— Você podia ter voltado à cidade sem saber de nada disso — disse David.

A consciência de que estivera bem perto em diversas oportunidades causou um arrepio em Tally. Na biblioteca, até abrira o pingente, chegando a um passo de levá-lo ao olho. Se tivesse ido em frente, os Especiais apareceriam em questão de horas.

— Não pude deixar isso acontecer — completou ele.

— Mas alguns feios voltam à cidade, não voltam?

— É verdade. Eles enjoam de acampar. E ninguém pode obrigá-los a ficar.

— Vocês deixam eles irem assim? Sem ter a mínima ideia do significado da operação?

David parou de andar e pôs as mãos nos ombros de Tally. Seu rosto refletia a angústia que sentia.

— Acontece que também não temos certeza de nada, Tally. O que aconteceria se contássemos a todos sobre nossas meras suspeitas? A maioria não acreditaria, mas alguns voltariam imediatamente às cidades para resgatar os amigos. E, um dia, as cidades descobririam o que andávamos espalhando e empreenderiam todos os esforços para nos eliminar.

"Já estão fazendo isso", pensou Tally. Ela se perguntava quantos outros espiões teriam sido recrutados, à base de chantagem, para ir à Fumaça. Quantas vezes teriam chegado perto de descobrir tudo? Queria contar a David o que estava acontecendo, mas como faria aquilo? Não podia revelar que era uma espiã, ou David nunca mais confiaria nela.

Ela suspirou. Aquela seria a maneira perfeita de se impedir de ficar entre David e Shay.

— Não parece muito feliz — disse David.

Tally apenas esboçou um sorriso. Ele havia partilhado seu maior segredo com ela, e era o momento de retribuir o gesto. No entanto, Tally não conseguia reunir a coragem para pronunciar as palavras.

— É que a noite foi longa. Só isso.

— Não se preocupe. Já está acabando.

Tally quis saber quanto tempo faltava para amanhecer. Em poucas horas, estariam tomando café da manhã com Shay, Croy e todos os outros que ela quase traíra, quase condenara à operação. Aquele pensamento a deixou cabisbaixa.

— Ei — disse David, levantando seu rosto. — Você se saiu muito bem hoje. Acho que meus pais ficaram bem impressionados.

— Ahn? Você diz... comigo?

— É óbvio, Tally. Você entendeu na hora o significado de tudo isso. A maioria das pessoas, no início, não consegue acreditar. Elas dizem que as autoridades nunca seriam tão cruéis.

— Não se preocupe. Eu acredito — disse Tally esboçando um sorriso.

— Exatamente. Já vi muitos jovens das cidades virem para cá. Você é diferente de todos. Enxerga o mundo com clareza, mesmo tendo crescido cheia de mimos. Era por isso que eu precisava contar. E é por isso... — O rosto de David estava reluzente de novo, provocando o mesmo efeito estranhamente perfeito de antes. — É por isso que você é linda, Tally.

As palavras a deixaram atordoada por um instante, exatamente como a sensação de falta de apoio que ocorria quando se olhava nos olhos de um perfeito.

— Eu?

— Sim, você.

Ela riu e tentou se situar.

— Como assim? Mesmo com meus lábios finos demais e meus olhos esquisitos?

— Tally...

— E meu cabelo desgrenhado e meu nariz achatado?

— Não diga essas coisas.

Os dedos de David tocaram o rosto de Tally, agora mal se viam as marcas dos arranhões, e num segundo desceram até os lábios. Ela sabia que suas mãos eram cheias de calos duros como madeira. Porém, de alguma forma, suas carícias se mostravam suaves e delicadas.

— Essa é a pior coisa que eles fazem com você. Com todos vocês — prosseguiu David. — As lesões são o de menos. O maior estrago é causado antes mesmo de eles pegarem um bisturi: todos vocês sofrem uma lavagem cerebral para acharem que são feios.

— Mas nós somos. Todos nós somos.

— Então acha que sou feio?

— Isso é irrelevante — disse Tally, desviando o olhar. — Não é uma questão individual.

269

— É, sim, Tally. É totalmente individual.

— O que estou dizendo é que ninguém pode... Biologicamente, há certas coisas que todos nós... — Ela não conseguiu completar o raciocínio. — Acha mesmo que sou bonita?

— Acho.

— Mais do que a Shay? — Os dois ficaram em silêncio, sem reação. A pergunta havia escapado antes que Tally pudesse parar para pensar. Ela própria não sabia como podia ter dito algo tão terrível. — Desculpe.

— É uma pergunta pertinente — disse David. — Sim.

— Sim o quê?

— Sim, você é mais bonita do que a Shay — respondeu David, num tom tão natural que ele poderia estar falando do tempo.

De olhos fechados, Tally sentiu todo o cansaço do longo dia subitamente tomando conta do seu corpo. Ela visualizou o rosto de Shay: excessivamente magro e com olhos muito separados. Uma sensação horrível começou a se manifestar, sobrepujando o afeto partilhado com David.

Durante toda sua vida, ela havia ridicularizado os outros feios, recebendo um tratamento equivalente em retribuição. Gorducha, Olho-de-siri, Magrelo, Espinhento, Aberração — todos os nomes que os feios usavam mutuamente, com empolgação e sem qualquer pudor. Por outro lado, ninguém se sentia excluído devido a alguma desgraça irrelevante de nascença. Ninguém era considerado mais ou menos bonito. Não havia privilegiados por uma reviravolta aleatória de genes. Era por aquela exata razão que eles tornavam todos perfeitos.

Não era justo.

— Não diga isso. Por favor.

— Foi você quem perguntou.

— Mas é terrível! É errado.

— Escute, Tally. Isso não importa para mim. O que importa é o que está dentro de você.

— Acontece que a primeira coisa que se vê é o rosto. Você reage à simetria, à cor da pele, ao formato dos olhos. E então decide o que há dentro de mim, com base nessas reações. Você é programado para agir assim!

— *Eu* não sou programado. Não fui criado na cidade.

— Não é só uma questão cultural. É a evolução!

Baixando o tom de voz, David aceitou a derrota.

— Talvez uma parte seja evolução. — Ele deu um sorriso cansado. — Mas sabe qual foi a primeira coisa que me atraiu em você?

— Qual foi? — perguntou Tally, tentando se manter calma.

— Os arranhões no seu rosto.

— Como é que é?

— Esses arranhões aqui — disse ele, tocando-a novamente.

Ela tentou ignorar o arrepio provocado pelos dedos de David em sua pele.

— Que besteira. Uma pele imperfeita é sinal de deficiência no sistema imunológico.

David não conseguiu evitar o riso.

— É um sinal de que você viveu uma aventura, Tally, e de que se embrenhou no mato para chegar aqui. Para mim, naquele dia, foi um sinal de que tinha uma boa história para contar.

— Uma boa história? — Tally balançou a cabeça, sentindo uma grande vontade de rir. — Na verdade, arranhei meu rosto na cidade, andando de prancha no meio de umas árvores. Em alta velocidade. Que aventura, hein?

— Mesmo assim, é uma história. Exatamente como eu pensei ao vê-la pela primeira vez: você aceita correr riscos. — Seus dedos alcançaram um cacho dos cabelos queimados de Tally. — E continua correndo riscos.

— Acho que sim.

Estar ali na escuridão, ao lado de David, parecia um risco — um risco de outra reviravolta. Ele permanecia com aquele olhar vagamente perfeito. Talvez fosse realmente capaz de enxergar além de seu rosto de feia. Talvez o que havia dentro dela realmente importasse mais para ele do que qualquer outra coisa.

Tally subiu numa pedra perdida no caminho. Agora seus olhos encaravam os de David.

— Você acha que eu sou bonita de verdade, não acha?

— Acho. As coisas que você faz e seu jeito de pensar a tornam bonita.

Um pensamento estranho passou pela cabeça de Tally.

— Eu odiaria se você se submetesse à operação — disse ela, sem acreditar nas próprias palavras. — Mesmo que eles não mexessem no seu cérebro.

— Caramba, obrigado.

— Não quero que seja igual a todo mundo.

— Achei que esse fosse o sentido de ser perfeito.

— Eu também. — Tally tocou a testa de David, bem onde havia uma marca clara. — Então, onde arrumou essa cicatriz?

— Numa aventura. É uma história legal. Um dia eu conto para você.

— Promete?

— Prometo.

— Que bom.

Ela se curvou para a frente, encostando seu corpo no dele, e, enquanto seus pés escorregavam da pedra, os dois se beijaram. Imediatamente, David a abraçou e puxou para mais perto. No frio da madrugada, ela sentia todo o calor do corpo dele. David era algo concreto e verdadeiro no mundo de incertezas em que Tally vivia. A intensidade do beijo a surpreendeu.

Um instante depois, ela se afastou para recuperar o fôlego, pensando como tudo aquilo era inusitado. Os feios costumavam se beijar, e muitas outras coisas, mas havia uma impressão geral de que nada era para valer até que se tornassem perfeitos.

Aquilo, porém, era para valer.

Ela puxou David para perto de novo e enfiou os braços por dentro de seu casaco. O frio, os músculos doloridos, a coisa terrível que havia acabado de descobrir, tudo aquilo só tornava o sentimento mais intenso.

Então uma das mãos de David tocou sua nuca e, em seguida, o cordão, prosseguindo até encontrar o metal duro e gelado do pingente. Tally ficou tensa, e o beijo foi interrompido.

— E quanto a isto aqui? — perguntou ele.

Tally segurou o pingente, mantendo o outro braço em torno do pescoço de David. Nunca poderia lhe contar sobre a dra. Cable depois daquilo. Ele acabaria se afastando, talvez para sempre. O pingente continuava entre os dois.

De repente, Tally pensou em algo. Algo perfeito.

— Venha comigo.

— Para onde?

— Até a Fumaça. Preciso mostrar uma coisa a você.

Ela o arrastou encosta acima, aos tropeções, até alcançarem o alto do espinhaço.

— Você está bem? — perguntou ele, sem fôlego. — Eu não queria...

— Estou ótima — disse ela, dando um sorriso largo e olhando para a Fumaça. Na área central, ardia uma fogueira solitária, em torno da qual a patrulha noturna se reunia de hora em hora. — Vamos.

Havia se tornado indispensável chegar lá rápido, antes que a certeza se esvaísse, antes que a sensação calorosa dentro dela desse lugar à dúvida. Ela desceu afoitamente por entre as pedras pintadas que marcavam o trilho das pranchas. David se esforçava para não ficar para trás. Quando seus pés alcançaram o plano, ela começou a correr, ignorando a escuridão e o silêncio das cabanas nos dois lados, focada exclusivamente na fogueira. Não aparentava fazer esforço; era como se estivesse na prancha, voando em área aberta.

Tally só parou de correr quando se deparou com a cortina de calor e fumaça da fogueira. Na mesma hora, levou as mãos ao pescoço e soltou o cordão com o pingente.

— Tally? — chamou David, confuso, sem fôlego para falar mais do que isso.

— Não diga nada. Apenas olhe.

Ela segurou o cordão firmemente, diante da luz avermelhada da fogueira, e balançou o pingente. Naquele objeto, estavam concentradas suas dúvidas, seu medo de ser descoberta e o pavor em relação às ameaças da dra. Cable. Então

274

Tally fechou o pingente em sua mão e apertou o rígido metal até sentir a mão doer, como se tentasse enfiar na própria cabeça a possibilidade inimaginável de continuar feia para o resto da vida. Feia e, ao mesmo tempo, nem um pouco feia.

Em seguida, abriu a mão e jogou o cordão bem no meio da fogueira.

O pingente caiu sobre um galho que estalava. No início, o fogo o deixou preto, mas logo o coração metálico ficou amarelo e depois branco. Finalmente, soltou um estalo, como se algo em seu interior tivesse explodido, caiu do galho e desapareceu entre as chamas.

Com a visão marcada pelas ondas luminosas do fogo, ela se virou para David. Ele tossia por causa da fumaça.

— Ei, isso foi bem dramático — disse.

— É, acho que foi — admitiu Tally, sentindo-se um pouco boba.

— Pareceu uma atitude muito sincera. Acho que a pessoa que lhe deu esse presente...

— Não importa mais.

— E se alguém aparecer por aqui?

— Ninguém vai aparecer. Tenho certeza.

David sorriu. Com um abraço, tirou Tally de perto do fogo.

— Muito bem, Tally Youngblood, você com certeza sabe como demonstrar as coisas. Escute, eu teria acreditado se você apenas me dissesse...

— Não, eu tinha de fazer desse jeito. Tinha de queimar essa coisa. Para ter certeza.

Ele deu um beijo em sua testa e riu.

— Você é linda.

— Quando você diz isso, eu quase... — sussurrou Tally.

Repentinamente, uma onda de cansaço tomou conta dela, como se suas últimas energias tivessem sido jogadas na fogueira, com o cordão. Estava cansada por causa da corrida até ali, por causa da longa noite com Maddy e Az e por causa do dia pesado de trabalho. E, na manhã seguinte, teria de encarar Shay e explicar o que havia acontecido entre ela e David. Obviamente, assim que reparasse na ausência do pingente, Shay saberia de tudo.

Pelo menos, ela nunca saberia da verdade. O pingente estava torrado, sem chance de identificação; seu real propósito permaneceria oculto. Tally se jogou nos braços de David e fechou os olhos. A imagem do coração incandescente tinha ficado marcada na sua vista.

Estava livre. A dra. Cable nunca chegaria lá, e ninguém poderia afastá-la de David ou da Fumaça. Nem fazer em Tally o que a operação fazia no cérebro dos perfeitos. Ela não era mais uma infiltrada. Enfim, pertencia àquele lugar.

E estava chorando.

Em silêncio, David a levou até o dormitório. Na porta, ele se aproximou para beijá-la, mas Tally o afastou. Shay estava lá dentro. As duas teriam de conversar no dia seguinte. Não seria fácil, mas Tally sabia que, agora, era capaz de enfrentar qualquer coisa.

David entendeu. Levou um dedo aos lábios e depois ao rosto arranhado de Tally.

— Nos vemos amanhã — sussurrou.

— Aonde você vai?

— Vou dar uma volta. Preciso pensar.

— Você não dorme?

— Hoje não — respondeu David, sorrindo.

Tally beijou sua mão e entrou. Jogou os sapatos num canto e se enfiou no saco de dormir sem trocar de roupa. Caiu no sono em poucos segundos, como se tivesse tirado todo o peso do mundo dos ombros.

Na manhã seguinte, ela acordou em meio ao caos, atordoada pelo barulho de gente correndo, gritos e máquinas invadindo seus sonhos. Pela janela do dormitório, viu o céu cheio de carros voadores.

A Circunstâncias Especiais tinha acabado de chegar.

Parte III
NO FOGO

A beleza é a cabeça da Medusa
Que homens armados tentam cortar.
Quanto mais morta, mais mortal a musa
Que morta atormenta sem nunca parar.

— Archibald MacLeish, "Beleza"

Parte III

NO FOGO

INVASÃO

Ao olhar para trás, só encontrou camas vazias. Estava sozinha no dormitório.

Ela sacudiu a cabeça, ainda sonolenta e incrédula. Sob seus pés, o chão tremia, e as paredes balançavam ao redor. Subitamente, o plástico de uma das janelas se despedaçou, e a barulheira antes abafada do lado de fora se espalhou, machucando seus ouvidos. O prédio todo estremeceu, como se estivesse prestes a desmoronar.

Onde estariam todos? Já teriam fugido da Fumaça e a deixado lá para enfrentar a invasão sozinha?

Tally correu até a entrada e abriu a porta com um puxão. Deparou-se com um carro voador pousando. A nuvem de poeira bloqueou sua visão momentaneamente. Ela associou suas linhas agressivas às do veículo da Circunstâncias Especiais que a havia levado ao primeiro encontro com a dra. Cable. Aquele, porém, era equipado com quatro lâminas, onde ficariam as rodas em carros terrestres. Tratava-se de uma espécie de cruzamento entre um carro voador normal e o helicóptero dos guardiões.

O veículo poderia andar em qualquer lugar: na cidade ou em áreas selvagens. Tally lembrou-se das palavras da dra. Cable. *Chegaremos em poucas horas.* Tentou tirar o pensamento da cabeça. Afinal, era impossível aquilo ter algo a ver com ela.

O carro finalmente tocou o chão. Não era hora de ficar parada, pensando. Ela se virou e saiu em disparada.

A área tinha se transformado numa confusão de fumaça e pessoas correndo. As fogueiras acesas em buracos haviam sido apagadas e agora as brasas queimavam por toda parte. Dois dos maiores prédios da vila estavam em chamas. Galinhas e coelhos tentavam escapar, misturados a pequenos redemoinhos de poeira e cinzas. Os Enfumaçados corriam às dezenas: alguns tentando apagar os incêndios, alguns tentando fugir e outros simplesmente em pânico.

No meio de tudo, via-se a movimentação dos perfeitos cruéis. Seus uniformes cinza passavam de um lado ao outro da confusão como sombras fugazes. Habilidosos e tranquilos, como se não ligassem para o caos ao seu redor, eles se dedicavam a deter os desorientados Enfumaçados. Embora não carregassem armas visíveis, obrigavam todos que atravessavam seu caminho a deitarem no chão, imobilizados e confusos.

Eles tinham velocidade e força super-humanas. A transformação em Especial lhes tinha garantido mais do que rostos ameaçadores.

Perto do refeitório, mais de vinte Enfumaçados tentavam resistir, ameaçando um punhado de Especiais com machados e porretes improvisados. Ao ir na direção do confronto, Tally sentiu aromas perdidos do café da manhã, em meio à sufocante nuvem de fumaça. Seu estômago roncou.

Naquele instante, ela se deu conta de que havia perdido a chamada para o café da manhã, cansada demais para se levantar na mesma hora que os outros. Os Especiais deviam ter esperado até que a maioria dos Enfumaçados estivesse reunida no refeitório para iniciar a invasão.

Era óbvio. O objetivo era capturar o máximo de Enfumaçados numa única ofensiva.

Os Especiais não atacavam o grupo encurralado no refeitório. Com paciência, esperavam formando um círculo em torno do prédio, enquanto recebiam reforço de pessoal e de carros que pousavam a cada minuto. Quando alguém tentava passar pelo cordão de isolamento, eles agiam rapidamente, desarmando e neutralizando o infeliz. A verdade era que a maior parte dos Enfumaçados estava muito atônita para resistir — paralisada pela visão dos rostos terríveis dos oponentes. A maioria nunca tinha visto um perfeito cruel.

Tally se encostou na lateral de um prédio, buscando se esconder por trás de um monte de lenha. Protegendo os olhos da tempestade de poeira, tentou encontrar uma rota de fuga. Não havia como chegar à área central da Fumaça, onde sua prancha descansava no amplo telhado do centro de comércio, recarregando sob o sol. A única saída era a floresta.

No limite mais próximo da vila, havia um trecho de árvores preservadas. Seria uma corrida de apenas vinte segundos. No entanto, uma Especial estava postada entre ela e o início da mata densa, de vigia para interceptar qualquer Enfumaçado em fuga. Os olhos da mulher varriam toda a área perto da floresta, movendo a cabeça de um lado ao outro numa estranha cadência, como uma pessoa desinteressada assistindo a uma partida de tênis.

Tally avançou com cuidado, ainda encostada no prédio. Um carro passou acima dela, lançando um monte de poeira e farpas de madeira em sua direção.

Quando reabriu os olhos, Tally se viu acompanhada por um feio mais velho, que engatinhava ao seu lado.

— Ei! — sussurrou ele.

Ela reconheceu os traços decadentes e o semblante fechado.

Era o Chefe.

— Estamos com um problema, minha jovem.

Sua voz ríspida se impunha até em meio à confusão de sons. Tally olhou na direção da Especial que montava guarda.

— É, eu sei.

Nesse momento, outro carro passou sobre eles. Rapidamente, o Chefe puxou Tally, até acharem abrigo atrás de um tambor que servia para armazenar a água da chuva.

— Então, você também a viu? — disse ele, revelando a ausência de um dente na boca. — Talvez, se sairmos os dois correndo, um de nós consiga escapar. Se o outro resistir.

— Acho que sim — concordou, embora tivesse sentido um arrepio ao pensar naquilo. Ela deu outra olhada na Especial, que permanecia parada, tranquila como uma coroa à espera do barco de passeio. — Mas eles são muito rápidos.

— Não necessariamente — ele tirou uma sacola dos ombros —, há duas coisas que guardo para emergências.

O Chefe abriu uma sacola e puxou de dentro um pote plástico do tamanho de um sanduíche.

— Esta é uma delas.

Ele soltou um canto da tampa, e uma nuvenzinha de fumaça subiu. Num segundo, uma onda de ardência tomou conta da cabeça de Tally. Ela cobriu o rosto, sentindo os olhos lacrimejarem, e tossiu na tentativa de se livrar da sensação que havia tomado conta de sua garganta.

— Nada mal, hein? — disse o Chefe, rindo. — Isso é pimenta *habanero* seca e pulverizada. Fica boa com feijão, mas é um inferno para os olhos.

— Você perdeu o juízo? — perguntou Tally, piscando os olhos para secar as lágrimas.

— A segunda coisa é esta sacola, que contém uma amostra representativa de duzentos anos de cultura visual da época dos Enferrujados. Artefatos de valor inestimável. Insubstituíveis. Qual dos dois você quer?

— Como é que é?

— Você quer a pimenta *habanero* ou a sacola de revistas? Quer ser pega depois de se engalfinhar com nossa amiga Especial ou salvar desses bárbaros uma preciosa parte da cultura humana?

Tally tossiu de novo.

— Acho que... quero escapar.

— Ótimo — disse o Chefe, sorrindo. — Estou cansado de fugir. Cansado de perder cabelo e de ser míope, também. Já fiz minha parte. E, além do mais, você parece ser bem rápida.

Ele lhe entregou a sacola. Estava pesada, mas Tally se sentia mais forte desde sua chegada à Fumaça. Revistas nem se comparavam às cargas de metal.

Tally se lembrou de quando folheara uma revista pela primeira vez, na biblioteca, e conhecido, horrorizada, a aparência das pessoas no passado. Naquele primeiro dia na Fumaça, as fotografias a haviam deixado enjoada, mas agora lá estava ela, pronta para salvá-las.

— Esse é o plano — disse o Chefe. — Eu vou na frente. Quando a Especial me agarrar, jogarei um monte de pimenta na cara dela. Então você sai correndo, o mais rápido que puder, sem olhar para trás. Entendeu?

— Entendi.

— Com um pouco de sorte, talvez nós dois consigamos fugir. Se bem que uma plástica até cairia bem em mim. Está pronta?

— Vamos — disse Tally, prendendo bem a alça da sacola no ombro.

— Um... dois... — A contagem parou. — Ah, não. Creio que temos um problema, minha jovem.

— Qual?

— Você está sem sapatos.

Tally olhou para baixo. Na confusão, tinha saído descalça do dormitório. A terra batida da Fumaça não seria problema, mas assim que chegasse à floresta...

— Não vai aguentar nem dez metros, garota. — O Chefe tomou a sacola de suas mãos e lhe entregou o pote plástico. — Agora, vamos.

— Mas eu... Não quero voltar para a cidade.

— Claro, minha jovem, e eu adoraria receber um tratamento dentário. Porém, todos nós temos de fazer sacrifícios. E a hora é *agora*!

Assim que pronunciou a última palavra, o Chefe empurrou Tally para longe da proteção do tambor. Ela tropeçou para a frente e se viu totalmente exposta. Ao ouvir o barulho de um carro passando bem acima de sua cabeça, Tally instintivamente se agachou e começou a correr na direção da floresta.

A Especial virou a cabeça, cruzou os braços calmamente e franziu a testa, como se fosse uma professora que tivesse acabado de ver algumas crianças brincando onde não deviam.

Tally se perguntou se a pimenta teria efeito na mulher. Se causasse a mesma reação que nela própria, talvez conseguisse alcançar a floresta, ainda que sua função fosse apenas a de ser a isca. Ainda que ela estivesse descalça.

Ainda que David já tivesse sido capturado e ela nunca mais fosse vê-lo...

Pensar naquela possibilidade liberou uma súbita torrente de raiva dentro de Tally. Segurando o pote com as duas mãos, ela disparou para cima da mulher.

Um sorriso surgiu entre os traços agressivos do rosto da Especial.

Uma fração de segundo antes da colisão entre as duas, a Especial desapareceu, como uma moeda na mão de um mágico. Em seguida, Tally sentiu uma pancada na canela, e uma dor se espalhou por sua perna. Com o corpo caindo para a frente, ela esticou os braços, tentando impedir o impacto e deixando o pote escapar.

Tally caiu com tudo, e suas mãos deslizaram na terra. Rolando pelo chão, ela olhou para trás e viu a Especial agachada. A mulher havia apenas se esquivado, com incrível velocidade, e Tally tinha tropeçado nela, como se fosse uma criança.

Sacudindo a cabeça e cuspindo a terra de sua boca, Tally localizou o pote, um pouco à frente. Tentou alcançá-lo, afoitamente, mas logo um peso irresistível abateu-se sobre seu corpo e a lançou de cara no chão. Em seguida, ela sentiu os pulsos sendo puxados para trás e amarrados, com algemas de plástico que cortavam sua pele.

Por mais que se debatesse, não conseguia se mexer.

Assim que Tally deixou de sentir o peso, uma bota empurrou seu corpo e a virou. A Especial estava de pé ao lado dela, com um sorriso frio, segurando o pote.

— Muito bem, muito bem, feia. Agora se acalme. Não queremos lhe fazer mal. Mas faremos se for necessário.

Tally começou a falar, mas uma dor intensa a impediu de continuar. Na queda, seu queixo tinha batido no chão.

— O que há de tão importante aqui dentro? — perguntou a Especial, sacudindo o pote e tentando enxergar através do plástico translúcido.

De rabo de olho, Tally viu o Chefe se dirigindo à floresta, numa corrida lenta e sofrida. A sacola devia estar pesada demais para ele.

— Abra e veja — sugeriu Tally, mergulhada em dor.

— Farei isso — disse a Especial, ainda sorrindo. — Mas antes tenho de cuidar de outra coisa.

Ela se voltou para o Chefe, assumindo uma postura meio animalesca, agachada e encolhida, como um felino pronto para dar o bote.

Imediatamente, Tally rolou para ficar novamente de costas e passou a dar golpes com os pés no ar. Um dos chutes acertou o pote, que se abriu, lançando uma nuvem de pó avermelhado na Especial.

Por um instante, uma expressão de surpresa tomou conta do rosto da mulher. Em meio a gemidos, seu corpo se agitava convulsivamente. Em seguida, ela fechou os olhos e as mãos e finalmente gritou.

O som, totalmente desumano, chegou aos ouvidos de Tally como o ruído da motosserra atingindo um pedaço de metal. Ela acionou todos os músculos do corpo para tentar se livrar das algemas, embora seus instintos só lhe pedissem que tapasse os ouvidos. Graças a outro movimento brusco, Tally conseguiu ficar de pé e cambaleou em direção à floresta.

Com a pimenta em pó se dispersando ao vento, ela passou a sentir uma pequena irritação na garganta. Corria e tossia. Os olhos lacrimejavam e ardiam, e ela quase não enxergava. De mãos atadas e sem equilíbrio, Tally se enfiou na mata. Logo tropeçou em alguma coisa e caiu.

Ela se arrastou na esperança de chegar longe o bastante para que ninguém a visse.

Piscando os olhos sem parar, percebeu que o grito animalesco da Especial tinha sido um tipo de alarme. Mais três perfeitos cruéis haviam aparecido. Um carregou a mulher para fora dali em seus braços, enquanto os outros se aproximaram da floresta.

Na mesma hora, Tally parou de se mexer, torcendo que houvesse mata suficiente para mantê-la escondida.

Um segundo depois, sentiu uma coceira na garganta, uma irritação que não parava de crescer. Prendeu a respiração e fechou os olhos. Seu peito, no entanto, tremia, e o corpo todo se agitava, traduzindo a urgência de expulsar os restos de pimenta dos pulmões.

Ela *precisava* tossir.

Tally engolia repetidas vezes, como se a saliva pudesse apagar o incêndio em sua garganta. Embora seus pulmões pedissem oxigênio, ela não tinha coragem de inspirar. Um dos Especiais estava a uma distância mínima, examinando a floresta com movimentos lentos, de um lado para o outro, e os olhos percorrendo a mata densa cuidadosamente.

Aos poucos, a ardência pareceu se dissipar, e a vontade de tossir se aplacou silenciosamente dentro do corpo de Tally. Mais tranquila, ela finalmente se permitiu respirar.

No entanto, mesmo com o barulho dos carros, a crepitação dos prédios em chamas e os ruídos de luta, o Especial, de alguma forma, ouviu o ar saindo de sua boca. Atento, ele virou a cabeça, estreitou os olhos e, num único movimento, apareceu ao seu lado e pôs a mão em sua nuca.

— Você dá muito trabalho — disse.

Ela tentou responder, mas só conseguiu tossir descontroladamente, então ele empurrou seu rosto na terra antes que ela pudesse recuperar o fôlego.

VIVEIRO DE COELHOS

Eles a levaram até o viveiro de coelhos, onde havia cerca de quarenta Enfumaçados sentados, de mãos atadas, isolados pela cerca de arame. Uns dez Especiais formavam um cordão, observando os prisioneiros sem qualquer expressão definível. Na entrada da vila, alguns coelhos saltavam sem rumo, surpresos demais com a liberdade repentina para fugir.

O Especial responsável pela captura de Tally a conduziu à área mais distante do portão, onde um punhado de Enfumaçados de narizes ensanguentados e olhos roxos se amontoava.

— Resistência armada — informou aos dois perfeitos cruéis que vigiavam aquele canto do cercado, antes de jogá-la no chão, como os outros.

Tally caiu de costas, e seu peso tornou a pressão das algemas em seus pulsos ainda mais dolorosa. Ao tentar se levantar, ela sentiu um pé em suas costas, empurrando-a para cima. De início, achou que fosse um Especial, mas na verdade era um dos outros Enfumaçados, dando uma ajuda da única forma possível naquela situação. Ela acabou conseguindo se sentar, de pernas cruzadas.

Os Enfumaçados feridos em volta dela sorriram timidamente para encorajá-la.

— Tally — sussurrou alguém.

Virar na direção da voz exigiu mais esforço. Quando conseguiu, Tally viu que se tratava de Croy. Ele tinha um corte acima do olho, com sangue escorrendo pela bochecha, e o outro lado do seu rosto estava coberto de terra. Arrastando-se, chegou mais perto dela.

— Você resistiu? É, acho que eu estava enganado a seu respeito.

Tally só conseguia tossir. Ainda havia restos de pimenta flamejante em seus pulmões, como fagulhas de um incêndio que nunca se apagava. Seus olhos também continuavam lacrimejando.

— Percebi que não acordou na chamada para o café da manhã — prosseguiu ele. — Depois, quando os Especiais apareceram, achei que era um momento muito conveniente para sumir.

Balançando a cabeça, ela forçou as palavras a saírem, apesar das cinzas em sua garganta.

— Estive fora, com David, até tarde. Foi por isso.

Falar fazia sua mandíbula machucada doer.

— Eu não o vi a manhã inteira — disse Croy.

— Sério? — Tally piscava para se livrar das lágrimas. — Talvez ele tenha escapado.

— Duvido que alguém tenha. — Croy apontou com o queixo para a entrada do viveiro. Um grande grupo de Enfumaçados estava chegando, escoltado por uma equipe de Especiais. Entre eles, Tally reconheceu alguns rostos de pessoas que haviam participado da resistência no refeitório. — Estão acabando a limpeza agora.

— Viu Shay por aí?

— Ela estava no café da manhã quando eles atacaram. Mas depois a perdi de vista.

— E o Chefe?

Ele olhou em volta antes de responder.

— Também não.

— Acho que ele escapou. Nós tentamos fugir juntos.

— Que engraçado — disse Croy, com um sorriso malicioso. — Ele sempre disse que não se importaria se fosse capturado. Tinha algo a ver com uma plástica.

Tally conseguiu sorrir. Logo em seguida, porém, lembrou-se das lesões cerebrais que acompanhavam a transformação em perfeito. Sentiu um arrepio ao tentar imaginar quantos dos capturados sabiam o que realmente os esperava.

— É, o Chefe pretendia se entregar, para me ajudar a fugir, mas eu não conseguiria atravessar a floresta.

— Por que não?

— Estava sem sapatos — respondeu, mexendo os dedos dos pés.

— Escolheu o dia errado para dormir além da hora.

— Acho que sim.

Do lado de fora do viveiro lotado, os recém-chegados eram organizados em grupos. Uma dupla de Especiais andava pelo cercado, passando um leitor nos olhos dos Enfumaçados presos e os levando para fora, um por um.

— Devem estar separando as pessoas por cidade — disse Croy.

— Por quê?

— Para nos levar de volta para casa.

— Casa — repetiu Tally.

Na noite anterior, aquela palavra ganhara novo sentido em sua vida. E agora sua *casa* estava destruída. Tudo que havia à sua volta era um monte de ruínas em chamas — e controladas pelos Especiais.

Ela procurou por Shay e David entre os presos. Os rostos familiares no grupo estavam abatidos, sujos, destruídos pelo choque e pela derrota. Mas Tally percebeu que não os considerava mais feios. Eram os semblantes frios dos Especiais, por mais bonitos que fossem, que ela achava horríveis agora.

Uma confusão atraiu sua atenção. Três dos invasores carregavam uma pessoa que se debatia, com mãos e pés atados, dentro do viveiro. Eles foram direto ao canto reservado aos que ofereciam resistência e a jogaram no chão.

Era Shay.

— Fiquem de olho nesta aqui.

Os dois Especiais de guarda examinaram a figura que ainda se agitava.

— Resistência armada? — perguntou um deles.

Houve silêncio por um instante. Tally notou que um dos Especiais tinha uma marca no rosto perfeito.

— Sem armas. Mas ela é perigosa.

Os três deixaram a prisioneira para trás e partiram com uma pressa que perturbava sua graça de perfeitos.

— Shay! — chamou Croy.

Ela rolou para perto deles. Tinha o rosto vermelho. Os lábios inchados sangravam. Quando cuspiu, o que se viu no chão empoeirado foi uma gosma manchada de sangue.

— Croy — conseguiu dizer.

Então ela percebeu a presença de Tally.

— *Você, sua...*

— Ahn, Shay... — tentou intervir Croy.

— Você é a culpada por isso! — Seu corpo se debatia como uma cobra no momento da morte. — Não bastava roubar meu namorado? Tinha de trair a todos na Fumaça?!

Tally fechou os olhos. Aquilo não podia ser verdade. Ela havia destruído o pingente. O fogo tinha queimado tudo.

— Shay! — disse Croy. — Fique calma. Olhe bem para ela. Tally lutou contra eles.

— Não está vendo, Croy? Olhe ao seu redor! Foi *ela* que provocou isso!

Depois de respirar fundo, Tally se obrigou a encarar Shay. Os olhos da amiga estavam tomados de ódio.

— Shay, eu juro, não fui eu. Eu não... — disse, com a voz sumindo.

— Quem mais poderia tê-los trazido aqui?

— Eu não sei.

— Não podemos culpar uns aos outros, Shay — afirmou Croy. — Pode ter sido qualquer coisa. Uma imagem de satélite. Uma missão de busca.

— Ou uma espiã.

— Quer *olhar para ela*, Shay? Ela está amarrada como nós. Ela tentou resistir!

Shay fechou os olhos com força e balançou a cabeça.

Os dois Especiais com o leitor ótico tinham chegado ao canto dos que haviam resistido. Um se aproximou, cautelosamente, enquanto o outro observava de trás.

— Não queremos lhes fazer mal. Mas faremos se for necessário — disse a mulher. Ela segurou o queixo de Croy e lançou a luz em seu olho. Em seguida, analisou o resultado. — Outro dos nossos.

O Especial que a acompanhava franziu a testa.

— Não sabia que tínhamos tantos fugitivos — comentou.

Os dois puseram Croy de pé e o levaram para junto do maior grupo de Enfumaçados, que estava reunido no lado de fora. Tally mordeu os lábios. Croy era um dos velhos amigos de Shay, o que significava que os dois Especiais eram de sua cidade. Talvez todos os invasores fossem.

Só podia ser coincidência. Não havia como ela ser a responsável por aquilo. Tinha assistido ao pingente queimar!

— Estou vendo que conseguiu levar Croy para o seu lado também — disse Shay.

Os olhos de Tally começaram a se encher de lágrimas, mas dessa vez não por causa da pimenta.

— Olhe para mim, Shay!

— Ele suspeitou de você desde o início. E eu dizia sempre: "Não, Tally é minha amiga. Ela nunca faria qualquer coisa contra mim."

— Shay, eu não estou mentindo.

— Como conseguiu convencer Croy, Tally? Do mesmo jeito que fez com David?

— Shay, nunca imaginei que pudesse acontecer algo.

— Aonde vocês dois foram ontem?

Pega de surpresa, Tally tentou manter a voz firme:

— Fomos apenas conversar. Contei a ele sobre o cordão.

— E isso levou a noite inteira? Ou você decidiu tentar alguma coisa antes que os Especiais aparecessem? Uma última brincadeira com ele. E comigo.

Tally baixou os olhos.

— Shay...

Uma mão segurou o queixo de Tally e levantou sua cabeça. Ela piscou quando o brilho da luz vermelha atingiu seu olho. A Especial observou o resultado no aparelho.

— Ei, é ela.

Tally balançou a cabeça.

— Não.

O outro Especial conferiu o resultado e teve certeza.

— Tally Youngblood.

Ela não disse nada. Os dois a puseram de pé e tiraram a poeira de suas roupas.

— Venha conosco. A dra. Cable quer vê-la imediatamente.

— Eu sabia — disse Shay, baixinho.

— Não!

Eles conduziram Tally até o portão do cercado. Ela tentou olhar para trás, pensando em palavras para explicar aquilo.

Do chão, mostrando os dentes ensanguentados, Shay tentou olhar para Tally, mas só conseguiu enxergar seus braços atados. Um momento depois, Tally sentiu suas mãos se soltando. Os Especiais haviam cortado as algemas de plástico.

— Não — repetiu ela, num murmúrio.

Um dos Especiais segurou seus ombros, tentando confortá-la.

— Não se preocupe, Tally. Em breve vai estar em casa.

O outro Especial entrou na conversa:

— Estávamos atrás desse grupo há anos.

— É isso aí. Bom trabalho.

297

EM CASO DE DANOS

Ela foi levada à biblioteca. O local tinha sido transformado em quartel-general dos invasores, com as mesas compridas agora repletas de monitores portáteis operados por Especiais. No lugar do habitual silêncio, ouvia-se um burburinho de frases entrecortadas e ordens. As vozes afiadas dos perfeitos cruéis deixavam Tally com os nervos à flor da pele.

A dra. Cable aguardava sentada a uma das mesas. Lendo uma revista antiga, parecia quase relaxada, alheia à atividade à sua volta.

— Ah, Tally. — Ela mostrou os dentes numa tentativa de sorriso. — É ótimo ver você. Sente-se.

Tally se perguntava o que havia por trás das boas-vindas da doutora. Os Especiais a tratavam como uma cúmplice. Teria o pingente emitido um sinal antes de sua destruição?

De qualquer maneira, sua única chance de fugir era entrar no jogo. Ela puxou uma cadeira e se sentou.

— Meu Deus. Olhe só para você — disse a dra. Cable. — Para alguém que quer se tornar perfeita, você é uma obra de arte.

— Tive uma manhã difícil.

— Parece que você se envolveu numa briga.

Ela fingiu não dar importância ao comentário.

— Eu só estava tentando sair do caminho — explicou.

— Claro. — A dra. Cable pôs a revista na mesa, com a capa virada para baixo. — Você não parece ser muito boa nisso.

Tally tossiu duas vezes, lançando no ar as últimas partículas de pimenta que haviam sobrado dentro de seus pulmões.

— Acho que não sou mesmo.

A dra. Cable deu uma olhada em sua tela de trabalho.

— Vejo que acabou misturada aos que resistiram?

— Alguns dos Enfumaçados já suspeitavam de mim. Por isso, ao ouvir a chegada de vocês, tentei sair da vila. Não queria estar ali quando todos entendessem o que estava acontecendo. Poderiam ficar com raiva de mim.

— Autopreservação. Bem, parece que você é boa em alguma coisa.

— Não fui eu que pedi para vir.

— Não, não foi. E parece que o tempo também não foi uma preocupação para você. — A dra. Cable se recostou e uniu as pontas de seus dedos finos diante do rosto. — Há quanto tempo, exatamente, está aqui?

Tally forçou mais uma tossida enquanto pensava se teria coragem de mentir. Sua voz, ainda rouca e desigual por causa da pimenta, dificilmente a denunciaria. E, embora a sala da dra. Cable na cidade fosse um imenso detector de mentiras, ali só havia uma mesa e uma cadeira de madeira sólida, sem qualquer aparato escondido.

Ainda assim, ela optou pela prudência.

— Não faz tanto tempo.

— Não chegou aqui tão rápido quanto eu queria.

— Na verdade, quase não cheguei. E quando consegui, meu aniversário já tinha passado havia séculos. Foi por isso que suspeitaram de mim.

A dra. Cable balançou a cabeça.

— Acho que devia ter me preocupado mais com você, abandonada na natureza. Pobre Tally.

— Obrigada pela preocupação.

— Mas tenho certeza de que usaria o pingente se estivesse numa situação realmente complicada, já que a autopreservação é seu único talento.

Tally respondeu com um sorriso sarcástico.

— A não ser que eu caísse de um precipício. O que quase aconteceu.

— Ainda assim, viríamos atrás de você — garantiu a dra. Cable. — Mesmo danificado, o pingente enviaria um sinal automaticamente.

As palavras demoraram a entrar na cabeça de Tally: *Mesmo danificado...* Ela apertou os cantos da mesa, tentando conter suas emoções.

A dra. Cable a observou com atenção. Podia estar sem aparelhos para analisar a voz, a pulsação e o suor de Tally, mas sua percepção mantinha-se alerta. Ela havia escolhido aquelas palavras de propósito, para provocar uma reação.

— Por falar nisso, onde está ele?

Por reflexo, Tally levou a mão ao pescoço. Evidentemente, a dra. Cable havia percebido a ausência do pingente desde o início; suas perguntas tinham conduzido a conversa àquele momento. O cérebro de Tally buscava freneticamente uma resposta. Não havia mais algemas. Ela tinha de sair daquele lugar e ir até o centro de comércio. Com sorte, a prancha ainda estaria lá, aberta para receber a energia do sol matutino.

— Eu o escondi — disse, finalmente. — Estava com medo.

— Medo do quê?

300

— Ontem à noite, depois de me assegurar de que estava realmente na Fumaça, ativei o pingente. Acontece que eles têm um equipamento que detecta dispositivos infiltrados. Descobriram aquele que estava na minha prancha... o que você instalou sem me avisar. — A observação de Tally provocou um sorriso na dra. Cable, que apenas abriu os braços, como se não pudesse fazer nada a respeito. — Aquilo quase estragou tudo. Enfim, depois de ativar o pingente, fiquei apavorada, achando que eles descobririam que uma transmissão tinha sido feita. Então o escondi, para o caso de realizarem buscas.

— Entendi. Às vezes, o sentido de autopreservação é acompanhado de um pouco de inteligência. Estou feliz por ter decidido nos ajudar.

— Não tive muita escolha.

— Sempre teve escolha, Tally. Mas fez a escolha certa. Decidiu vir aqui, encontrar sua amiga e salvá-la de passar a vida inteira como uma feia. Devia estar feliz com isso.

— Mal consigo me conter de tanta felicidade.

— Vocês, feios, são tão rebeldes. Bem, em pouco tempo estará mais madura.

Tally sentiu um frio na espinha. Para a dra. Cable, "estar mais madura" significava ter o cérebro modificado.

— Só precisa fazer mais uma coisa para mim, Tally. Se importa em recuperar o pingente que você escondeu? Não gosto de deixar nossas coisas perdidas por aí.

— Será um prazer — disse Tally, sorrindo.

— Um oficial a acompanhará. — A dra. Cable levantou o dedo e, num segundo, um Especial apareceu ao seu lado. — E, para garantir sua segurança entre seus amigos Enfuma-

301

çados, tomaremos o cuidado de fazer parecer que você resistiu bravamente.

O Especial puxou as mãos de Tally para trás. Ela logo sentiu o aperto do plástico em seus pulsos. Respirou fundo e, mesmo aflita com a situação, conseguiu dizer:

— Como quiser.

— Por aqui.

Tally conduziu o Especial até o centro de comércio, tentando avaliar a situação. A vila havia sido silenciada. Alguns focos de incêndio permaneciam, enquanto outros, embora apagados, ainda soltavam nuvens de fumaça da madeira escurecida.

Alguns rostos se levantaram para olhar Tally com desconfiança. Ela era a única Enfumaçada caminhando pelo lugar. Todos os outros estavam no chão, algemados e sob vigilância, a maioria reunida perto do viveiro de coelhos. Tally sorria timidamente para os que a viam, na esperança de que percebessem que também estava algemada.

Ao chegarem ao comércio, Tally olhou para cima.

— Escondi o pingente no telhado — disse.

Desconfiado, o Especial examinou o prédio.

— Certo. Você espera aqui. Sente-se e nem pense em levantar.

Ela se agachou lentamente. O Especial subiu ao telhado com uma facilidade que deixou Tally assustada. Como poderia se livrar daquele perfeito cruel? Ainda que estivesse de mãos livres, ele era maior, mais forte e mais rápido.

Um instante depois, a cabeça do Especial apareceu numa ponta do telhado.

— Onde está?

— Embaixo do rapatapa.

— Embaixo do quê?

— Do *rapatapa*. Sabe, aquela coisa antiga que conecta a extremidade do telhado com a tropegada.

— De que porcaria está falando?

— Devem ser gírias dos Enfumaçados. Eu mostro para você, então.

Uma nova expressão passou rapidamente pelo rosto impassível do Especial — uma mistura de contrariedade e desconfiança. Apesar disso, ele desceu. Após empilhar alguns caixotes, pulou em cima e puxou Tally, pondo-a sentada na beirada do telhado, como se não pesasse nada.

— Se tocar numa dessas pranchas, esfrego sua cara no chão — ameaçou.

— Há pranchas aqui em cima?

Ele passou como um raio e a levou até o meio do telhado.

— Encontre o pingente — ordenou.

— Tudo bem.

Tally caminhava com cuidado sobre o telhado inclinado, exagerando na dificuldade para se equilibrar sem ajuda dos braços. As células solares das pranchas brilhavam intensamente sob o sol. A de Tally encontrava-se muito longe, no outro lado, e estava aberta em oito partes. Levaria pelo menos um minuto para deixá-la pronta. Bem ao seu lado, porém, havia outra prancha, provavelmente a de Croy, desdobrada apenas em duas partes. Sua luz estava verde. Bastaria um chute para fechá-la e poderia sair voando.

No entanto, Tally não conseguiria voar com os braços presos. Cairia na primeira curva.

Ela respirou fundo, tentando ignorar a parte do seu cérebro que só conseguia pensar na altura até o chão. Desde que o Especial fosse tão rápido e forte quanto parecia ser...

"Estou usando uma jaqueta de *bungee jump*", mentiu para si mesma. "Nada vai me acontecer."

Então, ainda descalça, Tally tropeçou e saiu rolando pelo telhado. Na queda, bateu com os joelhos e cotovelos nas telhas duras e soltou um grito de dor. Ela se esforçava para permanecer no telhado, usando os pés, na esperança de se agarrar a alguma coisa.

No instante em que alcançou a beirada, sentiu uma mão vigorosa agarrar seu ombro. Ela ainda rolou para o nada, separada do chão lá embaixo apenas pelo ar, mas parou antes de cair. Com o braço todo torcido, ouviu a voz afiada soltar um palavrão.

Ela se balançou por um momento, suspensa no ar, e depois os dois começaram a escorregar.

Tally podia ouvir os dedos e os pés do Especial se agitando em busca de um ponto de apoio. Apesar de toda sua força, faltava algo em que pudesse se segurar. Tally ia cair, mas, pelo menos, levaria o perfeito com ela.

Contudo, antes que aquilo acontecesse, ouviu um grunhido e percebeu que estava sendo puxada para cima, com uma força impressionante. Assim que foi jogada no telhado, viu uma sombra passar. Algo se estatelou lá embaixo. O Especial havia se jogado do telhado para salvá-la!

Ela rolou até conseguir se levantar. Com o pé, empurrou uma parte da prancha de Croy, deixando-a pronta para voar. Foi quando ouviu um barulho vindo da beira do telhado. Por reflexo, afastou-se da prancha.

Primeiro, apareceram os dedos. Depois, num movimento, o corpo inteiro do Especial surgiu no telhado. Sem nenhum ferimento.

— Você está bem? — perguntou Tally. — Caramba, vocês são fortes mesmo, hein. Obrigada por me salvar.

Ele a olhou com frieza.

— Pegue logo o que viemos buscar. E tente não se matar desta vez.

— Tudo bem.

Tally se virou e, outra vez, enfiou o pé numa telha, o que a fez se desequilibrar novamente. Num segundo, o Especial chegou para ampará-la. Desta vez sua voz continha uma raiva genuína.

— Vocês, feios, são tão... incompetentes!

— Bem, se você pudesse... — Antes que Tally acabasse de falar, sentiu o aperto nos pulsos sumir. Ela levou as mãos à frente e esfregou os ombros. — Opa. Obrigada.

— Escute aqui — disse ele, com a voz ainda mais cortante do que antes. — Não quero lhe fazer mal. Mas...

— Fará se for necessário — completou Tally, sorrindo.

Ele estava no lugar perfeito.

— Só quero que pegue o que a dra. Cable pediu. E nem pense em encostar numa dessas pranchas.

— Não se preocupe. Não vou precisar fazer isso — disse ela, estalando os dedos de ambas as mãos o mais alto possível.

A prancha de Croy ergueu-se no ar e derrubou o Especial. Enquanto ele rolava pelo telhado, mais uma vez, Tally subiu a bordo.

FUGA

Tally nunca tinha andado de prancha descalça. Os Enfumaçados mais jovens inventavam todo tipo de competição, como corridas carregando pesos ou em duplas, mas ninguém era tão estúpido a ponto de fazer aquele tipo de coisa.

Ela quase caiu já na primeira curva, num caminho novo, que havia sido preenchido poucos dias antes com metal recolhido da ferrovia. Quando a prancha se inclinou, seus pés sujos escorregaram, e ela começou a girar. Tally agitou os braços desesperadamente e, de alguma forma, conseguiu recuperar o equilíbrio. Dali, passou a toda pela vila e por cima do viveiro de coelhos.

Lá de baixo vieram gritos e aplausos esparsos quando os detidos a viram passar voando e concluíram que era alguém fugindo. Tally, contudo, estava muito ocupada tentando se manter sobre a prancha para apreciar a reação.

Depois de recuperar o equilíbrio, se lembrou de que não dispunha de braceletes. Qualquer queda seria para valer. Seus pés se curvaram, numa tentativa de aumentar a aderência à superfície da prancha, e Tally jurou que entraria mais devagar na curva seguinte. Se o céu estivesse nublado naquela manhã, o sol não teria secado o sereno da prancha de Croy; àquela altura, ela estaria jogada numa pilha de gente no viveiro, provavelmente com o pescoço quebrado. Pelo menos, tinha sorte de, a exemplo da maioria dos Enfumaçados mais jovens, dormir com o sensor de cintura.

Não demorou muito para ouvir o barulho dos carros voadores.

Tally conhecia apenas duas maneiras de sair da Fumaça numa prancha. Por instinto, seguiu rumo aos trilhos da ferrovia, onde trabalhava todos os dias. Ao ver o vale se abrir lá embaixo, ela teve de se esforçar para fazer uma curva fechada sem cair, e seguir sobre o curso de água branca. Sem a mochila ou os braceletes antiqueda, Tally sentia-se praticamente nua.

Além de não ser tão veloz quanto sua, a prancha de Croy não reconhecia seu estilo. Andar naquilo era como se acostumar a tênis novos — durante uma fuga para salvar a vida.

A água do rio respingava em seu rosto, mãos e pés. Tally se ajoelhou e, com as mãos molhadas, segurou firme nas extremidades da prancha. Voava na menor altitude possível. Ali, talvez o spray tornasse a tarefa ainda mais difícil, mas por outro lado a barreira de árvores a deixava praticamente invisível. Ela se permitiu olhar para trás: ainda não havia nenhum carro voador por perto.

Enquanto descia o rio sinuoso, acompanhando as familiares curvas fechadas, Tally pensou em todas as vezes que havia disputado corrida até o trabalho com David e Shay. Ela se perguntou onde estaria David. Na vila, amarrado e pronto para ser conduzido à cidade que sequer conhecia? Para ter seu rosto apagado e substituído por uma máscara perfeita, acompanhada de um cérebro transformado numa gosma que as autoridades considerassem aceitável para um ex-renegado criado na natureza?

Ela tentou afastar aquelas imagens da cabeça. Não vira David entre os que resistiram e foram capturados. Se tivesse sido pego, certamente não seria sem luta. Ele devia ter escapado.

De repente, ouviu o rugido de um carro voador acima dela, e o deslocamento de ar causado por sua passagem quase a derrubou da prancha. Poucos segundos depois, Tally teve certeza de que a haviam localizado: o carro fez uma curva brusca, soltando um barulho agudo que se espalhou pela floresta, e voltou em direção ao rio.

Quando notou duas sombras, Tally olhou para cima, confirmando que se tratava de dois carros, equipados com lâminas que reluziam como facas afiadas sob o sol da manhã. Aqueles veículos podiam ir a qualquer parte, enquanto ela estava limitada aos apoios magnéticos. Não tinha outra opção além de seguir a ferrovia.

Então, Tally se recordou de sua primeira viagem até o escritório da dra. Cable, das manobras bruscas e do motorista perfeito. Em linha reta, os carros eram muito mais velozes que qualquer prancha. Sua única vantagem era conhecer o caminho como a palma da mão.

E, felizmente, não estava nem perto de ser uma linha reta.

Agarrada firmemente à prancha, Tally saiu do rio e começou a voar sobre a encosta. Passando direto, os carros desapareceram, enquanto ela deslizava sustentada pelos veios de minério de ferro. O problema era que logo estava sobrevoando campo aberto — a planície se estendendo por uma área que nunca havia parecido maior.

Percebeu que aquele era um dia perfeito, sem uma única nuvem no céu.

Para reduzir a resistência do ar, Tally ficou praticamente deitada, extraindo toda velocidade possível da prancha de Croy. Era improvável que alcançasse o abrigo seguinte antes que os dois carros retornassem.

Ela se perguntou como eles pretendiam capturá-la. Com um aparelho de dar choque? Com uma rede? Simplesmente a derrubariam com o deslocamento de ar? Naquela velocidade, e sem braceletes antiquedas, cair da prancha significaria a morte.

Talvez isso não fosse um problema para eles.

O barulho das lâminas vinha do lado direito — cada vez mais alto.

Pouco antes de o som alcançá-la, Tally escorregou bruscamente e ficou estatelada na prancha. Os dois carros passaram como raios, a uma distância considerável dela, mas ainda assim provocaram uma ventania que a fez rodopiar. A prancha virou e, quando acertou a posição, Tally estava pendurada pelos braços, vendo o mundo girar à sua volta.

Ela recobrou o controle e se lançou à frente, tentando recuperar a velocidade máxima, antes que os carros retornassem. Se, por um lado, os Especiais eram rápidos, pelo outro, sua prancha era mais manobrável.

Quando a curva seguinte se aproximou, os carros já estavam perto, agora mais lentos, com os pilotos cientes de que, em velocidade máxima, passariam direto por Tally todas as vezes.

Era hora de provar que podiam voar em meio às copas das árvores.

Ajoelhada na prancha, segurando firme com as duas mãos, Tally entrou na curva, descendo para seguir pouco acima da terra rachada no leito seco de um córrego. Podia ouvir o barulho dos carros cada vez mais nítido.

Eles a rastreavam com extrema facilidade. Provavelmente se baseavam no calor do corpo para localizá-la entre as árvores, a mesma estratégia empregada pelos inspetores na cidade. Tally se recordou do pequeno aquecedor portátil que havia usado tantas vezes para escapar do dormitório. Gostaria de tê-lo à mão naquela hora.

Foi quando se lembrou das cavernas que David tinha lhe mostrado em seu primeiro dia na Fumaça. Sob as pedras frias da montanha, a emissão de calor de seu corpo sumiria do mapa.

Ela ignorou o ruído de seus perseguidores e disparou pelo leito do córrego, passando por um veio de minério, até alcançar o rio que levava à ferrovia. Enquanto deslizava bem perto da água, os carros se mantinham acima das árvores, esperando pacientemente que saísse de seu refúgio.

Com a aproximação do desvio para a ferrovia, Tally acelerou, voando na maior velocidade que a coragem lhe permitia. Fez a curva numa incrível derrapada e mergulhou na direção dos trilhos.

Os carros passaram direto, seguindo a água. Os Especiais podiam até estar esperando que desviasse em outro rio, mas a aparição repentina de uma antiga ferrovia os pegara de surpresa. Se Tally conseguisse chegar à montanha antes que eles retornassem, estaria a salvo.

De repente, Tally se lembrou do ponto em que eles tinham arrancado os trilhos para recolher o metal, bem a tempo de inclinar a prancha e se preparar para um instante nauseante de queda livre. Ela descreveu um arco no ar e logo os sustentadores voltaram a encontrar metal lá embaixo. Bastaram mais trinta segundos para Tally chegar ao fim da linha.

Depois de pular no chão, ela virou a prancha e lhe deu um empurrão na direção do rio. Sem os braceletes para atraí-la de volta, a prancha percorreria a linha reta da ferrovia, até alcançar a falha, onde acabaria caindo no chão.

Com sorte, os Especiais pensariam que ela sofrera uma queda e iniciariam as buscas naquele lugar.

Tally subiu pelos rochedos, até a caverna, arrastando-se para dentro da escuridão. Foi o mais longe possível, torcendo para que as toneladas de pedras fossem suficientes para ocultá-la dos Especiais. Quando a luz que vinha do lado de fora já não passava do tamanho de um olho, ela se sentou na pedra, resfolegando e com as mãos ainda trêmulas por causa do voo. Precisou repetir várias vezes a si mesma que havia conseguido.

A pergunta era: havia conseguido o quê? Estava sem sapatos, sem prancha e sem amigos. Não tinha sequer um purificador de água ou um pacote de EspagBol. E nem uma casa para voltar.

Estava completamente sozinha.

— Estou ferrada — disse, em voz alta.

Do meio da escuridão, alguém respondeu:

— Tally? É *você*?

INCRÍVEL

Duas mãos seguraram os ombros de Tally no escuro.

— Você conseguiu! — Era a voz de David. Atônita, Tally não conseguia falar, mas o puxou para perto e afundou o rosto em seu peito. — Quem mais está com você?

Ela mexeu a cabeça para os lados.

David soltou um murmúrio, decepcionado. Em seguida, a caverna pareceu tremer, e ele abraçou Tally com mais força. Podiam ouvir um carro voador passando lentamente lá em cima. Tally imaginou as máquinas examinando cada fenda nas rochas em busca de sinais de suas presas.

Teria levado os Especiais até David? Seria perfeito — a traição final.

O rumor dos perseguidores retornou, e David decidiu puxá-la mais para o fundo, por um longo e sinuoso caminho, mais frio e escuro. Agora, além do silêncio, só havia a sensação de umidade e frio. Tally imaginou montanhas de Enferrujados mortos enterrados entre as pedras.

Os dois esperaram abraçados, sem fazer barulho, pelo que pareceram ser horas. Não tiveram coragem de falar até muito depois de o ruído dos carros desaparecer.

— O que está acontecendo na Fumaça? — perguntou David, finalmente, num sussurro.

— Os Especiais apareceram hoje de manhã.

— Eu sei. Eu vi. — Ele a abraçou mais forte. — Não consegui dormir. Então, peguei minha prancha e subi a montanha para ver o sol nascer. Eles passaram por mim: vinte carros voadores de uma vez. Mas qual é a situação agora?

— Puseram todo mundo no viveiro dos coelhos e nos separaram em grupos. Croy disse que vão nos levar de volta para as nossas cidades.

— Croy? Quem mais você viu?

— Shay e alguns amigos dela. Talvez o Chefe tenha escapado. Eu e ele tentamos fugir juntos.

— E meus pais?

— Não sei.

Ela agradecia por estar no escuro. O medo na voz de David já era doloroso o suficiente. Seus pais eram os fundadores da Fumaça e conheciam o segredo da operação. Qualquer que fosse a punição para os outros Enfumaçados, para eles seria cem vezes pior.

— Não consigo acreditar que acabou acontecendo — disse David. Tally tentou pensar em alguma coisa reconfortante para dizer. Porém, tudo que via no escuro era o sorriso debochado da dra. Cable. — Como conseguiu fugir?

Tally soltou as mãos e esfregou os pulsos, ainda carregando as algemas, agora como espécies de pulseiras.

— Primeiro me livrei disso aqui, depois subi no telhado do centro de comércio e roubei a prancha de Croy.

— Mas não estava sendo vigiada? — perguntou David. Ela mordeu os lábios, sem dizer nada. — Incrível. Pelo que minha mãe diz, eles são super-humanos. A segunda operação aumenta seus músculos e recondiciona seu sistema nervoso.

Além do mais, são tão assustadores que algumas pessoas entram em pânico só de olhar para eles. — Ele a abraçou. — Mas eu já devia saber que você conseguiria.

Embora não fizesse diferença naquela escuridão absoluta, Tally fechou os olhos. Desejava que pudessem ficar ali para sempre, sem precisar encarar o que havia do lado de fora.

— Foi apenas sorte — disse ela.

Era difícil acreditar que já estivesse mentindo de novo. Se tivesse contado a verdade desde o início, os Enfumaçados saberiam como lidar com o pingente. Poderiam tê-lo prendido a uma ave migratória e, àquela altura, a dra. Cable estaria a caminho da América do Sul, em vez de instalada na biblioteca, supervisionando a destruição da Fumaça.

Tally sabia, porém, que não podia contar a verdade. Não depois de tudo aquilo. David nunca mais confiaria nela, depois de ela ter destruído seu lar e sua família. Tally já havia perdido Peris, Shay e sua nova casa. Não suportaria perder David também.

E que vantagem uma confissão traria naquela situação? David estaria sozinho, assim como ela, no momento em que mais precisavam um do outro. Sentiu as mãos dele em seu rosto.

— Tally, você ainda me impressiona — disse David.

Ela foi tomada por uma angústia, como se aquelas palavras fossem uma faca enfiada em seu corpo.

Naquele instante, Tally decidiu assumir um compromisso consigo mesma. Um dia, contaria a David o que havia feito sem querer. Não seria agora, mas um dia. Quando ela tivesse melhorado as coisas, consertado parte do que havia destruído, talvez ele entendesse.

— Vamos atrás deles — disse. — Vamos resgatá-los.

— Quem? Meus pais?

— Eles vieram da minha cidade, não vieram? Então é para lá que serão levados. Assim como Shay e Croy. Vamos resgatar todos eles.

David deu um sorriso triste.

— Nós dois? Contra um monte de Especiais?

— Eles não estarão nos esperando.

— Como os encontraremos? Nunca estive numa cidade, mas sei que são bem grandes. Mais de um milhão de pessoas.

Tally respirou fundo, mais uma vez se lembrando da primeira ida ao escritório da dra. Cable. Dos prédios baixos de cor de terra, nos limites da cidade, depois do cinturão verde, enfiados entre fábricas. Da imensa montanha próxima.

— Sei onde estarão.

— Como é que é? — perguntou David, afastando-se de Tally.

— Já estive lá. No quartel-general da Circunstâncias Especiais.

Houve silêncio por algum tempo.

— Achei que isso fosse segredo. A maioria dos garotos que vêm para cá sequer acredita na existência deles.

Ela prosseguiu, sofrendo silenciosamente ao se ver inventando outra mentira com tamanha facilidade:

— Há um tempo, eu aprontei uma muito séria, do tipo que requer atenção especial. — Ela encostou a cabeça no corpo de David de novo, feliz por não poder ver seu rosto ingênuo. — Eu tinha ido até Nova Perfeição. É onde as pessoas vivem depois da operação, com diversão o tempo todo.

— Já ouvi falar desse lugar. E os feios não têm permissão para ir lá, não é?

— Exatamente. É uma infração bem grave. Mas continuando... eu estava vestindo uma máscara e entrei de penetra numa festa. Eles quase me pegaram. Para fugir, tive de usar uma jaqueta de bungee jump.

— E o que seria isso?

— É uma espécie de prancha, mas que você veste. Foi inventada para escapar de incêndios em prédios altos. Só que os novos perfeitos usam a jaqueta para se divertir. Então, eu peguei uma, acionei o alarme de incêndio e pulei do terraço. Muita gente ficou assustada.

— Certo. Shay me contou essa história no caminho para a Fumaça, dizendo que você era a feia mais legal do mundo. Mas o que ficou mesmo na minha cabeça foi que a cidade deve ser *muito* chata.

— É, acho que você tem razão.

— Mas você foi pega? Shay não contou essa parte.

A mentira ia tomando forma à medida que ela falava, tentando manter o maior número possível de traços de verdade.

— É, achei que tivesse me safado. Acontece que eles encontraram meu DNA ou algo parecido. Alguns dias depois, me levaram para a Circunstâncias Especiais e me apresentaram a uma mulher assustadora. Acho que era a chefona. Foi a primeira vez que vi os Especiais.

— Eles são tão maus como dizem, pessoalmente?

— São incrivelmente bonitos, mas de um jeito terrível, agressivo. A primeira vez é a pior. Mas eles só queriam me assustar. Disseram que eu estaria enrascada se fosse pega novamente. Ou se contasse a alguém a respeito daquilo. Foi por isso que nunca disse nada a Shay.

— Isso explica muita coisa — comentou David.

— Muita coisa sobre o quê?

— Sobre você. Você sempre pareceu saber que era perigoso ficar na Fumaça. De alguma forma, compreendia a verdade por trás das cidades, antes mesmo de meus pais contarem tudo sobre a operação. Era a única fugitiva que eu conhecia que realmente entendia a situação.

Tally concordou: aquilo, pelo menos, era verdade.

— Eu entendo.

— E mesmo assim quer voltar para buscar meus pais e Shay? Correndo o risco de ser pega? Correndo o risco de ter o cérebro manipulado?

Ela começou a soluçar.

— Eu preciso fazer isso.

Para compensar o que fiz até agora.

David a abraçou bem forte e tentou beijá-la. Ela virou o rosto e, finalmente, deixou as lágrimas escorrerem.

— Tally, você é incrível.

RUÍNA

Eles só saíram da caverna na manhã seguinte.

Tally piscava sem parar, ofuscada pela claridade do amanhecer, na expectativa de ver uma esquadra de carros voadores saindo repentinamente de trás das árvores. Durante a noite, porém, eles não tinham ouvido qualquer sinal de equipes de busca. Talvez, agora que a Fumaça estava destruída, pegar uns poucos fugitivos não valesse o esforço.

Embora houvesse passado o tempo todo escondida na caverna, um dia inteiro sem contato com a luz do sol, a prancha de David ainda tinha carga para levá-los de volta. Assim, eles partiram em direção ao rio. O estômago de Tally roncava, sem ver comida há um dia, mas ela precisava mesmo era de água. Sua boca estava tão seca que mal conseguia falar.

David se ajoelhou na beirinha e mergulhou a cabeça na água congelante. Tally tremeu só de olhar. Sem coberta e sapatos, tinha penado a noite inteira na caverna, mesmo encolhida nos braços de David. Precisava de uma refeição quente antes de encarar qualquer coisa mais gelada que a brisa da manhã.

— E se a Fumaça continuar ocupada? — perguntou. — Onde vamos arrumar comida?

— Você disse que eles puseram os prisioneiros no viveiro. E para onde foram os coelhos?

— Para todos os lados.

— Excelente. Devem estar por toda parte agora. E não são difíceis de pegar.

Ela fez uma cara de nojo.

— Tudo bem. Desde que a gente cozinhe a carne.

— É claro — disse David, sorrindo.

— Nunca acendi uma fogueira — confessou Tally.

— Não se preocupe. Está no seu sangue.

David subiu na prancha e estendeu o braço. Tally nunca havia participado de voos duplos. Ficou feliz por estar ao lado de David e não de uma pessoa qualquer. Ela se ajeitou na frente dele. Os dois mantinham os corpos colados, com os braços de Tally abertos e os de David na cintura dela. As curvas eram vencidas sem conversas, apenas um deixando o corpo pender para um lado, e o outro seguindo o movimento. Depois de algum tempo se acostumando, passaram a se mexer juntos, guiando a prancha pelo caminho familiar, como se fossem um só.

Mantendo um ritmo contido, o esquema funcionava bem. Tally, porém, tinha de ficar atenta a qualquer possível ruído de perseguição. Se um carro voador aparecesse, seria difícil iniciar uma fuga em alta velocidade.

Sentiram o cheiro da Fumaça muito antes de vê-la de fato.

Do alto da montanha, os prédios pareciam fogueiras exauridas: estavam aos pedaços, soltando fumaça e completamente escurecidos. Nada se mexia na vila, à exceção de alguns pedaços de papel carregados pelo vento.

— A impressão é de que queimou a noite inteira — comentou Tally.

Sem conseguir falar, David apenas concordou. Ela segurou sua mão, tentando imaginar como seria ver seu único lar reduzido a um monte de ruínas enfumaçadas.

— Sinto muito, David.

— Temos de ir lá embaixo. Preciso ver se meus pais...

Ele não conseguiu terminar a frase. Tally buscava sinais de alguém que tivesse permanecido na Fumaça. Embora o lugar parecesse totalmente deserto, poderia haver Especiais escondidos, à espera de Enfumaçados desgarrados.

— É melhor esperarmos — sugeriu ela.

— Não posso. A casa dos meus pais é do outro lado do espinhaço. Talvez os Especiais não a tenham visto.

— Se isso houver acontecido, Maddy e Az ainda estão lá.

— E se eles tiverem fugido? — perguntou David.

— Aí sairemos à procura deles. Enquanto isso, vamos tomar cuidado para que também não acabemos presos.

— Você está certa — disse David, conformado.

Tally continuava segurando sua mão bem firme. Eles abriram a prancha e aguardaram o sol subir, ainda procurando sinais de seres humanos lá embaixo. Às vezes, as brasas voltavam a ganhar vida, atiçadas pelo vento, e então as últimas colunas de madeira que permaneciam de pé desabavam, uma atrás da outra, transformando-se em cinzas.

Alguns animais buscavam comida. Tally ficou horrorizada ao ver um coelho perdido ser capturado por um lobo. Depois de um rápido confronto, tudo que sobrara foi um rastro de pelos e sangue. Aquilo era o que restava da natureza, pura e selvagem, poucas horas após a queda da Fumaça.

— Está pronta para descer? — perguntou David, depois de uma hora.

— Não. Mas a verdade é que nunca estarei.

Eles se aproximaram bem devagar, prontos para darem meia-volta e fugirem se algum Especial aparecesse. Ao chegarem ao início da vila, porém, Tally sentiu seu nervosismo se transformar numa coisa pior: a terrível certeza de que não havia mais ninguém ali.

Seu novo lar tinha desaparecido, e em seu lugar restavam apenas destroços chamuscados.

No viveiro, pegadas revelavam os caminhos percorridos pelos Enfumaçados, entrando e saindo do cercado — uma comunidade inteira tratada como gado. Uns poucos coelhos continuavam saltando nas proximidades.

— Bem, pelo menos não vamos morrer de fome — observou David.

— É, acho que não — disse Tally, embora a visão da Fumaça tivesse acalmado sua fome. Ela tentava entender como David sempre conseguia pensar em aspectos práticos, independentemente dos horrores com que se deparava. — Ei, o que é aquilo ali?

Num dos cantos do viveiro, do outro lado da cerca, havia montes de pequenos objetos. Eles voaram para mais perto. David tentava enxergar através de uma cortina de fumaça.

— Parecem... sapatos.

Tally forçou a vista para conferir; ele estava certo. Ela baixou a prancha, desceu e correu até o lugar.

Era uma cena impressionante. Ao redor de Tally, havia cerca de vinte pares de sapatos espalhados, de todos os tamanhos. Ela se abaixou para examiná-los de perto. Estavam amarrados, como se tivessem sido tirados por pessoas com as mãos presas...

— Croy me reconheceu — murmurou Tally.

— O quê?

— Quando eu escapei, passei voando pelo viveiro. Croy deve ter visto quem era. E ele sabia que eu estava descalça. Até brincamos sobre isso.

Ela imaginou os Enfumaçados, impotentes, à espera do seu destino, decidindo fazer um último gesto de desafio. Croy devia ter tirado os sapatos e depois sussurrado a quem pudesse ouvir: "Tally está livre. E descalça." O resultado era aquele monte de pares à sua disposição — a única ajuda que podiam dar à companheira Enfumaçada que eles haviam visto fugir.

— Eles sabiam que eu voltaria aqui — disse ela, num fiapo de voz.

O que eles não sabiam era quem os havia traído.

Tally pegou um par que pareceu ser do tamanho certo, com sola antiderrapante, e o calçou. Coube perfeitamente. Na verdade, serviu melhor do que os dados pelos guardiões.

De volta à prancha, ela tentou esconder a expressão de dor que tomava conta de seu rosto. Dali em diante seria daquele jeito. Cada gesto de bondade de suas vítimas faria com que se sentisse pior.

— Tudo bem. Vamos lá — disse a David.

O trilho para pranchas os levou pelo vilarejo, passando pelas vielas que restavam entre as ruínas carbonizadas. Ao lado de um prédio largo, que agora não passava de um monte de entulho queimado, David decidiu parar.

— Temi que isso pudesse acontecer.

Tally tentou identificar o que havia naquele lugar. Seu conhecimento da Fumaça tinha desaparecido; os caminhos familiares reduzidos a uma vastidão de cinzas e brasas.

Então, ela reconheceu algumas páginas queimadas sendo levadas pelo vento. A biblioteca.

— Eles não tiraram os livros antes de... — gritou Tally. — Mas por quê?

— Não querem que as pessoas saibam como as coisas eram antes da operação. Querem que vocês continuem se odiando. Do contrário, seria muito fácil se acostumar a rostos feios, a rostos *normais*.

Tally se virou para David e disse:

— A alguns, pelo menos.

Ele reagiu com um sorriso triste.

De repente, Tally se lembrou de algo.

— O Chefe estava fugindo com umas revistas velhas. Talvez tenha conseguido.

— A pé? — disse David, sem levar muita fé na possibilidade.

— Espero que sim.

Ela se inclinou para frente, e a prancha seguiu adiante, até um dos limites da cidade. Ainda havia uma mancha de pimenta no local de sua briga com a Especial. Tally desceu para tentar se recordar em que ponto exato o Chefe tinha entrado na floresta.

— Se ele conseguiu mesmo fugir, já está longe daqui — ponderou David.

Tally se enfiou na mata, à procura de sinais de confronto. Com o sol da manhã passando por entre as folhas, ela identificou uma trilha de galhos quebrados no meio da floresta.

O Chefe não fora muito cuidadoso: o rastro parecia deixado por um elefante descontrolado.

Ela encontrou a sacola meio escondida, enfiada sob uma árvore caída coberta de musgo. As revistas continuavam lá dentro, cada uma cuidadosamente protegida por uma capa de plástico. Tally pendurou a sacola no ombro, feliz por poder salvar alguma coisa da biblioteca, o que representava uma pequena vitória sobre a dra. Cable.

Momentos depois, ela encontrou o Chefe.

Estava deitado de costas, com a cabeça virada num ângulo que não deixava dúvidas de que havia algo de muito errado. Tinha os dedos apertados e as unhas sujas de sangue — um sinal de que arranhara alguém. Ele devia ter resistido para distraí-los, talvez para evitar que encontrassem a sacola. Ou talvez na esperança de facilitar a fuga de Tally.

Ela se lembrou do que os Especiais lhe disseram mais de uma vez: *Não queremos lhe fazer mal, mas faremos se for necessário.*

Estavam falando sério. Sempre falavam sério.

Tropeçando, saiu da floresta, perplexa, carregando a sacola.

— Encontrou alguma coisa? — perguntou David. Tally não respondeu. Ao ver seu semblante, ele desceu da prancha. — O que aconteceu?

— Eles o pegaram. Mataram o Chefe.

David arregalou os olhos, chocado, mas tentou manter a calma.

— Vamos, Tally. Temos de sair daqui.

Ela piscou. Havia algo de errado com a luz do sol, algo fora do lugar, como o pescoço do Chefe. Era como se o mundo tivesse sido deformado durante sua busca dentro da floresta.

— Para onde vamos? — perguntou baixinho.

— Temos de ir até a casa dos meus pais.

MADDY E AZ

David cruzou o espinhaço tão rápido que Tally achou que fosse cair da prancha. Ela se agarrava ao casaco dele para se equilibrar e agradecia pelos novos tênis com solado antiderrapante.

— Calma, David. O Chefe reagiu, foi por isso que eles o mataram.

— Meus pais também reagiriam.

Ao ouvir aquilo, ela se calou e passou a se concentrar em não cair. Quando alcançaram o ponto mais próximo da casa, David saltou e saiu correndo pelo barranco.

Tally reparou que a prancha ainda não estava com carga total e decidiu abri-la antes de ir atrás de David. Também não tinha pressa alguma de descobrir o que os Especiais teriam feito a Maddy e Az. No entanto, ao imaginar David encontrando os pais sozinho, correu para alcançá-lo.

Foram necessários alguns minutos para achar o caminho no meio da mata densa. Dois dias antes, eles vieram à noite e de outra direção. Agora ela tentava ouvir algum sinal de David, sem sucesso. Contudo, logo o vento mudou, trazendo um cheiro de fumaça por entre as árvores.

Queimar a casa não fora uma tarefa simples.

As paredes e o teto de pedra, encravados na montanha, não garantiam muito combustível para um incêndio. Nitidamente, os agressores jogaram seu próprio combustível lá dentro. As janelas haviam estilhaçado para fora, com cacos de vidro espalhados pelo gramado, e quase não havia sinal das portas, além de restos de madeira queimada pendurados nas dobradiças.

David ficou parado na entrada, sem coragem de atravessar o batente.

— Fique aqui — disse Tally.

Ela entrou, mas logo o ar pesado a deteve. A luz da manhã que atravessava a janela destacava as partículas suspensas de cinzas — pequenas galáxias em espiral postas em movimento pela sua passagem.

Sob seus pés, as tábuas escurecidas rangiam. Em certos pontos, tinham praticamente sumido, revelando pedras por baixo. Alguns objetos, contudo, sobreviveram ao incêndio. A estatueta de mármore da qual ela se lembrava bem, da sua primeira visita ao lugar. Além disso, um dos tapetes permanecia misteriosamente intocado na parede, e, na sala, a brancura de algumas xícaras contrastava com a mobília chamuscada. Tally segurou uma peça e concluiu que, se as xícaras haviam sobrevivido, um corpo humano deixaria mais que meros resíduos.

Ela engoliu em seco: se os pais de David tivessem sido pegos, seus restos seriam facilmente encontrados.

Mais para dentro, numa pequena cozinha, panelas e frigideiras vindas da cidade continuavam penduradas no teto. Embora retorcido e queimado, o metal ainda brilhava em alguns pontos. Tally também reparou num saco de farinha e em pedaços de frutas secas. Seu estômago roncou.

Só faltava o quarto.

No teto baixo e inclinado, a pintura apresentava rachaduras e manchas, evidências da fúria do fogo. O calor ainda subia da cama, onde o colchão de palha e as colchas grossas haviam certamente alimentado o incêndio.

Az e Maddy, porém, não estavam lá. Não havia nada no quarto que correspondesse a restos humanos. Aliviada, Tally fez o caminho de volta, conferindo a situação de todos os recintos.

Ela saiu da casa balançando a cabeça.

— Ou os Especiais os levaram ou eles fugiram.

David concordou e decidiu entrar na casa. Enquanto isso, Tally se agachou, tossindo sem parar. Seus pulmões estavam finalmente reclamando da fumaça e das partículas inaladas. Ela notou que seus braços e mãos estavam completamente cobertos de fuligem.

Quando David retornou, trazia na mão uma faca comprida.

— Estique os braços.

— Como?

— As algemas. Não aguento esses pedaços de plástico nos seus pulsos.

Ela estendeu os braços. Com cuidado, David passou a lâmina entre a pele de Tally e o plástico, executando um movimento de vaivém. Um minuto depois, frustrado, ele parou de tentar.

— Não está funcionando.

Tally olhou de perto. Mal se viam marcas no plástico. Ela não tinha visto o Especial separar as algemas, mas tudo não havia levado mais que uns segundos. Talvez eles utilizassem substâncias químicas.

— Pode ser um tipo de plástico usado em aeronaves — disse. — Há materiais desse tipo mais resistentes que o aço.

— Então como você conseguiu partir um pedaço? — perguntou David. A boca de Tally chegou a se abrir, mas não emitiu nenhum som. Não havia como contar que os próprios

Especiais a tinham libertado. — Aliás, por que você está com duas algemas em cada pulso?

Ela olhou para os braços, totalmente emudecida, e se lembrou de que havia sido algemada uma vez ao ser capturada e outra diante da dra. Cable, antes de ser levada para recuperar o pingente.

— Não sei. Devem ter botado duas por garantia. Mas foi fácil me soltar. Usei uma pedra afiada.

— Isso não faz sentido — disse David, examinando a faca. — Papai sempre disse que esse era o objeto mais útil que havia trazido da cidade. É feita de ligas metálicas de última geração e monofilamentos.

— De repente, a parte que unia as algemas era feita de outro material.

David não engolia a história. Porém, depois de um tempo, resolveu esquecer o assunto.

— Ah, tanto faz. Vamos ter que aguentar essas coisas. Bem, de uma coisa eu tenho certeza: meus pais não conseguiram fugir.

— Como sabe?

Ele ergueu a faca.

— Se tivesse percebido alguma movimentação, meu pai nunca teria partido sem levar isso aqui. Os Especiais devem ter chegado de surpresa.

— Sinto muito, David.

— Pelo menos estão vivos. — Ele a encarou, e Tally pôde perceber que seu pânico desaparecera. — E então, ainda quer ir atrás deles?

— Claro que sim.

— Que bom — disse David, sorrindo. Sentado ao seu lado, ele olhava para trás e balançava a cabeça. — É engraçado.

Mamãe sempre dizia que isso acabaria acontecendo. Eles tentaram me preparar durante toda minha infância. Por muito tempo, acreditei neles. Mas, depois de tantos anos, comecei a pensar. Talvez meus pais só fossem um pouco paranoicos. Talvez, como diziam os fugitivos, a Circunstâncias Especiais nem existisse. — Tally só concordava com a cabeça, preferindo o silêncio ao que poderia dizer. — E, agora que as coisas aconteceram, tudo parece ainda menos real — concluiu ele.

— Sinto muito por você, David. — Apesar das palavras, David não tinha como compreender a profundidade dos sentimentos de Tally. Não até que ela o ajudasse a salvar seus pais. — Não se preocupe. Nós vamos encontrar os dois.

— Primeiro temos de passar num lugar.

— Onde?

— Como eu disse, meus pais se prepararam para isso desde que fundaram a Fumaça. Tomaram suas providências.

— Cuidaram para que você fosse capaz de cuidar de si mesmo, por exemplo — disse Tally, tocando-o por cima do couro macio de sua jaqueta.

Sorrindo, David levou a mão ao rosto de Tally, para limpar a fuligem que o cobria.

— Fizeram muito mais do que isso. Você vai ver.

Numa caverna próxima à casa, com uma entrada tão pequena que era necessário passar engatinhando, David mostrou a Tally o estoque de equipamentos que seus pais tinham escondido durante vinte anos.

Purificadores de ar, aparelhos de orientação, roupas superleves, sacos de dormir: pelos padrões da Fumaça, uma verdadeira fortuna em equipamentos de sobrevivência. As quatro pranchas tinham um estilo antigo, mas dispunham dos mesmos recursos daquela entregue pela dra. Cable a Tally para a viagem. E ainda havia um pacote de sensores de cintura sobressalentes, com proteção contra a umidade. Era tudo do mais alto nível.

— Caramba, eles estavam mesmo preparados.

— Sempre. — David pegou uma lanterna e apontou o facho para uma pedra. — Toda vez que eu vinha aqui, para verificar o material, acabava imaginando este momento. Pensei detalhadamente em tudo de que precisaria. Um milhão de vezes. Parece até que de tanto imaginar as coisas aconteceram para valer.

— Não é culpa sua, David.

— Se eu estivesse aqui...

— Neste instante, você estaria num carro da Circunstâncias Especiais, algemado, sem condições de ajudar quem quer que fosse.

— É. Em vez disso, estou aqui, nesta situação. — Ele a fitou outra vez. — Pelo menos está comigo. Você é a única coisa que nunca imaginei. Uma aliada inesperada.

Ela se esforçou para sorrir.

— Estou morto de fome — disse David, segurando um saco impermeável. Por um segundo, Tally se sentiu tonta. Não comia nada desde o jantar de duas noites antes. David remexeu no saco. — Temos bastante comida instantânea. Vamos ver: ArrozVege, MacaCurry, NaboMondegos, MacaThai... alguma preferência?

Tally respirou fundo. Estava de volta à vida no mato.

— Qualquer coisa, menos EspagBol.

A PRAGA DO PETRÓLEO

Tally e David partiram ao pôr do sol.

Cada um usava duas pranchas. Empilhadas, como num sanduíche, podiam carregar o dobro do peso, a maior parte dividida em sacos que ficavam pendurados nas laterais. Eles levaram tudo que parecia útil, além das revistas salvas pelo Chefe. Embora não soubessem exatamente o que havia acontecido, não fazia sentido retornar à Fumaça.

Tally seguiu o rio que descia a montanha com muito cuidado. O peso extra sacudia a prancha como se fosse um pêndulo. Pelo menos, ela estava novamente protegida pelos braceletes antiqueda.

A viagem seria feita por um caminho bastante diferente do que Tally percorrera para chegar à Fumaça. A rota original tinha sido pensada para ser simples — e incluía uma carona no helicóptero dos guardiões. Agora a jornada não seria tão direta. Sobrecarregados, Tally e David não conseguiriam cobrir sequer pequenas distâncias a pé. Cada centímetro teria de passar por terras e águas propícias ao voo, não importava o quão fora de mão fossem. E, depois do ataque à Fumaça, evitariam qualquer cidade que aparecesse pela frente.

Felizmente, David tinha feito a viagem de ida e volta à cidade de Tally dezenas de vezes, sozinho ou acompanhado por feios inexperientes. Conhecia todos os rios e ferrovias, ruínas e veios naturais de minério, além de inúmeras rotas de fuga planejadas para o caso de ser perseguido por autoridades locais.

— Dez dias — avisou no início. — Se voarmos durante a noite toda e nos mantendo escondidos durante o dia.

— Para mim, está ótimo — disse Tally, embora se perguntasse se não seria tarde demais para salvar as pessoas da operação.

Por volta da meia-noite, no primeiro dia, eles saíram do córrego que levava à montanha que tinha a parte de cima desmatada. Dali, seguiram o leito de um riacho seco, passando por entre as flores brancas, e finalmente chegaram ao início de um vasto deserto.

— Como vamos atravessar isso aí?

David apontou para formas escuras que saíam da areia, numa fileira que se perdia no horizonte.

— Essas coisas eram torres interligadas por cabos de aço.

— E serviam para quê?

— Levavam energia elétrica de uma usina eólica até uma das antigas cidades.

— Não sabia que os Enferrujados usavam energia eólica — disse Tally, surpresa.

— Nem todos eram desmiolados. Só a maioria. Não se esqueça de que somos descendentes dos Enferrujados e ainda usamos parte de sua tecnologia. *Alguns* deles deviam pensar direito.

Os cabos permaneciam enterrados no deserto, protegidos pela areia em movimento contínuo e pela ausência quase absoluta de chuva. Em pontos específicos, estavam partidos ou enferrujados demais, o que obrigava Tally e David a voar com bastante cuidado, de olhos atentos aos detectores de metal das pranchas. Quando se deparavam com uma lacuna que não podiam superar facilmente, desenrolavam um longo pedaço de cabo carregado por David e guiavam as pranchas por cima do caminho improvisado, como se fossem mulas passando por uma ponte estreita.

Tally nunca tinha visto um deserto de verdade. Ela havia aprendido que os desertos eram cheios de vida, mas aquele se parecia mais com o que costumava imaginar quando criança: apenas montes de areia que se prolongavam ao longe, um após o outro. Não havia movimento, à exceção do serpentear de alguns montes de areia levados pelo vento.

Ela só conhecia o nome de um grande deserto no continente.

— Estamos no Mojave?

— Não, este aqui não chega nem perto em tamanho. E também não é natural. Estamos na área em que as flores brancas começaram a se espalhar.

Tally assobiou. A areia parecia não ter fim.

— Que tragédia — comentou.

— Depois que a vegetação rasteira sumiu, substituída pelas orquídeas, não havia mais o que segurasse a terra fértil. Ela se desintegrou, e sobrou apenas a areia.

— E existe alguma chance de isto deixar de ser um deserto?

— Claro. Em mais ou menos mil anos. Talvez nesse tempo alguém descubra uma maneira de impedir a proliferação das flores. Do contrário, o processo recomeçará sempre.

Eles alcançaram uma das cidades dos Enferrujados por volta do amanhecer. Na verdade, não passava de um agrupamento de prédios indistintos enfiados no mar de areia.

Ao longo dos séculos, o deserto invadira o lugar, com dunas se espalhando pelas ruas como se fossem água. As construções, no entanto, encontravam-se em melhor estado do que outras ruínas que Tally já vira. A areia desgastava a superfície das coisas, mas não exercia uma ação tão destrutiva quanto a chuva e a vegetação.

Embora nenhum dos dois estivesse cansado, não podiam viajar durante o dia. No deserto, não estavam protegidos do sol, nem de ameaças que se aproximassem pelo ar. Eles se instalaram no segundo andar de uma fábrica que mantinha a maior parte de seu telhado intacta. Máquinas antigas, do tamanho de carros, observavam os dois em silêncio.

— O que havia neste lugar? — perguntou Tally.

— Acho que produziam jornais — disse David. — O jornal era como um livro, com a diferença de que você o jogava fora e comprava um novo no dia seguinte.

— Não brinca.

— É sério. E você achando que derrubávamos árvores à toa na Fumaça!

Ao ver um facho de luz entrando por uma das falhas no telhado, Tally tratou de abrir as pranchas e botá-las para recarregar. David, enquanto isso, pegou dois pacotes de SaladOvos.

— Acha que sairemos do deserto esta noite? — perguntou Tally, enquanto David derramava as últimas gotas de água potável nos purificadores.

— Tranquilamente. Chegaremos ao próximo rio antes da meia-noite.

Por alguma razão, Tally se lembrou de algo que Shay dissera muito tempo antes, na primeira vez que viera seu kit de sobrevivência.

— Podemos mesmo fazer xixi num purificador? Quero dizer, para beber a água depois?

— Claro. Eu já fiz isso.

Tally fez uma cara de nojo e, em seguida, virou-se para a janela.

— Quem mandou perguntar...

Ele se aproximou, rindo baixinho, e pôs as mãos nos ombros dela.

— É incrível o que as pessoas são capazes de fazer para sobreviver — disse.

— É, eu sei.

A janela dava para uma rua lateral, parcialmente protegida do deserto insaciável. Eles conseguiam ver alguns carros terrestres, semienterrados, com as latarias pretas se destacando em meio à areia branca. Tally passou as mãos pelas algemas de plástico, que continuavam em seus pulsos.

— Parece que os Enferrujados se esforçaram mesmo para sobreviver. Em todas as ruínas que vi, havia carros por toda parte, tentando escapar. Pelo visto, nenhum deles conseguiu.

— Alguns conseguiram, sim — corrigiu David. — Mas não em carros.

Tally se abrigou no calor do corpo de David. Ainda levaria um tempo até que o calor da manhã se impusesse ao frio do deserto.

— É engraçado. Na escola, não se fala muito de como tudo aconteceu. Do pânico final, de quando o mundo dos Enferrujados ruiu. Eles não dão importância. Dizem apenas que seus erros foram se somando, até que tudo desmoronou como um castelo de cartas.

— Isso é uma meia verdade. O Chefe tinha alguns livros que falavam dessa época — contou David.

— E o que diziam?

— Bem, os Enferrujados viviam num castelo de cartas, mas a verdade é que algo ajudou a derrubar esse castelo. Mas nunca se descobriu exatamente o quê. Talvez uma arma dos Enferrujados tenha saído do controle. Talvez o povo de um país pobre tenha se cansado de como os Enferrujados controlavam as coisas. Talvez tenha sido um mero acidente, como as flores, ou um cientista solitário que queria causar problemas.

— Mas, afinal, o que aconteceu? — insistiu Tally.

— Uma praga se disseminou. Só que ela não contaminava as pessoas. Contaminava o petróleo.

— Petróleo contaminado?

— O petróleo é orgânico. É derivado de plantas ancestrais e dinossauros. Esse tipo de coisa. Alguém criou uma bactéria que se alimentava de petróleo. Os esporos se espalhavam pelo ar e, quando pousavam no petróleo, cru ou refinado, germinavam. Como se fosse um fungo capaz de alterar a composição química do petróleo. Você já viu fósforo de perto?

— Isso é um elemento, certo?

— Sim. Um elemento que pega fogo em contato com o ar.

Tally fez que sim. Ela se recordava das aulas de química, sempre usando óculos protetores, e da empolgação que sentia ao pensar em tudo que poderia aprontar com aquilo. Mas nunca tinha passado por sua cabeça fazer algo que resultasse na morte de alguém.

— O petróleo infectado por essa bactéria era tão instável quanto o fósforo. Explodia em contato com oxigênio.

E, enquanto queimava, dispersava esporos, que se espalhavam com ajuda do vento. Então os esporos voavam até outro carro, avião ou poço de petróleo e começavam a se multiplicar de novo.

— Caramba. E eles usavam petróleo para tudo, né?

— Naqueles carros lá embaixo, por exemplo. Devem ter sido infectados durante a tentativa de fuga da cidade.

— Por que eles não tentaram simplesmente *andar*? — perguntou Tally.

— Acho que por estupidez.

Tally sentiu um arrepio, mas não por causa do frio. Era difícil pensar nos Enferrujados como pessoas de verdade, em vez de uma mera entidade idiota, perigosa e às vezes engraçada que tinha se perdido na história. O problema era que havia seres humanos ali, ou o que restava deles depois de alguns séculos, sentados em seus carros carbonizados, tentando escapar de seus destinos.

— Queria saber por que não nos contam isso nas aulas. Geralmente eles adoram histórias que fazem os Enferrujados parecerem patéticos.

— Talvez não quisessem que vocês percebessem que toda civilização tem sua fraqueza — disse David, em tom baixo. — Sempre dependemos de alguma coisa. E, se alguém toma isso de nós, tudo que resta são histórias contadas na sala de aula.

— Não é nosso caso. Usamos energia renovável e fontes sustentáveis. Temos uma população estável.

Os dois purificadores apitaram. David se afastou para buscá-los.

— Nem sempre tem a ver com dados econômicos — explicou, trazendo a comida. — A fraqueza também pode ser uma ideia.

Ela se virou para pegar sua SaladOvos e sentiu o vapor quente em suas mãos. Só depois reparou na expressão séria de David.

— Então, David, era essa uma das coisas em que pensava durante todos esses anos, quando se preocupava com a possibilidade de a Fumaça ser invadida? Você já imaginou o que poderia transformar as cidades em simples páginas da história?

Ele sorriu antes de encher a boca de comida.

— Está cada dia mais óbvio.

CENÁRIOS FAMILIARES

Eles chegaram ao fim do deserto na noite seguinte, como previsto, e depois seguiram um rio por três dias, até alcançarem o mar. Estavam mais ao norte, onde o frio do outono parecia tão intenso quanto qualquer inverno que Tally já enfrentara. David desembrulhou um par de roupas fabricadas na cidade, especiais para regiões árticas; eram feitas de Mylar, um tipo de poliéster metalizado. Tally vestiu-a por cima do suéter que agora era sua única lembrança da Fumaça. Agradecia por não o ter tirado para dormir na noite anterior à invasão dos Especiais, evitando que se perdesse, como todo o resto.

As noites a bordo das pranchas passavam rápido. Tally não precisava desvendar as pistas enigmáticas de Shay, nem escapar de queimadas ou de veículos antigos e assustadores da época dos Enferrujados. O mundo parecia vazio, à exceção das ruínas que surgiam ocasionalmente. Era como se Tally e David fossem os últimos sobreviventes.

Os dois reforçavam a dieta com peixes do rio. Tally chegou a assar um coelho numa fogueira que ela própria tinha preparado. Por outro lado, depois de assistir a David consertando suas roupas de couro, concluiu que nunca seria capaz de manejar agulha e linha direito. Ele, no entanto, conseguiu ensiná-la a calcular as horas e a direção pela posição das estrelas. Ela, por sua vez, mostrou a David como entrar no software especial das pranchas e, assim, otimizá--las para voos noturnos.

Após alcançarem o mar, eles rumaram para o sul, descendo pela mesma ferrovia que Tally havia percorrido em sua ida à Fumaça. David contou que, no passado, os trilhos seguiam ininterruptamente até a cidade dela e além. Agora, porém, havia grandes falhas na ferrovia e cidades construídas no mar, o que os obrigava a viajar frequentemente sobre o continente. Mas David conhecia os rios, os trechos de trilhos e todos os outros caminhos de metal que os Enferrujados tinham deixado para trás, o que permitiu que fizessem a viagem dentro do tempo previsto.

O único obstáculo foi o clima. Depois de alguns dias de viagem pela costa, uma formação escura e assustadora de nuvens surgiu no oceano. De início, a tempestade pareceu relutar em avançar sobre a orla; permaneceu no mar, ganhando força ao longo de demoradas 24 horas. A pressão atmosférica mudava de um jeito que tornava difícil dominar as pranchas. Apesar de todo o aviso, quando a tempestade chegou para valer, mostrou-se bem pior do que qualquer coisa que Tally tivesse imaginado até então.

Ela nunca havia enfrentado a fúria de um furacão, a não ser de dentro das sólidas estruturas de sua cidade. Estava recebendo mais uma lição sobre o poder selvagem da natureza.

Por três dias, Tally e David se espremeram dentro de uma barraca de plástico armada sob a proteção de um afloramento rochoso. Usavam sinalizadores para obter calor e luz e torciam para que os ímãs das pranchas não atraíssem um relâmpago. Nas primeiras horas, a dramaticidade da tempestade os deixou fascinados, assombrados com tamanho poder, tensos à espera do estrondo seguinte de um trovão que sacudiria as montanhas. Com o tempo, contudo, a chuva forte se tornou apenas monótona. Perderam um dia inteiro conversando sobre todo tipo de assunto, principalmente suas infâncias. Tally passou a achar que conhecia David melhor do que qualquer outra pessoa. No terceiro dia, brigaram feio — embora ela não se lembrasse da razão — que só acabou depois que David saiu da barraca e ficou sozinho no vento gelado por cerca de uma hora. Quando ele retornou, passou horas tremendo, mesmo aconchegado nos braços de Tally.

— Estamos perdendo muito tempo — disse ele.

Tally o abraçou mais forte. A preparação para a operação era demorada, especialmente no caso de pacientes com mais de 16 anos. Mas a dra. Cable não esperaria muito para transformar os pais de David. A cada dia perdido em consequência da tempestade, as chances de Maddy e Az já terem passado pela cirurgia aumentavam. Para Shay, que estava na idade ideal, o prognóstico era ainda mais sombrio.

— Não se preocupe. Vamos chegar lá. Eles tiraram minhas medidas uma vez por semana, durante um ano. Precisam de tempo antes da separação para fazer as coisas direito — explicou Tally.

David sentiu um arrepio.

— Tally, e se eles não estiverem preocupados em fazer as coisas direito?

A tempestade acabou na manhã seguinte. Ao saírem da barraca, eles descobriram que as cores do mundo haviam mudado. As nuvens ostentavam um rosa intenso; a grama, um verde extraordinário. O escuro absoluto do mar era quebrado apenas pela espuma das cristas das ondas e por pedaços de madeira lançados na água pelo vento. Eles voaram um dia inteiro para recuperar o tempo, surpresos pelo fato de o mundo ainda existir depois daquela tempestade.

Pouco à frente, a ferrovia deixou o litoral, e em algumas noites eles chegaram às Ruínas de Ferrugem.

As ruínas pareciam menores, como se os prédios tivessem encolhido desde a última visita de Tally, mais de um mês antes, quando partira rumo à Fumaça sem nada além do bilhete de Shay e uma mochila cheia de EspagBol. Agora, enquanto passavam pelas ruas escuras, não tinha mais a impressão de ser ameaçada por fantasmas de Enferrujados escondidos atrás das janelas.

— Na primeira vez que vim aqui à noite, fiquei apavorada — contou.

— É meio assustador ver como tudo está tão preservado. De todas as ruínas que conheço, estas parecem ser as mais recentes.

— Eles passaram alguma substância para mantê-las em boas condições para as excursões da escola.

Tally percebeu que aquilo resumia o espírito de sua cidade. Nada seguia seu próprio destino. Tudo era transformado para seduzir, alertar ou ensinar algo.

Os equipamentos foram escondidos num prédio desmoronado distante da área central — um lugar tão acabado que nem os feios mais ousados teriam vontade de visitar. Eles levaram consigo apenas purificadores de ar, uma lanterna e alguns pacotes de comida. Como as ruínas eram o mais perto da cidade que David já estivera, Tally assumiu a frente pela primeira vez, seguindo o veio de ferro que Shay havia lhe mostrado meses antes.

— Acha que um dia seremos amigas de novo? — perguntou, enquanto caminhavam na direção do rio, carregando as pranchas pela primeira vez na viagem.

— Você e Shay? É claro que sim.

— Mesmo depois de... eu e você?

— Depois que a resgatarmos dos Especiais, acho que a perdoará por praticamente qualquer coisa.

Tally ficou em silêncio. Shay já deduzira que ela havia traído os Enfumaçados. Dificilmente poderia fazer algo para compensar aquilo.

Assim que chegaram ao rio, eles subiram nas pranchas e deslizaram por cima da correnteza a toda velocidade, satisfeitos por estarem finalmente livres dos sacos pesados. Sentindo os respingos em seu rosto e ouvindo o barulho da água, Tally quase conseguia se imaginar numa de suas expedições, na época em que não passava de uma menina despreocupada da cidade, em vez de...

Como se definiria naquele momento? Não era mais uma espiã, nem podia se considerar uma Enfumaçada. Estava longe de ser perfeita, mas também não se sentia uma feia. Não era nada em particular. Mas, pelo menos, tinha um objetivo.

A cidade apareceu no horizonte.

— Lá está ela — gritou para David, encoberta pelo rumor da correnteza. — Você já viu outras cidades, não viu?

— Já estive a esta distância de algumas. Nunca mais perto.

Tally observou as linhas familiares e os rastros sutis dos fogos de artifício iluminando as torres e mansões de festa.

Sentiu uma pontada, como se fosse saudade, só que muito pior. No passado, a imagem de Nova Perfeição a enchia de ansiedade. Agora, no entanto, a cidade era uma concha vazia, sem promessas para seduzi-la. A exemplo de David, ela perdera sua casa. Porém, diferentemente da Fumaça, sua cidade ainda existia e estava bem diante dela. No entanto, desprovida de qualquer significado que um dia tivera.

— Faltam algumas horas para o amanhecer — disse ela.

— Quer dar uma olhada na Circunstâncias Especiais?

— Quanto antes, melhor — respondeu David.

Tally examinou os padrões de luz e sombras da cidade ao seu redor. O tempo era suficiente para ir e voltar antes de o sol nascer.

— Então, vamos lá.

Eles prosseguiram pelo rio até o cinturão de árvores e arbustos que separava Vila Feia dos subúrbios. Passar por lá era a melhor opção para não serem vistos.

— Não vá tão rápido! — alertou David, ao ver Tally disparando por entre as árvores.

— Não precisa falar baixo — disse ela, reduzindo a velocidade. — Ninguém vem aqui à noite. Estamos numa área dos feios, e eles estão todos dormindo. A não ser que alguém tenha saído para aprontar.

— Tudo bem. Mas não devíamos ficar mais atentos aos trilhos de prancha?

— Trilhos de prancha? David, as pranchas funcionam em *qualquer* ponto da cidade. Existe uma estrutura de metal embaixo do chão.

— Ah, entendi.

Tally sorriu. Depois de tanto tempo vivendo no mundo de David, era bom poder lhe explicar coisas, para variar.

— Qual é o problema? Não consegue acompanhar meu ritmo? — provocou.

— Quer apostar? — disse David, rindo.

Ela se virou e saiu como um raio, fazendo um zigue-zague por entre as árvores altas, deixando-se guiar apenas pelo instinto.

Lembrou-se das duas viagens de carro até a Circunstâncias Especiais. Tinha atravessado o cinturão verde no extremo da cidade, ido até o anel de transportação e, finalmente, chegado à zona industrial que ficava entre os subúrbios dos perfeitos de meia-idade e a Vila dos Coroas. A parte mais difícil, então, seria passar pelos subúrbios, uma região perigosa para pessoas com rosto feio. Por sorte, os perfeitos de meia-idade iam dormir cedo. A maioria, pelo menos.

A corrida durou até metade da extensão do cinturão. Nesse ponto, eles avistaram o grande hospital, do outro lado do rio. Tally lembrou-se daquela terrível primeira manhã, quando tinha sido afastada da operação prometida e submetida a um interrogatório, vendo seu futuro lhe ser arrancado. Ela ficou nervosa ao se dar conta de que, desta vez, estava *procurando* a Circunstâncias Especiais.

Ao saírem do cinturão, Tally achou ter ouvido um tinido; uma parte de seu corpo ainda esperava que o anel de interface a alertasse de que estava deixando Vila Feia. Por que usara aquela coisa estúpida por 16 anos? Antes, era simplesmente uma parte dela, mas agora a ideia de ser rastreada, monitorada e orientada durante cada minuto do dia lhe causava repulsa.

— Fique perto de mim — disse a David. — Agora, sim, é hora de sussurrar.

Quando criança, Tally tinha vivido com Sol e Ellie no subúrbio da meia-idade. Naquela época, seu mundo era pateticamente limitado: alguns parques, o caminho até a escola, um pedacinho do cinturão aonde ela ia escondida espiar os feios. Assim como as Ruínas de Ferrugem, as fileiras arrumadinhas de casas e jardins agora lhe pareciam muito menores, nada mais que um bairro de casas de bonecas.

Eles deslizaram por cima dos telhados, mantendo-se bem agachados. Esperavam que, se houvesse alguém acordado, caminhando ou levando o cachorro para passear, essa pessoa não olhasse para cima. A uma distância de menos de um palmo das casas, viam as telhas passarem de um modo hipnótico. Quebrando o padrão, nada além de alguns ninhos e gatos de rua, que fugiam imediatamente daquelas figuras inesperadas.

Os subúrbios chegavam ao fim de repente, numa última área verde que se perdia no anel de transportação, onde as pontas das fábricas subterrâneas brotavam da terra e caminhões de carga percorriam as vias de concreto dia e noite. Tally inclinou a prancha para cima e acelerou.

— Tally! — sussurrou David. — Eles vão nos ver.

— Relaxa. Os caminhões são automáticos. Ninguém anda por aqui, principalmente à noite — explicou Tally. Ainda nervoso, David observou os veículos pesados. — Repare bem: eles não têm faróis, nem lanternas.

Ela apontou para uma imensa carreta que passava na hora. Só havia uma luz fraquinha na parte de baixo — um laser de navegação que lia os códigos de barras da rodovia.

Embora David continuasse tenso com os veículos em movimento lá embaixo, eles seguiram em frente. Pouco depois, Tally avistou um ponto de referência no meio daquela região infértil.

— Está vendo a montanha? A Circunstâncias Especiais fica ao seu pé. Vamos subir para dar uma olhada.

A montanha era muito íngreme para abrigar uma fábrica e, aparentemente, muito grande e maciça para ser removida com explosivos e escavadeiras. Por isso, foi deixada no meio da área plana, como uma pirâmide desequilibrada, com um lado extremamente inclinado e outro num declive suave, coberto por arbustos e grama de tom quase marrom. David e Tally subiram pela parte mais fácil, desviando apenas de algumas pedras e árvores ocasionais, até alcançarem o topo.

Daquela altura, Tally enxergava até Nova Perfeição, embora o tamanho da cidade iluminada equivalesse ao de um prato de comida. Na região onde estavam, porém, não havia luz. Os prédios baixos e marrons da Circunstâncias Especiais se destacavam apenas pela iluminação de segurança.

— Lá embaixo — indicou Tally, num sussurro.

— Não parece muito grande.

— A maior parte está embaixo da terra. Não sei a profundidade.

Eles ficaram observando o conjunto de prédios em silêncio. De onde estavam, Tally podia ver nitidamente o perímetro cercado, formando um quadrado quase perfeito ao redor das edificações. A segurança do local era para valer. Na cidade, não havia muitas barreiras visíveis. Se alguém estivesse num lugar proibido, simplesmente recebia um aviso educado do anel de interface.

— Acho que dá para passar pela cerca voando — disse David.

347

— Não é uma cerca — corrigiu Tally. — É um sensor de movimento. Se você chegar a menos de vinte metros, os Especiais vão saber que há alguém na área. Tanto faz se for voando ou andando.

— Vinte metros? É muito alto para as pranchas. E aí, o que fazemos então? Batemos no portão?

— Não estou vendo nenhum portão. Quando estive aqui, entrei e saí num carro voador.

David batucava na prancha enquanto pensava.

— E se roubássemos um? — sugeriu ele, finalmente.

— Um carro? Isso seria bem audacioso. Conheci feios que saíam para passeios, mas não em carros da Circunstâncias Especiais.

— Pena que não podemos pular.

— Pular?

— É, daqui de cima. Subiríamos nas pranchas lá embaixo, viríamos a toda e pularíamos deste exato lugar. Provavelmente acertaríamos aquele prédio em cheio.

— Põe em cheio nisso. Viraríamos uma pasta.

— É, acho que sim. Mesmo com os braceletes antiqueda, depois de uma queda desse tipo, nossos braços provavelmente sairiam do lugar. Para fazer isso, precisaríamos de paraquedas.

Tally olhou para baixo, esboçando trajetórias na cabeça, num ritmo frenético. Ela não deixava David falar. Estava ocupada com as lembranças da festa na Mansão Garbo, algo que parecia ter ocorrido anos antes.

Depois de um tempo, ela sorriu.

— David, não precisamos de paraquedas. Precisamos de jaquetas.

348

CÚMPLICES

— Se corrermos, dá tempo.

— Tempo para o quê?

— Para ir até a escola de arte de Vila Feia. Eles têm jaquetas de bungee jump guardadas no subsolo. Uma prateleira cheia.

David respirou fundo.

— Está bem.

— Ei, você não está com medo, está? — perguntou Tally.

— Não... — começou David, com uma cara de sofrimento. — É que nunca vi tantas pessoas juntas.

— Tantas pessoas? Ainda não vimos ninguém.

— Eu sei. Estou falando das casas pelas quais passamos. Fico pensando nas pessoas que moram em cada uma delas, todas espremidas lá dentro.

Tally deu uma risada.

— Acha que as pessoas vivem espremidas nos subúrbios? Espere só até chegarmos em Vila Feia.

Eles retornaram em velocidade máxima por cima dos telhados. O céu estava completamente escuro. Tally, contudo, já conhecia a posição das estrelas bem o suficiente para saber que os primeiros raios do amanhecer surgiriam em poucas horas.

Depois de alcançarem o cinturão verde, refizeram o percurso, ao contrário, sem dizer nada, apenas se concentrando em desviar das árvores. O trajeto passava pelo Parque Cleópatra, onde Tally decidiu voar por entre as varetas de slalom, só para lembrar dos velhos tempos. Sentiu um arrepio ao cruzar o caminho que levava ao dormitório. Por um instante, teve a impressão de que entraria no desvio, subiria até sua janela e iria dormir.

Logo, os telhados irregulares da escola de arte de Vila Feia apareceram à sua frente, e Tally fez um sinal para David parar.

Aquela parte era fácil. Parecia uma eternidade desde que ela e Shay pegaram as jaquetas da escola para seu último número: o salto sobre os feios recém-chegados na biblioteca do alojamento. Tally refez os passos até a janela que elas tinham arrombado, um pedaço de vidro velho e esquecido atrás de algumas plantas decorativas. Continuava destrancada.

Tally custava a acreditar. Aquela invasão parecera muito ousada dois meses antes. Na época, a brincadeira na biblioteca era o máximo em que ela e Shay podiam pensar. Agora Tally entendia o significado real daquelas travessuras: um modo de os feios gastarem energia até o aniversário de 16 anos. Não passava de uma distração até que sua rebeldia fosse apagada pela vida adulta — e pela operação.

— Passe a lanterna para mim. E fique esperando aqui.

Ela entrou pela janela, encontrou a prateleira, pegou duas jaquetas e saiu menos de um minuto depois. Quando reapareceu, deparou-se com a cara de espanto de David.

— O que foi? — perguntou ela.

— Nada. É só que você é... tão boa nisso. Tão segura. Eu fico nervoso só de estar na cidade.

— Não é nada de mais. Todo mundo faz isso.

Apesar de suas palavras, Tally estava feliz em poder impressionar David com suas habilidades de invasora. Naquelas últimas semanas, ele lhe ensinara como acender uma fogueira, escamar peixes, montar uma barraca e ler mapas topográficos. Era bom ser a mais competente de vez em quando.

Eles voltaram ao cinturão verde e chegaram ao rio antes mesmo de os primeiros tons de rosa surgirem no céu. Seguiram a toda sobre as corredeiras, até o veio de minério, e já avistavam as ruínas quando as cores do céu finalmente começaram a mudar. Na descida, a pé, Tally perguntou:

— Amanhã à noite, então?

— Sim, não há razão para esperarmos.

— Certo.

Pelo contrário: havia muitas razões para tentarem o resgate o quanto antes. Fazia duas semanas desde a invasão à Fumaça.

David limpou a garganta.

— Quantos Especiais acha que vamos encontrar lá dentro?

— Quando estive lá, havia muitos. Mas isso foi durante o dia. Imagino que eles tenham de dormir em algum momento.

— Então o lugar vai estar vazio à noite.

— Isso também não. Acho que haverá alguns guardas. — Ela se calou por um instante. Bastaria um único Especial para cuidar de uma dupla de feios. Surpresa alguma compensaria a força e os reflexos daqueles perfeitos cruéis. — Precisaremos tomar todo o cuidado para que não nos vejam.

— Claro. Ou torcer para que tenham outra coisa a fazer.

Caminhando à frente, Tally sentia a exaustão se espalhando, agora que estavam em segurança, fora da cidade. Sua determinação se esvaía a cada passo. Eles fizeram a viagem inteira sem pensar muito na tarefa que tinham adiante. Resgatar pessoas da Circunstâncias Especiais não era mais uma brincadeira de feios, como roubar uma jaqueta ou subir o rio sem ninguém saber. Tratava-se de uma missão perigosa.

Além disso, ainda que o mais provável fosse que Croy, Shay, Maddy e Az estivessem aprisionados naqueles prédios horripilantes, não era impossível que os Enfumaçados tivessem sido levados para outro lugar. De qualquer maneira, Tally não fazia ideia de sua localização exata no interior daquele labirinto de corredores cor de vômito.

— Só espero que tenhamos algum tipo de ajuda — disse Tally, baixinho.

David pôs a mão em seu ombro, fazendo-a parar.

— Talvez tenhamos.

Ela o encarou, intrigada, e seguiu seu olhar, que estava fixo nas ruínas. No terraço da torre mais alta, as últimas fagulhas de um sinalizador ainda podiam ser vistas.

Havia feios ali.

— Eles estão me procurando — disse David.

— E o que vamos fazer?

— Existe algum outro caminho até a cidade?

— Não. Eles terão de subir por aqui.

— Então vamos esperá-los.

Tally ficou observando as ruínas. O sinalizador havia se apagado; não dava para enxergar mais nada sob a luz fraca que começava a se espalhar pelo céu. Quem quer que estivesse lá tinha esperado até o último momento antes de voltar para casa.

Obviamente, se estavam mesmo procurando por David, aqueles feios eram fugitivos em potencial. Rebeldes mais velhos não muito preocupados com a possibilidade de perder o café da manhã.

Ela olhou para David.

— Parece que os feios continuam procurando por você. E não deve ser só aqui.

— É claro — concordou ele. — As histórias persistirão por gerações, em cidades por toda parte, esteja eu por perto ou não. Acender um sinalizador nem sempre garante uma resposta. Assim, levará um bom tempo até que os feios se convençam de que eu não aparecerei. E a maioria deles sequer tem certeza de que a Fumaça...

As palavras se perderam no ar. Tally segurou sua mão. Por um segundo, David se esquecera que a Fumaça, de fato, não existia mais.

Eles aguardaram em silêncio até que ouviram um som de passos arrastados vindo de trás das rochas. Deviam ser uns três feios, conversando em voz baixa, como se ainda temessem os fantasmas das ruínas.

— Veja só o que vou fazer — sussurrou David, tirando a lanterna do bolso. Ele se pôs no caminho e jogou o facho de luz sobre o próprio rosto. — Estão procurando por mim? — disse, num tom alto e imponente.

Os três feios ficaram paralisados. Não conseguiam fechar as bocas ou piscar os olhos. Só quando o único garoto do grupo deixou a prancha cair sobre as pedras, provocando um barulho, o efeito se quebrou.

— Quem é você? — conseguiu perguntar uma das meninas.

— Eu sou David.

— Ah. Está querendo dizer que você...

— Que eu existo? — Ele desligou a lanterna e sorriu. — Sim. Muita gente me pergunta isso.

Seus nomes eram Sussy, An e Dex. Fazia um mês que iam às montanhas. Tinham ouvido boatos sobre a Fumaça durante anos, desde a fuga de um feio que vivia no mesmo dormitório que eles.

— Eu tinha acabado de me mudar para Vila Feia — contou Sussy. — Ho era veterano. Quando ele sumiu, apareceram as teorias mais absurdas sobre para onde teria ido.

— Ho? — repetiu David. — Lembro dele. Ficou alguns meses, depois mudou de ideia e voltou. Agora é um perfeito.

— Mas ele conseguiu? Chegar à Fumaça? — perguntou An.

— Sim. Eu o levei até lá.

— Uau. Então ela existe — disse An. Os três trocaram olhares empolgados. — Também queremos conhecer a Fumaça.

David abriu a boca, mas a fechou antes de falar. Ele desviou o olhar para o lado.

— Isso não é possível — interveio Tally. — Não neste momento.

— Por quê? — perguntou Dex.

Tally pensou por um instante. A verdade — que a Fumaça fora destruída por invasores armados — parecia inacreditável. Até poucos meses antes, ela não acreditaria no que sua própria cidade era capaz de fazer. Além disso, se dissesse que a Fumaça não existia mais, o rumor chegaria a várias gerações de feios. O trabalho da dra. Cable estaria completo, mesmo que alguns Enfumaçados libertados conseguissem, de alguma maneira, estabelecer outra comunidade na natureza.

— É o seguinte: de tempos em tempos, a Fumaça tem de mudar de lugar, para manter sua localização em segredo. Neste momento, portanto, ela não existe. Todos estão espalhados. Não estamos recrutando novos membros.

— A coisa toda muda de lugar? Caramba — disse Dex.

— Espere um pouco — ponderou An. — Se não estão recrutando, por que estão aqui?

— Para aprontar uma — respondeu Tally. — Uma das grandes. Talvez possam nos ajudar. E depois, quando a Fumaça estiver novamente de pé, vocês serão os primeiros a saberem.

— Querem nossa ajuda? Como se fosse uma iniciação? — perguntou Dex.

— Não — disse David, com firmeza. — Não obrigamos ninguém a fazer nada para ser aceito na Fumaça. Mas, se quiserem ajudar, eu e Tally ficaremos muito agradecidos.

— Só precisamos criar uma distração — explicou Tally.

— Parece bem divertido — disse An olhando para os amigos, que concordaram balançando a cabeça.

Estavam dispostos a tudo, pensou Tally, como ela própria em outros tempos. Tinha certeza de que eram veteranos, menos de um ano mais novos que ela, mas pareciam incrivelmente jovens.

David e os três esperavam para ouvir o resto do plano. Ela tinha de pensar numa distração sem perda de tempo. E uma distração das boas. Algo que intrigasse os Especiais o suficiente para que decidissem investigar.

Algo que atraísse a atenção da própria dra. Cable.

— Bem, vocês vão precisar de muitos sinalizadores — avisou ela.

— Sem problemas.

— E vocês sabem como ir até Nova Perfeição, não sabem?

— Nova Perfeição? — repetiu An, buscando ajuda entre os amigos. — Mas as pontes não entregam todos os que tentam atravessar o rio?

Sempre feliz em poder ensinar seus truques, Tally sorriu.

NO LIMITE

Os dois esperaram o dia inteiro nas Ruínas de Ferrugem. Os raios de sol que passavam pelo buraco no teto avançavam lentamente pelo chão — um facho de luz que servia para marcar as horas. Tally levou uma eternidade para cair no sono, pensando no salto do cume da montanha rumo ao incerto. Quando estava cansada demais até para sonhar, ela finalmente dormiu.

Ao acordar, no fim da tarde, viu que David já havia arrumado duas mochilas com tudo de que precisariam para o resgate. Eles subiram nas pranchas — duas para cada um — e voaram até a entrada das ruínas. Se o plano desse certo, precisariam das pranchas extras quando saíssem da Circunstâncias Especiais, acompanhados dos fugitivos.

No café da manhã, à beira do rio, Tally tentou apreciar o sabor das NaboMôndegas. Caso fossem pegos essa noite, pelo menos nunca mais teria de encarar comida desidratada. Às vezes, Tally quase achava que conseguiria aceitar as mudanças no cérebro, desde que aquilo significasse uma vida sem macarrão reconstituído.

Tally e David alcançaram as corredeiras com a noite caindo. Assim que passaram pelo cinturão verde, as luzes de Vila Feia se apagaram. À meia-noite, estavam no topo da montanha, de onde podiam ver a Circunstâncias Especiais.

Tally pegou o binóculo e o apontou na direção de Nova Perfeição, onde as torres de festa começavam a se acender. David soprava as mãos. A respiração era visível no frio de outubro.

— Acha que eles vão mesmo fazer o que pedimos?

— E por que não fariam? — devolveu ela, observando as áreas escuras do maior jardim da cidade. — Eles pareceram bem empolgados.

— Eu sei. Mas não seria um risco muito grande? Afinal, acabaram de nos conhecer.

— A vida dos feios se resume a esse tipo de coisa. Nunca fez nada só porque um estranho misterioso provocou você?

— Uma vez dei minhas luvas para um desses. Mas só me trouxe problemas.

Ao baixar o binóculo, Tally viu que David estava rindo.

— Não parece tão nervoso hoje — comentou ela.

— Estou feliz por termos chegado aqui, por estarmos prontos para *fazer* alguma coisa. E, depois que os três garotos aceitaram nos ajudar, sinto que...

— Que pode acabar dando certo?

— Não. Uma coisa muito melhor. — Ele olhou para o complexo de prédios que abrigava a Circunstâncias Especiais. — Estavam tão prontos a ajudar, só para dar trabalho, só para criar problemas. No início, sofri ao ouvir você falar como se a Fumaça ainda existisse. Mas, se houver outros feios como esses por aí, talvez ela possa voltar a existir de verdade.

— Tenho certeza de que isso vai acontecer.

— Talvez sim, talvez não. Porém, mesmo que nós falhemos hoje e acabemos na mesa de operação, sei que pelo menos haverá alguém resistindo. Criando problemas, você entende?

358

— Espero que sejamos nós — disse Tally.

— Eu também.

David puxou-a para perto e lhe deu um beijo. Depois que ele a soltou, Tally respirou fundo e fechou os olhos. O beijo parecia mais gostoso, mais verdadeiro, agora que ela estava para desfazer os estragos que causara.

— Olhe lá — disse David.

Alguma coisa estava acontecendo nas áreas escuras de Nova Perfeição.

Tally levou o binóculo ao rosto.

Uma linha cintilante cruzou a vastidão escura do jardim, como se uma fenda se abrisse na terra. Mais linhas apareceram, uma após a outra, curvas trêmulas e círculos que se destacavam na escuridão. As várias formas pareciam surgir em ordem aleatória, mas depois de um tempo pareciam compor letras e palavras.

Finalmente, a obra se completou, com alguns segmentos recém-iluminados e outros já começando a desaparecer à medida que os sinalizadores se consumiam. Apesar disso, por alguns momentos, Tally conseguiu ler tudo, mesmo sem usar o binóculo. Da Vila Feia, então, as palavras deviam parecer enormes, visíveis a qualquer pessoa que estivesse olhando ansiosamente pela janela: A FUMAÇA VIVE.

Enquanto assistia às palavras sumirem, voltando a ser apenas linhas e curvas aleatórias, Tally se perguntou se a mensagem seria verdadeira.

— Lá vão eles — avisou David.

Um buraco se abriu no teto do prédio maior, e três carros partiram em sequência, espalhando barulho rumo à cidade.

Tally torceu para que An, Dex e Sussy tivessem seguido seu conselho e já estivessem longe de Nova Perfeição.

— Está pronto? — perguntou ela.

Como resposta, David ajustou as tiras de sua jaqueta e subiu em sua prancha dupla.

Eles desceram a encosta, deram meia volta e começaram a subir de novo.

Pela décima vez, Tally conferiu a luz na gola de sua jaqueta. Continuava verde, assim como a de David. Não havia mais desculpas.

Os dois ganhavam velocidade à medida que se aproximavam do céu escuro, subindo a montanha como se esta fosse uma rampa gigante. O vento jogava para trás os cabelos de Tally, que piscava para se proteger dos insetos que se chocavam contra seu rosto. Com cuidado, ela deslizou os pés até a extremidade de seu par de pranchas, deixando as pontas dos tênis antiderrapantes para fora.

Quando o horizonte sumiu de sua frente, Tally se agachou, pronta para pular.

O chão desapareceu.

Tally empurrou com toda força, lançando as pranchas ladeira abaixo, no lado mais íngreme, onde em algum momento acabariam parando. Ela e David haviam desligado os braceletes antiqueda. Não queriam que as pranchas os seguissem por cima da cerca. Não por enquanto, pelo menos.

Tally continuou ganhando altura por alguns segundos. A periferia da cidade se espalhava lá embaixo, uma mistura de pontos iluminados e áreas escuras. Ela abriu os braços e as pernas.

No ponto mais alto de sua trajetória, o silêncio parecia absoluto. A sensação de falta de gravidade lhe revirava o estômago; a mistura de empolgação e medo tomava conta de seu corpo; o vento soprava em seu rosto. Tally desviou o olhar do chão e arriscou fitar David. À distância de um braço, ele também a observava, com o rosto iluminado.

Ela sorriu e, sentindo que caía mais rápido, voltou a se concentrar no chão, que agora se aproximava. Como previsto, eles estavam descendo bem no meio da cerca. Tally imaginou o solavanco violento que sentiria quando a jaqueta começasse a puxá-la para cima.

Por longos momentos, porém, nada aconteceu, a não ser a aproximação do chão. Tally se perguntou se as jaquetas eram capazes de lidar com quedas de distância tão longas. Ela pensou em centenas de desfechos possíveis para um impacto daquela altura. De qualquer maneira, não daria tempo de sentir muita coisa.

Nunca mais.

O chão continuou se aproximando até Tally ter certeza de que havia alguma coisa errada. Então, de repente, as fitas da jaqueta entraram em ação, apertando suas coxas e ombros violentamente e deixando-a completamente sem ar. A impressão era de estar envolvida por um elástico que tentava interromper a queda. Mas o chão de terra do complexo ainda vinha em sua direção, bem plano, compacto e *duro*. A jaqueta lutava desesperadamente, esmagando Tally como se fosse um inseto.

Finalmente, quando o elástico imaginário estava prestes a se partir, a velocidade diminuiu, até uma parada completa. Se esticasse os braços, Tally poderia tocar o solo. Seus olhos pareciam querer pular para fora das órbitas.

Então, o movimento se inverteu, e ela começou a subir, de cabeça para baixo. Via o céu e a terra girando, como se estivesse num brinquedo de parque de diversões. Tally não sabia por onde andava David. Nem o que era chão e o que era céu. Aquele salto fora de uma altura dez vezes maior que o da Mansão Garbo. Quantos vaivéns seriam necessários até parar definitivamente?

Agora estava caindo novamente, só que com o chão substituído por um prédio. Um de seus pés quase tocou o terraço, mas antes disso Tally foi puxada para cima mais uma vez, ainda avançando por causa do impulso que havia tomado ao saltar da montanha.

Ela conseguiu se situar, identificando o que estava em cima e o que estava embaixo, bem a tempo de ver a beirada do terraço se aproximando. Tally ia passar direto pelo prédio...

Agitando os braços dentro da jaqueta, subindo e descendo sem poder fazer nada, ela viu o terraço ficar para trás. Seu braço esticado, porém, agarrou uma calha de chuva no último instante. Tally parou.

— Ufa!

O prédio não era muito alto e, mesmo se caísse, a jaqueta a puxaria para cima. No entanto, assim que pusesse os pés no chão, o alarme soaria. Ela segurou a calha com as duas mãos.

A jaqueta, satisfeita porque a queda fora interrompida, se desligou e parou de exercer pressão sobre o corpo de Tally. Ela se esforçava para subir, mas a mochila cheia de equipamentos fazia muito peso. Era como tentar fazer uma flexão de braço usando tênis de chumbo.

Ela ficou pendurada ali, sem pensar em nada, esperando a queda.

Segundos depois, entretanto, ouviu passos se aproximando pelo terraço. Logo apareceu um rosto. David.

— Algum problema? — perguntou ele.

Enquanto ela murmurava alguma coisa, ele se abaixou e segurou firme numa das alças da mochila. Sem o peso nos ombros, Tally conseguiu subir.

David se sentou no terraço, balançando a cabeça.

— Quer dizer, Tally, que você costumava fazer esse tipo de coisa por *diversão*?

— Não todo dia.

— Imaginei. Podemos descansar um pouco?

Ela examinou o terraço. Não havia sinal de aproximação ou de alarmes soando. Aparentemente, o sistema de segurança não detectava a presença de estranhos ali. Tally sorriu.

— Claro. Dois minutos. Parece que os Especiais não estavam esperando que alguém caísse do céu.

O INTERIOR

Do alto da montanha, o terraço da Circunstâncias Especiais tinha parecido simples, sem nada que se destacasse. No entanto, agora que estava lá, Tally podia ver saídas de ar, antenas, escotilhas de manutenção e, evidentemente, a passagem circular de onde saíam os carros voadores — devidamente fechada. Era incrível que nem ela nem David houvessem batido naqueles obstáculos ao passarem por ali.

— E aí, como vamos entrar? — perguntou David.

— Podemos começar por aqui — respondeu Tally, apontando para a saída dos carros.

— Não acha que eles vão reparar se entrarmos por essa passagem, já que não somos carros?

— É, tem razão. Bem, vamos pelo menos deixar a porta emperrada. Se outros Especiais aparecerem, será mais difícil entrarem nos perseguindo.

— Boa ideia.

David enfiou a mão na mochila e retirou algo que lembrava um tubo de gel para cabelo. Ele passou a substância branca nos cantos da porta, tomando cuidado para não sujar os dedos.

— O que é isso? — perguntou Tally.

— Cola. Nanocola. Com isso aqui, você pode colar os sapatos no teto e ficar pendurado de cabeça para baixo.

Tally arregalou os olhos. Ouvira falar do que era possível fazer com nanocola, mas os feios não tinham permissão para requisitar aquele tipo de material.

— Não me diga que já fez isso.

— Fui obrigado a deixar os sapatos lá em cima. Um desperdício — disse David, sorrindo. — E então, como vamos entrar?

Depois de tirar um macaco da mochila, ela apontou:

— Vamos pegar o elevador.

A grande estrutura de metal que se destacava no terraço parecia uma espécie de galpão, mas as portas duplas e o leitor ótico não deixavam dúvidas. Tally fechou os olhos, para não ter as retinas analisadas, e enfiou o macaco entre as portas. Elas se dobraram como frágeis chapas de metal.

No poço do elevador, nada além de escuridão. Tally estalou a língua; o eco indicava que a descida era bem longa. Ela deu uma olhada na luz da gola: permanecia verde.

— Espere pelo meu assobio — disse a David.

E então se jogou no vazio.

Cair pelo poço do elevador foi muito mais assustador do que pular da Mansão Garbo ou mesmo do que saltar da montanha. Na escuridão, não havia qualquer pista da profundidade do poço. Para Tally, a sensação era de que cairia para sempre.

Ela podia sentir as paredes passando e temia que, se estivesse se deslocando lateralmente no ar, acabaria batendo numa delas. A partir daí, se imaginou sendo lançada de uma parede para a outra, até o fundo, parando lá embaixo já totalmente quebrada e sangrando.

Decidiu manter os braços colados ao corpo.

Ao menos, sabia que a jaqueta funcionaria naquele lugar. Os elevadores usavam o mesmo mecanismo magnético dos carros e, por isso, sempre havia uma placa de metal maciço no fundo do poço.

Depois de contar até cinco, Tally sentiu a jaqueta a erguendo no ar. Subiu e desceu duas vezes, até que, mergulhada no silêncio e na escuridão absoluta, pisou numa superfície dura. Esticando os braços, ela conseguiu tocar as quatro paredes ao seu redor. Nada sugeria a presença de portas. Seus dedos se sujaram de graxa.

Olhou para cima. Podia ver um minúsculo facho de luz. Com um pouco de esforço, identificou o rosto de David, que olhava para baixo. Tally se preparou para assobiar, mas desistiu.

Um som abafado vinha de baixo. Era uma pessoa falando.

Ela se agachou para tentar entender as palavras, mas só escutava a voz afiada de um perfeito cruel. O tom sarcástico lembrava a dra. Cable.

Sem aviso, o chão começou a descer. Tally quase perdeu o equilíbrio. Quando o elevador parou novamente, ela torceu um dos tornozelos, devido à pressão de seu peso. Apesar da dor, conseguiu se manter de pé.

O som que vinha de baixo sumiu. Uma coisa era certa agora: o complexo não estava vazio.

Tally levantou a cabeça e assobiou. Em seguida, encolheu-se num dos cantos, cobriu a cabeça com as mãos e iniciou a contagem.

Cinco segundos depois, um par de pernas apareceu ao seu lado, apenas para subir de novo em seguida. A luz da lanterna apontava para todos os lados, como se estivesse sendo controlada por um bêbado. Logo, porém, David pousou de vez ao seu lado.

— Caramba, está muito escuro aqui embaixo.

— Shhh.

Ele se calou e examinou o poço com ajuda da lanterna. Descobriu portas fechadas pouco acima de onde se encontravam. Nada mais natural. Parados no teto do elevador, só podiam estar entre dois andares.

Tally juntou as mãos e se abaixou para servir de apoio para David. Assim, ele conseguiu enfiar o macaco entre as portas, que logo cederam. O barulho agudo de metal sendo retorcido deixou Tally arrepiada. David passou pelo vão e esticou o braço para puxá-la. Ela agarrou a mão dele e começou a subir, ouvindo as solas de seus tênis arrastando na parede do poço, como um bando de ratos em pânico.

Tudo parecia fazer ruído demais naquela situação.

O corredor estava apagado. Tally tentou se convencer de que ninguém escutara os dois. Talvez aquele andar ficasse vazio à noite.

Ela pegou uma lanterna e foi apontando o facho de luz para as portas enquanto caminhavam pelo corredor. Havia tabuletas marrons em todas.

— Radiologia. Neurologia. Ressonância Magnética — leu Tally. — Centro Cirúrgico Dois.

Ela olhou para David, que, sem conseguir pensar em outra coisa, empurrou a porta. Estava aberta.

— Parece que quando se está numa instalação subterrânea não há motivo para trancar as portas — comentou. — Você primeiro.

Com todo cuidado, Tally entrou. Era uma sala grande. Nas paredes, havia máquinas sombrias, desligadas. De um tanque localizado no meio, quase vazio, saíam tubos e eletrodos pendurados. Numa mesa de metal, formatos cruéis de bisturis e serras que reluziam.

— Isso se parece com algumas fotos que mamãe me mostrou — disse David. — Eles realizam operações aqui.

Tally sabia que os médicos só botavam uma pessoa no tanque no caso de uma cirurgia de grande porte.

— Talvez seja aqui que eles tornam os Especiais especiais — disse ela.

Aquele pensamento não foi exatamente animador.

Eles voltaram para o corredor. Pouco à frente, encontraram uma porta com a inscrição NECROTÉRIO.

— Você quer... — começou a perguntar Tally.

— Não — disse David, balançando a cabeça.

A busca prosseguiu pelo resto do andar. Basicamente, tratava-se de um pequeno, mas muito bem-equipado hospital. Não havia câmaras de tortura ou celas. E nem sinal de Enfumaçados.

— E agora, para onde? — perguntou David.

— Muito bem. Se você fosse a maquiavélica dra. Cable, onde poria os prisioneiros?

— A maquiavélica quem?

— Ah. Esse é o nome dela, da mulher que comanda este lugar. Lembro-me de quando eu fui pega.

O estranhamento inicial de David levou Tally a se perguntar se havia falado demais. Mas ele não pareceu dar tanta importância.

368

— Bem, acho que os poria numa masmorra.

— Certo. Então temos de descer.

Eles encontraram uma escada de incêndio que descia, mas apenas um lance. Aparentemente, tinham chegado ao primeiro andar da Circunstâncias Especiais.

— Tome cuidado — sussurrou Tally. — Quando desci, ouvi pessoas saindo do elevador no andar de baixo. Devem estar em algum lugar por aqui.

O andar era iluminado por uma faixa fluorescente que passava pelo meio do corredor. Tally sentiu um frio na espinha ao ler as placas das portas:

— Sala de Interrogatório Um. Sala de Interrogatório Dois. Isolamento Um — repetia ela, em voz baixa, enquanto apontava a lanterna nervosamente. — Sala de Desorientação Um. Ai, David, eles devem estar aqui embaixo, em algum lugar.

Concordando, David empurrou de leve uma das portas, que não cedeu. Ele passou os dedos pelos cantos, buscando um ponto em que pudesse prender o macaco.

— Cuidado para o leitor ótico não registrar você — alertou Tally, em voz baixa, apontando para a pequena câmera ao lado da porta. — Se isso perceber um olho por perto, fará a leitura da sua íris e enviará os dados ao computador central.

— Não haverá nenhum registro de mim nesse computador.

— E isso o deixará perdidinho. Então não chegue muito per-to, está bem? É tudo automático.

— Certo, certo — disse David. — De qualquer maneira, essas portas estão muito bem vedadas. Não acho um lugar para enfiar o macaco. Vamos continuar.

Mais adiante, ainda no corredor, uma plaqueta chamou a atenção de Tally.

— Detenção Prolongada — murmurou ela.

A parede se estendia dos dois lados da porta, o que sugeria que aquela sala era maior que as outras. Tally encostou a cabeça para tentar ouvir alguma coisa. Uma voz familiar se aproximava.

— David! — alertou, afastando-se da porta e se esgueirando junto à parede.

David ficou procurando freneticamente um lugar para se esconder. Os dois estavam totalmente expostos.

A porta se abriu, e a voz malévola da dra. Cable se espalhou pelo corredor:

— Você não está fazendo tudo o que pode. Só precisa convencê-la de que...

— Dra. Cable — disse Tally. A mulher virou o rosto e, imediatamente, seus traços de águia assumiram um semblante de surpresa. — Eu quero me entregar.

— Tally Youngblood? Mas como...

Por trás, David acertou o macaco em cheio na cabeça da dra. Cable, que caiu imediatamente no chão.

— Será que ela... — começou a falar David, com a voz trêmula e o rosto pálido.

Tally se ajoelhou, virou a cabeça da dra. Cable e examinou a ferida. Não havia sangue, mas seu corpo estava frio. Por mais temíveis que os perfeitos cruéis fossem, a surpresa ainda representava uma grande vantagem.

— Ela vai ficar bem.

— Dra. Cable? O que está...

Tally se virou na direção da voz, seus olhos avaliando a jovem diante dela.

Era alta e elegante, com traços perfeitos. Seus olhos — profundos e expressivos, misturando tons dourados e avermelhados — se arregalaram numa expressão preocupada. Os lábios grossos se separaram, mudos, e então ela ergueu uma de suas graciosas mãos. O coração de Tally quase parou diante daquela beleza entorpecedora.

De repente, o reconhecimento tomou conta do rosto da jovem, e seu sorriso largo iluminou a escuridão. Tally também sorriu. Sentia-se bem ao fazer aquela mulher feliz.

— Tally! É *você*.

A jovem era Shay. Estava perfeita.

RESGATE

— Shay...

— Você conseguiu! — O sorriso atordoante de Shay sumiu no instante em que ela viu a figura desamparada da dra. Cable no chão. — O que houve?

Tally não conseguia se concentrar, impressionada pela transformação da amiga. A beleza de Shay parecia se sobrepor a tudo que sentia naquele momento; o medo, a surpresa e a empolgação davam lugar a um sentimento único de estupefação.

— Você... se transformou.

— Que perspicaz — disse Shay, com deboche. — David! Vocês dois estão bem!

— Ahn... oi. — A voz de David era seca. Suas mãos trêmulas seguravam o macaco. — Shay, precisamos da sua ajuda.

— É, parece que precisam mesmo. — Ela olhou para a dra. Cable e suspirou. — Estou vendo que ainda são ótimos em criar problemas.

Desviando o olhar da beleza de Shay, Tally tentou se concentrar.

— Onde está todo mundo? Os pais de David? Croy?

— Bem aqui — respondeu Shay, apontando para trás, por cima do ombro. — Estão todos trancafiados. A dra. C é uma fraude.

— Mantenha ela aqui — disse David.

Ele passou por Shay e entrou na sala. De fora, Tally conseguiu ver pequenas portas lá dentro, com uma pequena janela em cada uma.

— Estou tão feliz que você esteja bem, Tally — disse Shay, sorrindo. — Imaginei você sozinha na natureza... mas é óbvio que não estava sozinha, não é?

Ao encarar Shay, mais uma vez Tally ficou completamente aturdida.

— O que eles fizeram com você? — perguntou.

— Além do óbvio?

— Sim. Quero dizer, não. — Tally não sabia como perguntar sobre os danos cerebrais. — Mais alguém...

— Virou perfeito? Não. Eu fui a primeira porque dava mais trabalho. Você precisava me ver distribuindo chutes e mordidas para todos os lados — contou Shay, rindo.

— Eles te obrigaram?

— É. A dra. C sabe como ser desagradável. Mas, no fim, fiquei até aliviada.

Tally engoliu em seco.

— Aliviada...

— Isso mesmo. Eu não aguentava mais este lugar. Aliás, só voltei aqui porque a dra. C queria que eu conversasse com os Enfumaçados.

— Você está morando em Nova Perfeição — concluiu Tally, tentando enxergar através da beleza e descobrir o que havia por atrás dos grandes e perfeitos olhos de Shay.

— Estou. Acabei de chegar de uma festa incrível.

Tally finalmente reparou como as palavras de Shay saíam arrastadas. Estava bêbada. Aquela devia ser a explicação para

373

seu comportamento estranho. Mas, de qualquer modo, ela tinha chamado os outros de "Enfumaçados". Portanto, não se considerava mais um deles.

— Shay, você vai a festas? Enquanto todo mundo está preso aqui?

— Acho que sim — respondeu Shay, sem saber o que dizer. — Ah, todos eles vão sair depois que forem transformados. Assim que a dra. Cable superar essa necessidade de demonstrar poder. — Ela olhou para o ser inconsciente no chão e balançou a cabeça. — Mas amanhã ela vai estar com um humor péssimo. Graças a vocês dois. — O som crescente de metal batendo veio da sala de Detenção Prolongada. Tally ouviu outras vozes familiares. — Obviamente, parece que não haverá ninguém na área para testemunhar a cena. Ei, nem perguntei como andam as coisas entre vocês dois.

Tally abriu e fechou a boca, hesitante, antes de conseguir dizer alguma coisa.

— Nós estamos... bem.

— Que legal. Escuta, sinto muito por ter feito aquele escândalo por causa disso. Sabe como são os feios. — Shay deu uma risada. — Claro que sabe, né?

— Então você não me odeia?

— Não seja boba, Tally!

— Fico feliz em ouvir isso.

Naturalmente, a aprovação de Shay não significava nada. Não era um perdão, mas apenas resultado de danos cerebrais.

— Você me fez um grande favor ao me tirar daquela Fumaça.

— Shay, não pode estar falando sério.

— Como assim?

— Não pode ter mudado de opinião tão rapidamente — argumentou Tally.

Shay deu outra risada.

— Se quer saber, precisei apenas de uma ducha quente para mudar de opinião. — Ela esticou o braço e tocou os cabelos de Tally, desarrumados e embaraçados, depois de duas semanas de acampamentos e voos de prancha. — Por falar em ducha, você está um lixo.

Tally piscou. Podia sentir as lágrimas tentando sair de seus olhos. Antes, Shay tinha demonstrado um desejo intenso de manter seu rosto, de viver de acordo com as próprias regras, fora da cidade. Agora, porém, aquela vontade havia se extinguido.

— Eu não queria... trair você — disse Tally.

Shay olhou por cima do ombro e sorriu.

— Ele não sabe que você estava trabalhando para a dra. C, não é? Não se preocupe, Tally — sussurrou, levando o dedo elegantemente aos lábios. — Seu pequeno segredo de feia está bem guardado comigo.

Tally ficou nervosa, imaginando se Shay saberia da história inteira. Talvez a dra. Cable tivesse contado a todo mundo o que ela fizera.

Um sinal sonoro veio do lado da dra. Cable. Havia uma luz piscando no terminal que ela levava nas mãos — uma chamada. Tally pegou o dispositivo e o entregou a Shay.

— Responda a eles!

Shay deu uma piscada, apertou um botão e começou a falar:

— Oi, sou eu, Shay. Não, sinto muito, a dra. Cable está ocupada. Com o quê? Bem, é complicado... — Ela interrompeu a chamada por um instante. — Tally, você não devia estar resgatando as pessoas ou alguma coisa assim? Esse é o objetivo, certo?

— Você vai ficar?

— Que pergunta. Isto é tão borbulhante. Só porque sou perfeita não significa que sou *totalmente* chata.

Tally passou por ela e entrou na sala. Viu duas portas já arrebentadas: a mãe de David e outro Enfumaçado estavam livres. Os dois usavam macacões laranja, e seus olhares mesclavam perplexidade e cansaço. Com o macaco enfiado junto ao chão, David se preparava para pôr outra porta abaixo.

Nesse momento, Tally notou, atrás de uma das janelas minúsculas das celas, os olhos arregalados de Croy. Ela encaixou seu macaco sob a porta. Aos poucos, o ruído discreto foi se transformando num guincho, à medida que o metal grosso se retorcia.

— David, eles já sabem que tem alguma coisa errada! — gritou.

— Tudo bem. Estamos quase acabando.

O macaco que Tally manipulava abrira uma pequena passagem, mas esta não era grande o suficiente. Depois de ajustar o encaixe da ferramenta, ela conseguiu fazer o metal ceder mais um pouco. Não tinha passado dias arrancando dormentes à toa: agora o buraco parecia a entrada de uma casa de cachorro.

Os braços de Croy apareceram primeiro. Em seguida, vieram a cabeça e o macacão, com vários rasgos causados pelas pontas de metal que pressionavam seu corpo, por mais que se contorcesse. Maddy segurou suas mãos e o ajudou a sair.

— Estamos todos aqui. Vamos embora — disse ela.

— E o papai? — gritou David.

— Não há nada que possamos fazer por ele — respondeu Maddy, antes de sair da sala.

Tally e David trocaram um olhar nervoso e a seguiram. Maddy córria pelo corredor, na direção do elevador, segurando Shay pelo pulso. Shay apertou o botão de comunicação do terminal.

— Espere um pouco, acho que ela está voltando a si. Não saia daí, por favor — ela disse, rindo, e desligou o aparelho novamente.

— Tragam Cable! — avisou Maddy. — Precisamos dela.

— Mãe! — chamou David.

Tally encarou Croy e depois se virou para a dra. Cable, jogada no chão. O feio acenou e cada um pegou um braço, arrastando a mulher pelo chão lustroso, sem perder tempo. Os tênis antiderrapantes de Tally agarravam no piso e faziam um barulho infernal.

Quando o grupo chegou ao elevador, Maddy segurou a dra. Cable pela gola e encostou o rosto dela no leitor ótico. A mulher gemeu baixinho. Com cuidado, Maddy expôs um dos olhos da doutora. O elevador soltou um sinal sonoro e logo as portas se abriram.

Depois de arrancar o anel de interface da dra. Cable, Maddy a largou no chão de novo e puxou Shay para dentro. Tally e os outros Enfumaçados foram atrás. Apenas David não saía do lugar.

— Mãe, onde está meu pai?

— Não há nada que possamos fazer.

Maddy tomou o terminal das mãos de Shay e o espatifou contra a parede. Os protestos de David não a impediram de arrastá-lo para dentro. Assim que as portas se fecharam, o elevador perguntou: "Para que andar?"

— Terraço — respondeu Maddy, segurando o anel de interface. O elevador começou a se mover. Os ouvidos de Tally sofriam com a velocidade da subida. — Qual é o nosso plano de fuga? — perguntou.

O olhar de cansaço sumira do rosto da mãe de David. Era como se ela tivesse dormido no dia anterior já esperando um resgate de manhã.

— Ahn, pranchas — respondeu Tally. — Temos quatro.

Percebendo que estava se esquecendo de algo, ela mexeu nos braceletes antiqueda para chamar as pranchas.

— Hum, que legal! — disse Shay. — Sabe que não ando de prancha desde que saí da Fumaça?

— Somos sete — lembrou Maddy. — Tally, você leva Shay. Astrix e Ryde formam outra dupla. Croy vai sozinho e tenta despistá-los. David, vou com você.

— Mãe... Se ele se tornou perfeito, não pode curá-lo? Não pode pelo menos tentar?

— David, seu pai não virou perfeito. Ele está morto.

FUGA

— Preciso de uma faca — disse Maddy, esticando o braço e ignorando a expressão atordoada no rosto do filho.

Tally enfiou a mão na mochila e, em seguida, entregou um canivete à mãe de David, que puxou uma lâmina e cortou um pedaço da manga do macacão. Quando o elevador chegou ao nível da superfície, as portas só se abriram até a metade, detidas pelo rombo feito na chegada ao prédio. Os fugitivos passaram um por um e saíram correndo para a beirada do terraço.

A cerca de cem metros, as pranchas cruzavam o espaço aéreo do complexo, respondendo ao chamado dos braceletes de Tally. Mesmo que os Especiais não tivessem percebido nada até então, as pranchas sem passageiros certamente haviam acionado o sistema de segurança. Alarmes soavam por todos os lados.

Tally se virou para procurar David. Ele vinha devagar, fechando o grupo, ainda num estado de perplexidade. Ela o aguardou e, então, pôs as mãos em seus ombros.

— Sinto muito mesmo — disse.

David demonstrava contrariedade, mas não em relação a ela ou a qualquer coisa em particular.

— Não sei o que fazer, Tally.

— Temos de correr — respondeu ela, segurando sua mão.
— É tudo que podemos fazer agora. Ir atrás da sua mãe.

Ele a encarou com um semblante perturbado.

— Tudo bem.

David tentou falar mais, mas as palavras foram engolidas por um barulho que lembrava unhas gigantes arranhando metal. O portão de saída dos carros estava sendo forçado. Porém, com a nanocola contendo quem quer que fosse, o único efeito perceptível era um tremor no terraço.

Maddy, a última a sair do elevador, travara as portas com um macaco. Agora, a voz repetia sem parar: "Elevador solicitado."

Apesar de todos os cuidados tomados, havia outras maneiras de se chegar ao terraço. Maddy se dirigiu a David:

— Cole essas escotilhas, para que não consigam sair.

Depois de levar um instante para voltar à realidade, David fez que sim.

— Vou buscar as pranchas — disse Tally, antes de sair em disparada pelo terraço.

Ao chegar à beirada, ela saltou no ar, torcendo para que sua jaqueta tivesse um restinho de carga. Após um único sobe e desce, Tally pousou no chão e saiu correndo. As pranchas detectaram os braceletes e foram em sua direção.

— Tally! Cuidado!

Ela se virou na direção do berro de Croy. Um grupo de Especiais se aproximava, saídos de um portão. Eles corriam a uma velocidade sobre-humana, dando passadas largas.

Tally sentiu as pranchas cutucando suas pernas, como se fossem cães ansiosos para brincar. Ela subiu a bordo e, por um momento, buscou o equilíbrio com um pé em cada par.

Nunca tinha ouvido falar em alguém usando quatro pranchas ao mesmo tempo. No entanto, não havia tempo para hesitação: o primeiro perfeito cruel já se encontrava a poucos passos de distância.

Um estalo de dedos, e prontamente ela ascendeu no ar.

O Especial deu um salto incrível, e seus dedos esticados tocaram nas pontas das pranchas. O contato causou um desequilíbrio. Tally se sentiu como uma pessoa num trampolim, depois de alguém pular na outra ponta. O resto dos Especiais aguardava lá embaixo, esperando que ela caísse.

Tally, entretanto, conseguiu se equilibrar e projetar o corpo para a frente, seguindo em alta velocidade na direção do prédio. Em poucos segundos, desembarcou no terraço e, com um chute, empurrou um dos pares para Croy. Os dois trataram de separar as pranchas rapidamente.

— Vá logo — disse Maddy. — Leve isso.

Ela lhe entregou um pedaço de pano laranja, com um pequeno circuito preso a um dos lados. Tally notou que Maddy havia cortado partes das mangas dos macacões de todos os fugitivos.

— Há um rastreador nesse chip — explicou Maddy. — Deixe-o cair pelo caminho para despistá-los.

Tally assentiu e olhou ao redor em busca de David. Ele vinha correndo, segurando o tubo de cola vazio, o rosto ainda tomado por uma expressão desolada.

— David... — disse Tally.

— Vão agora! — gritou Maddy, empurrando Shay para cima da prancha, atrás de Tally.

— Ei, não vou ganhar braceletes antiqueda? — perguntou Shay, trocando as pernas. — Não se esqueça de que esta não é minha primeira festa da noite.

— Eu sei. Segure firme — avisou Tally, antes de disparar como um foguete.

No início, as duas balançaram no ar e quase caíram. Mas logo Tally conseguiu se firmar, sentindo os braços de Shay bem apertados em torno de sua cintura.

— Opa, Tally! Vá mais devagar!

— Continue segurando — insistiu Tally. Impaciente com a lentidão da prancha, ela acelerou em plena curva. Além de ter de carregar duas pessoas, era preciso lidar com os movimentos bruscos de Shay. — Não lembra mais como se voa nisto aqui?

— Claro que lembro! Só estou meio enferrujada, Vesguinha. E bebi um pouco além da conta.

— Bem, tome cuidado para não cair. Vai se machucar.

— Ei, eu não pedi para ser resgatada!

— É, eu sei que não pediu.

Tally olhou para baixo enquanto sobrevoavam a Vila dos Coroas, desviando do cinturão verde para seguir direto até o rio. Se Shay caísse daquela altura, naquela velocidade, não estaria gravemente machucada. Estaria morta.

Morta como o pai de David. Tally se perguntava como haveria acontecido. Talvez numa tentativa de escapar dos Especiais, a exemplo do Chefe. Ou algo feito pela dra. Cable. Uma coisa, porém, não lhe saía da cabeça: não importava o modo, a culpa era dela.

— Shay, se você cair, me leve junto.

— Como é que é?

— Me agarre e não me solte de jeito nenhum. Estou usando uma jaqueta e braceletes. Eles vão nos manter no ar.

Provavelmente. Desde que a jaqueta não a puxasse numa direção e os braceletes, noutra. E que o peso combinado de Tally e Shay não superasse o limite dos sustentadores.

— Não é mais fácil me passar os braceletes, espertinha?

— Não temos tempo para parar.

— É, tem razão. Nossos amigos Especiais devem estar profundamente irritados — disse Shay, segurando firme em Tally.

Estavam quase no rio e não havia sinal de perseguidores. A nanocola devia ter resistido bem. No entanto, a Circunstâncias Especiais dispunha de outros carros — no mínimo, os três vistos pela manhã. E os guardas comuns também usavam veículos.

Tally se perguntou se a Circunstâncias Especiais preferiria pedir ajuda ou tentar manter o sigilo da operação. O que os guardas achariam da prisão subterrânea? O governo oficial da cidade sabia o que havia sido feito à Fumaça e a Az?

Assim que viu a água reluzir lá embaixo, pouco antes de uma curva, Tally deixou o pedaço de pano laranja cair. O farrapo flutuou na direção do rio. A correnteza o levaria de volta à cidade, no sentido oposto ao da rota de fuga.

Tally e David tinham combinado se encontrar mais para cima, num ponto bem depois das ruínas, onde ele encontrara uma caverna anos antes. Como a entrada ficava escondida atrás de uma cachoeira, eles estariam protegidos de sensores de calor. Dali, poderiam caminhar de volta às ruínas para recolher o resto do equipamento e então...

Reconstruir a Fumaça? Erguer sete Fumaças? Com Shay assumindo o posto de perfeita honorária? Tally se deu conta de que não havia planos para depois daquela noite. O futuro simplesmente não parecera muito palpável até aquele momento.

Evidentemente, ainda havia o risco de todos serem capturados.

— Acha que é verdade? — perguntou Shay. — Aquilo que a Maddy disse? — Tally arriscou olhar para trás e viu um quê de preocupação no rosto perfeito de Shay. — O que estou tentando dizer é que Az estava bem quando eu passei por lá, alguns dias atrás. Achei que fossem deixá-lo perfeito e não *morto*.

— Não sei mesmo.

Não parecia ser o tipo de coisa sobre o qual Maddy mentiria. Mas talvez Tally estivesse enganada. Ela se inclinou, fazendo a prancha deslizar velozmente, bem perto do rio, numa tentativa de esquecer as sensações negativas. O borrifo da água molhou os rostos das duas quando a prancha encostou na água. Shay passara a se posicionar corretamente, acompanhando as curvas do rio.

— Ei, eu me lembro daqui! — gritou ela.

— Você se lembra de mais alguma coisa de antes da operação? — berrou Tally, por cima do rugido das águas.

Shay se escondeu atrás de Tally ao ver uma nuvem de água vindo em sua direção.

— É claro que sim, sua bobinha — respondeu.

— Passou a me odiar porque eu roubei David de você. Porque eu traí a Fumaça. Você se lembra disso?

Shay permaneceu em silêncio por um minuto. Só se ouvia o barulho da água e do vento. Finalmente, ela aproximou o rosto do ouvido de Tally e disse com voz séria:

— É, eu me lembro. Mas foi só um comportamento de feio. Amor exagerado, ciúme e revolta contra a cidade. Toda criança age desse jeito. Mas chega uma hora em que a gente cresce, não é mesmo?

— E você cresceu graças a uma operação? Não acha isso meio estranho?

— Não foi por causa da operação.

— Então qual é a explicação?

— Tally, simplesmente foi bom para mim voltar para casa. Isso me fez perceber que a história toda da Fumaça era um absurdo.

— E aquilo que disse sobre ter distribuído chutes e mordidas?

— Ah, precisei de uns dias para entender as coisas.

— Antes ou depois de se tornar perfeita?

A pergunta deixou Shay sem palavras novamente. Tally se indagava se seria possível corrigir a lesão cerebral por meio de uma simples conversa.

Ela tirou um localizador do bolso: as coordenadas indicavam que ainda faltava meia hora de voo até a caverna. Olhando por cima do ombro, Tally não conseguia ver nenhum sinal de carros voadores. Com cada uma das quatro pranchas pegando um caminho até o rio e se livrando dos rastreadores em pontos diferentes, os Especiais teriam uma noite complicada pela frente.

Além disso, havia a ajuda de Dex, Sussy e An, que prometeram convencer todos os feios que conheciam a dar uma voltinha naquela noite. O cinturão verde devia estar bem movimentado.

Tally imaginava quantos feios teriam visto a mensagem vinda de Nova Perfeição, quantos sabiam o que era a Fumaça e quantos estariam inventando suas próprias histórias para explicar as palavras misteriosas. Quantas novas lendas ela e David haviam criado com sua estratégia de distração?

Assim que as duas chegaram a uma parte mais calma do rio, Shay reiniciou a conversa.

— E então, Tally?

— O que foi?

— Por que quer tanto que eu odeie você?

— Não quero que me odeie, Shay. Bem, talvez eu queira. Traí você e me sinto muito mal por causa disso.

— Tally, não havia como a Fumaça existir para sempre. Você ter nos entregado não muda esse fato.

— Eu não entreguei vocês! — gritou Tally. — Não de propósito, pelo menos. E a história toda com David... foi sem querer. Nunca quis magoar você.

— Claro que não. Só está um pouco confusa — disse Shay.

— *Eu* estou confusa? É você que está...

As palavras se perderam no meio do caminho. Como era possível Shay não compreender que tinha sido mudada pela operação? Que não ganhara apenas um rosto perfeito, mas também uma... mente perfeita? Não havia outra explicação para ela ter mudado tão rapidamente, abandonando os companheiros para ir a festas e noites de sauna, esquecendo-se dos amigos, exatamente como Peris, meses antes.

— Você o ama? — perguntou Shay.

— David? Eu, ahn... talvez.

— Que bonitinho.

— Não é *bonitinho*. É real!

— E por que sente vergonha disso?

— Eu não... — reagiu Tally, sem saber o que dizer.

Naquele instante de distração, a traseira da prancha baixou e jogou água para trás. Shay deu um grito e se segurou em Tally, que tratou de levá-las mais para cima. Quando conseguiu parar de rir, Shay disse:

— E você acha que *eu* estou confusa?

— Escuta, Shay, existe uma coisa de que estou muito certa. Nunca pretendi trair a Fumaça. Fui obrigada a ir lá como espiã. E quando enviei o sinal aos Especiais, acredite, foi um acidente. Mesmo assim, sinto muito, Shay. Sinto muito por ter estragado seu sonho — disse Tally chorando, as lágrimas carregadas pelo vento soprando em sentido contrário.

Por algum tempo, o único som foi o das árvores passando na escuridão.

— Fico feliz por vocês dois terem voltado à civilização — disse Shay, em voz baixa, bem segura atrás de Tally. — E não lamento nada do que aconteceu, se isso faz você se sentir melhor.

Tally pensou nas lesões no cérebro de Shay: os pequenos tumores, machucados ou o que fossem, cuja existência ela ignorava. Estavam lá dentro, em alguma parte, alterando pensamentos, manipulando sentimentos, corroendo as raízes de tudo aquilo que a definia. Fazendo-a perdoar Tally.

— Obrigada, Shay. Mas não me sinto nada melhor.

NOITE SOLITÁRIA

Tally e Shay foram as primeiras a chegar à caverna.

Croy apareceu poucos minutos depois, de surpresa, passando pela cachoeira numa súbita explosão de água e palavrões. Ele despencou na escuridão, rolando pelo chão de pedra e provocando uma sequência de sons abafados assustadora.

Do fundo da caverna, Tally se aproximou, com a lanterna numa das mãos. Croy sacudiu a cabeça e murmurou:

— Consegui despistá-los.

Tally observou a entrada da caverna: o véu de água continuava firme diante do céu noturno.

— Espero que sim — disse. — Onde estão os outros?

— Não sei. Maddy nos mandou pegar caminhos diferentes. Como eu estava sozinho, dei a volta inteira no cinturão verde, para confundi-los.

Ele jogou a cabeça para trás, ainda ofegante. A mão aberta segurava um localizador.

— Caramba. Foi bem rápido — comentou Tally.

— Você nem imagina. E sem braceletes.

— Sei como é. Pelo menos estava de tênis. Alguém veio atrás de você?

— Fiquei com o rastreador o máximo que pude. A maioria dos Especiais veio atrás de mim. Mas havia um monte de gente voando no cinturão. Sabe, garotos da cidade. Os Especiais ficaram confusos.

Tally sorriu. Dex, An e Sussy fizeram sua parte muito bem.

— David e Maddy estão bem? — perguntou.

— Não tenho como responder. Tudo que sei é que partiram logo depois de vocês, e não parecia haver ninguém atrás deles. Maddy disse que iriam direto para as ruínas. Devemos encontrá-los por lá amanhã à noite.

— Amanhã?

— Maddy queria ficar um tempo a sós com David, entende?

Apesar de responder que sim, Tally sentiu um aperto no coração. David precisava dela. Ou, ao menos, essa era sua esperança. Pensar nele encarando a morte de Az sem ela por perto tornou sua angústia um pouco mais intensa.

Maddy estava lá, e Az era marido dela, enquanto Tally só o havia visto uma vez. Mas ainda assim achava que sua presença era importante.

Ela suspirou. Lembrou-se das últimas palavras que dissera a David e desejou que fossem mais consoladoras. Sequer houvera tempo para dar-lhe um abraço. Desde a invasão da Fumaça, Tally e David não haviam se separado por mais de uma hora, durante aquela tempestade, e agora precisava se acostumar à ideia de passar um dia inteiro longe dele.

— Talvez fosse melhor eu ir logo às ruínas. Poderia fazer a caminhada à noite.

— Seria absurdo — disse Croy. — Os Especiais ainda estão por aí.

— Mas e se eles precisarem de alguma coisa?

— Maddy me mandou dizer que não.

Astrix e Ryde chegaram meia hora mais tarde, num estilo mais gracioso que o de Croy, e com suas versões de como despistaram os carros voadores. A caçada fora estranha: os Especiais pareciam confusos com tudo o que vinha acontecendo naquela noite.

— Nem se aproximaram de nós — contou Astrix.

— Mas estavam por toda parte — ponderou Ryde.

— É como se tivéssemos vencido uma batalha — disse Croy. — Derrotamos os Especiais na cidade deles. Ficaram com cara de bobos.

— Talvez não precisemos mais nos esconder na natureza — prosseguiu Ryde. — Poderíamos agir exatamente como quando éramos feios, fazendo bagunça. Mas desta vez revelando a verdade à cidade inteira.

— E, se formos pegos, Tally aparecerá para nos salvar! — gritou Croy.

Tally tentou sorrir com a empolgação dos companheiros, mas sabia que não conseguiria aproveitar nada até voltar a ver David. Até a noite seguinte. Sentia-se isolada, afastada da única coisa que realmente importava.

Numa pequena fenda, Shay já dormia, depois de reclamar da umidade e do estado do seu cabelo e de perguntar quando seria levada de volta para casa. Tally engatinhou até lá e se aconchegou ao seu lado, tentando esquecer o estrago causado à mente da amiga. Pelo menos, o novo corpo de Shay não era mais tão magro; na verdade, parecia bastante macio e quente, principalmente no frio da caverna. Encostada nela, Tally conseguiu parar de tremer.

Mesmo assim, levou muito tempo para dormir.

Ao acordar, sentiu um cheiro de MacaThai no ar.

Croy encontrara os pacotes de comida e o purificador dentro de sua mochila e estava preparando uma refeição usando água da cachoeira. Aparentemente, o objetivo era acalmar Shay.

— Dar uma escapadinha, tudo bem. Eu só não sabia que vocês iam me arrastar para cá. Enchi o saco dessa coisa de rebelião, estou com uma dor de cabeça insuportável e preciso desesperadamente lavar meu cabelo.

— Há uma queda d'água bem aí — disse Croy.

— Mas a água é gelada! Não *aguento* mais essa fraude de vida de acampamento.

Tally engatinhou até a parte mais ampla da caverna. Todos os seus músculos estavam rígidos; todo seu corpo marcado pelas pedras sobre as quais dormira. Através da cortina de água, podia notar o anoitecer. Ela se perguntou se um dia conseguiria voltar a dormir à noite.

Sentada numa rocha, Shay avançava no MacaThai, reclamando que não estava apimentado o suficiente. Mesmo molhada, usando roupas sujas de festa e com o cabelo colado no rosto, ainda era deslumbrante. Ryde e Astrix a observavam em silêncio, fascinados por sua beleza. Eles eram dois dos velhos amigos de Shay que tinham fugido para a Fumaça na época em que ela desistira. Portanto, devia fazer meses que não viam um rosto perfeito. Todos pareciam dispostos a permitir que ela continuasse reclamando.

Uma das vantagens de ser perfeito é que as pessoas toleram seus hábitos mais irritantes.

— Bom dia — disse Croy. — NaboMôndegas ou ArrozVege?

— O que for mais rápido de preparar — respondeu Tally, esticando os braços.

Ela queria chegar às ruínas o quanto antes.

Assim que a noite caiu, Tally e Croy saíram de trás da cachoeira. Não havia sinal de Especiais no céu. Ela não acreditava que houvesse alguém realizando buscas numa região tão distante. Quarenta minutos da cidade, numa prancha de alta velocidade, correspondiam a uma viagem muito longa.

Eles fizeram um sinal, e os outros também saíram. Todos subiram pelo rio na direção das ruínas. Depois, iniciaram uma longa caminhada. Os quatro feios se revezavam para carregar as pranchas e os mantimentos. Shay tinha parado de reclamar, e agora, de ressaca, limitava-se a um silêncio mal-humorado. Andar não era problema. Sua boa forma, fruto do trabalho duro na Fumaça, não se perdera em duas semanas. Além disso, a operação tornara seus músculos mais firmes — por algum tempo, pelo menos. Embora houvesse anunciado seu desejo de voltar para casa, ir sozinha não parecia ter-lhe ocorrido.

Tally se perguntava o que fariam com ela depois. Não existia uma cura. Maddy e Az trabalharam durante vinte anos sem obter sucesso. Mas eles não podiam deixar Shay daquele jeito.

Evidentemente, no momento em que estivesse curada, seu ódio por Tally reapareceria.

O que seria pior: uma amiga com danos cerebrais ou uma que a detestasse?

Eles alcançaram a entrada das ruínas depois da meia-noite e seguiram imediatamente até o prédio abandonado em que Tally e David tinham montado uma base.

David estava à espera do lado de fora.

Ele parecia exausto, com manchas escuras sob os olhos, visíveis mesmo sob a luz tênue das estrelas. Logo que Tally desceu da prancha, ele a envolveu em seus braços com força, e ela retribuiu o abraço.

— Você está bem? — perguntou Tally, baixinho, e na hora se sentiu uma boba. Que tipo de resposta esperava? — Ai, David, claro que você não está bem. Sinto muito, eu...

— Shhh. Eu sei.

David se afastou e deu um sorriso. Sentindo-se aliviada, Tally apertou suas mãos, como que para se certificar de sua presença ali.

— Senti falta de você.

— Eu também.

Os dois se beijaram.

— Vocês dois são tão fofos — comentou Shay, usando os dedos para pentear o cabelo embaraçado durante o voo.

— Oi, Shay — disse David, esforçando-se para sorrir. — Vocês parecem estar com fome.

— Só se você tiver comida, não fraudes — respondeu Shay.

— Acho que não. Temos três tipos de curry reconstituído.

Shay murmurou algo e, passando por ele, entrou no prédio em ruínas. David a seguiu com os olhos, mas sem demonstrar a admiração que permanecia nos rostos de Ryde e Astrix. Era como se ele não percebesse a beleza de Shay.

— Finalmente tivemos sorte com alguma coisa — disse David.

Tally reparou em seu rosto, marcado pelo cansaço.

— Sério?

— Conseguimos fazer o Palm funcionar. Sabe, aquele que estava com a dra. Cable. Mamãe tentava arrancar a parte telefônica, para que não pudessem nos rastrear, e conseguiu acessar os dados de trabalho da doutora.

— E o que havia lá?

— Todas as anotações sobre a transformação de perfeitos em Especiais. E não só em relação à parte física. Também falam do funcionamento das lesões. Tudo que meus pais nunca souberam quando eram médicos.

— Shay... — lembrou-se Tally.

— Sim. Mamãe acredita que pode achar uma cura.

JURAMENTO DE HIPÓCRATES

Eles ficaram no refúgio das Ruínas de Ferrugem.

De tempos em tempos, carros voadores sobrevoavam os restos da cidade, numa lenta varredura aérea. Os Enfumaçados, porém, sabiam tudo sobre como se esconder de satélites e aeronaves. Espalharam iscas por toda parte — sinalizadores que geravam um calor equivalente ao de um ser humano — e cobriram as janelas do prédio em que estavam com pedaços de Mylar preto. Além disso, as ruínas ocupavam uma área vasta; encontrar sete pessoas num lugar que fora uma cidade de milhões de habitantes não era uma tarefa fácil.

Toda noite, Tally via a influência da "Nova Fumaça" crescer. Muitos feios tinham lido a mensagem na noite da fuga, ou pelo menos ouviram falar dela, e as peregrinações noturnas às ruínas não paravam de crescer. Algumas vezes, as luzes dos sinalizadores, agitadas dos terraços dos prédios mais altos, podiam ser vistas da meia-noite ao amanhecer. Tally, Ryde, Croy e Astrix se aproximavam dos feios da cidade para espalhar boatos, ensinar novos truques e mostrar as antigas revistas que o Chefe conseguira salvar da destruição da Fumaça. A quem duvidava da existência da Circunstâncias Especiais, Tally mostrava as algemas de plástico que permaneciam em seus pulsos e desafiava qualquer um a tentar arrebentá-las.

Uma nova lenda se destacava entre as demais. Maddy concluíra que as lesões cerebrais não podiam mais ser um segredo; todo feio tinha o direito de conhecer as verdadeiras consequências da operação. Tally e os outros espalharam a história entre seus amigos da cidade: a cirurgia não mudava apenas o rosto das pessoas. A perda da personalidade — o que definia cada um em seu interior — era o preço a se pagar pela beleza.

Obviamente, nem todos os feios aceitavam uma versão tão radical. Mas alguns acreditavam. E outros iam escondidos até Nova Perfeição, tarde da noite, para conversar pessoalmente com antigos amigos e julgar por si próprios.

Às vezes, os Especiais tentavam acabar com a festa, preparando armadilhas para os Novos Enfumaçados, mas alguém sempre dava o alerta antes. E nenhum carro voador era capaz de alcançar uma prancha naqueles caminhos intricados e no meio dos destroços. Os Novos Enfumaçados passaram a conhecer cada cantinho da cidade como se tivessem nascido ali. Assim, conseguiam desaparecer num instante.

Maddy tentava descobrir uma cura usando materiais encontrados nas ruínas ou trazidos das cidades por feios dispostos a fazer empréstimos informais de hospitais e aulas de química. Ela se mantinha afastada dos outros, à exceção de David. Era particularmente fria com Tally, que se sentia culpada por todos os momentos passados ao lado dele, agora que sua mãe estava sozinha. Ninguém falava sobre a morte de Az.

Shay permaneceu entre eles, reclamando da comida, das ruínas, do cabelo e das roupas. Também era obrigada a ver todas aquelas caras feias ao seu redor. Apesar disso, nunca agia com antipatia; apenas parecia estar sempre incomodada. Passados os primeiros dias, deixou até de falar em ir embora. Talvez a lesão cerebral a tornasse mais complacente. Ou simplesmente não tivesse vivido em Nova Perfeição por tempo suficiente para sentir muita falta. Ainda pensava em todos como amigos. Por vezes, Tally se perguntava se Shay, em segredo, gostava de ter o único rosto perfeito no pequeno grupo rebelde. De qualquer maneira, ela não trabalhava mais do que se estivesse na cidade; Ryde e Astrix obedeciam a todas as suas ordens.

David ajudava a mãe, procurando objetos úteis nas ruínas, e ensinava técnicas de sobrevivência a qualquer feio que quisesse aprender. Naquelas duas semanas após a morte de Az, Tally percebeu que sentia falta dos tempos em que eram apenas ela e David.

Vinte dias depois do resgate, Maddy anunciou que encontrara uma cura.

— Shay, quero lhe explicar isso muito bem.

— Claro, Maddy.

— Quando você passou pela operação, eles fizeram algo em seu cérebro.

Shay sorriu.

— Ah, tá. — Ela olhou para Tally, como se entendesse tudo. — É o que Tally vive me dizendo. O problema é que vocês não entendem.

— O que quer dizer com isso? — perguntou Maddy.

— Eu *gosto* da minha aparência. Estou mais feliz neste corpo. Quer falar mesmo de lesões cerebrais? Olhe só para vocês, correndo pelas ruínas, brincando de operação militar. Estão todos preocupados com planos e rebeliões, dominados pelo medo e pela paranoia. E pela inveja. — Seus olhos se alternavam entre Tally e Maddy. — Essa é a consequência de ser feio.

— E como você se sente, Shay? — perguntou Maddy, mantendo a calma.

— Me sinto borbulhante. É bom não ficar toda agitada por causa dos hormônios. É claro que estar aqui, em vez de curtindo na cidade, é um saco.

— Você não é obrigada a ficar aqui, Shay. Por que não foi embora?

Ela hesitou por um instante.

— Não sei... Acho que me preocupo com vocês. Este lugar é perigoso, e criar caso com os Especiais não é uma ideia muito boa. Você já devia saber disso, Maddy.

Tally respirou fundo, tentando se controlar, mas a expressão de Maddy não mudou em nada.

— E você vai nos proteger deles? — perguntou.

— Sabe, eu me sinto mal por causa de Tally. Se eu não tivesse falado a respeito da Fumaça, agora ela seria uma perfeita, em vez de estar aqui nesta pocilga. Acho que uma hora ela vai decidir agir como adulta. E aí poderemos voltar juntas.

— Parece que não quer decidir por conta própria — disse Maddy.

— Decidir o quê? — perguntou Shay, revirando os olhos, como se quisesse mostrar a Tally como aquilo era chato.

As duas tiveram aquela conversa uma dezena de vezes até Tally concluir que não conseguiria convencer Shay de que sua personalidade tinha mudado. Para Shay, seu novo comportamento era apenas resultado de um processo de amadurecimento, de seguir em frente deixando as emoções exageradas dos tempos de feia para trás.

— Você não foi sempre assim, Shay — disse David.

— Não mesmo. Eu era feia.

Maddy sorriu com gentileza.

— Esses comprimidos não vão mudar sua aparência. Só vão mudar seu cérebro, desfazer o que a dra. Cable alterou no modo de funcionamento da sua mente. Depois disso, você poderá decidir sozinha quanto à sua aparência.

— Decidir? Depois que você tiver mexido no meu cérebro?

— Shay! — gritou Tally, esquecendo-se da promessa de permanecer em silêncio. — Não somos nós que estamos manipulando seu cérebro!

— Tally! — interveio David, num tom controlado.

— Ah, deve ser isso mesmo, *eu* que sou a errada aqui — disse Shay, assumindo a mesma entonação de sua sessão diária de reclamações. — Não são vocês, que vivem num prédio destruído, num canto de uma cidade-fantasma, transformando-se aos poucos em aberrações, quando podiam ser lindos. É, estou errada... por tentar ajudar vocês!

Tally se sentou e cruzou os braços, sem resposta para as palavras de Shay. Sempre que tinham aquela conversa, a realidade se tornava um pouco difícil de entender, como se ela e os outros Novos Enfumaçados pudessem de fato ser os insanos. Tudo aquilo lhe lembrava seus primeiros dias na Fumaça, quando ainda não sabia de que lado estava.

— Como você está nos ajudando, Shay? — perguntou Maddy.

— Estou tentando fazê-los entender.

— Daquele jeito que fazia quando a dra. Cable a levava à minha cela?

Os olhos de Shay se apertaram, e seu rosto ficou confuso, como se as lembranças da prisão subterrânea não se encaixassem ao resto de sua visão perfeita do mundo.

— Sei que a dra. C foi horrível com vocês — admitiu ela. — Os Especiais são psicopatas... é só olhar para eles. Mas isso não significa que as pessoas devem passar a vida inteira fugindo. É isso que estou tentando dizer. Depois que se transformarem, os Especiais não irão mais atrás de vocês.

— E por que não?

— Porque vocês não vão mais criar confusão.

— E por que não?

— Porque serão felizes! — Shay parou para respirar até recuperar sua calma habitual. Então, ela sorriu, novamente encantadora. — Felizes como eu.

Maddy pegou as pílulas que estavam sobre a mesa.

— Não quer tomar esses comprimidos?

— De jeito nenhum. Você mesma disse que não são seguros.

— Eu disse que havia uma pequena chance de algo dar errado — corrigiu Maddy.

Shay deu uma risada.

— Deve achar *mesmo* que estou errada. Ainda que essas pílulas funcionem, pense bem no que elas prometem fazer. Até onde eu entendo, estar "curada" significa ser uma pessoa invejosa, orgulhosa, reclamona e dona de um cérebro de feia. Significa me considerar dona de todas as respostas.

— Ela cruzou os braços. — Em vários aspectos, você e a

400

dra. Cable se parecem. As duas acreditam que podem mudar o mundo. Bem, eu não preciso disso. E também não preciso dessas coisas aí.

— Tudo bem. — Maddy enfiou os comprimidos no bolso. — Era tudo que eu tinha a dizer.

— Como assim? — perguntou Tally.

David segurou sua mão.

— É tudo que podemos fazer, Tally.

— Como assim? Você disse que poderíamos curá-la.

— Somente se ela quiser — explicou Maddy. — Tally, essas pílulas são experimentais. Não podemos obrigar ninguém a tomá-las. Não sem saber se funcionam.

— Mas o cérebro dela... ela tem as lesões!

— Ei — disse Shay. — *Ela* está sentada bem aqui.

— Me desculpe por tudo isso, Shay — disse Maddy.

Maddy chamou Tally e passou para o outro lado da proteção de Mylar, onde havia uma área que os Novos Enfumaçados chamavam de varanda. Na verdade, era apenas um pedaço do último andar do prédio em que o teto desmoronara, deixando uma vista panorâmica das ruínas.

Tally a seguiu, deixando para trás uma Shay preocupada com o que haveria para jantar. David também saiu, pouco depois.

— Então vamos fazê-la ingerir as pílulas sem saber, é isso? — perguntou Tally, sussurrando.

— Não — respondeu Maddy com firmeza. — Não podemos. Não vou realizar experimentos médicos com pacientes não cooperativos.

— Experimentos médicos?

— Não há como prever com segurança os resultados de algo desse tipo — explicou David, segurando sua mão. — Embora o risco seja de apenas um por cento, ela poderia ficar com o cérebro danificado para sempre.

— Mas ele já está danificado.

— Acontece que ela se sente feliz, Tally. E pode tomar decisões por conta própria.

Tally se afastou e ficou parada, observando a cidade. Podia ver um sinalizador na torre mais alta, com feios se reunindo para conversar e trocar objetos.

— E por que nos importamos? *Eles* não pediram permissão para fazer o que fizeram com ela!

— Essa é a diferença entre nós e eles — disse Maddy. — Depois que eu e Az descobrimos o significado real da operação, percebemos que éramos parte de algo terrível. Pessoas tinham suas mentes modificadas sem saberem. Como médicos, fizemos um antigo juramento, pelo qual nos comprometíamos a nunca fazer algo desse tipo.

Tally encarou Maddy.

— Mas se não vai ajudar Shay, por que se esforçou para achar uma cura?

— Se soubéssemos que o tratamento é seguro, poderíamos dá-lo a Shay, para depois avaliar sua reação. Mas para testarmos a pílula precisamos de um voluntário.

— Onde vamos arrumar alguém? Nenhum perfeito aceitaria.

— Talvez por enquanto, Tally. Porém, se continuarmos avançando sobre a cidade, podemos encontrar um perfeito que queira mudar de vida.

— Mas nós *sabemos* que Shay está fora de si.

— Ela não está fora de si — corrigiu Maddy. — Na verdade, seus argumentos fazem sentido. Ela está feliz desse jeito e não quer correr o risco de morrer.

— O problema é que ela não é realmente ela. *Precisamos* transformá-la de volta no que era antes — insistiu Tally.

— Az morreu porque alguém pensava dessa maneira — disse Maddy.

— Como é que é?

David passou um braço por trás do corpo de Tally.

— Meu pai... — Ele limpou a garganta. Tally esperou em silêncio. Finalmente, saberia como Az tinha morrido. David respirou fundo antes de prosseguir. — A dra. Cable queria transformar todos eles, mas receava que mamãe e papai falassem a respeito das lesões cerebrais, mesmo depois da operação, pois haviam dedicado muito tempo ao assunto. — Embora a voz de David estivesse alterada, ele falava com calma e cuidado, como se não quisesse contaminar as palavras com emoções. — A dra. Cable estava trabalhando em maneiras de apagar memórias, um modo de tirar as lembranças da Fumaça da cabeça das pessoas. Meu pai foi levado à sala de operação, mas nunca voltou.

— Que coisa horrível — murmurou Tally e, em seguida, deu um abraço em David.

— Az foi vítima de um experimento médico, Tally — explicou Maddy. — Não posso fazer o mesmo com Shay. Do contrário, ela estaria certa a respeito de mim e da dra. Cable.

— Mas Shay era uma fugitiva. Não queria se tornar perfeita.

— Ela também não quer ser cobaia num experimento.

Tally fechou os olhos. Atrás da tela de Mylar, Shay contava a Ryde a respeito da escova de cabelo que fizera. Naqueles dias, nunca perdia a oportunidade de mostrar o pequeno objeto, feito de lascas de madeira enfiadas num pedaço de argila, a qualquer pessoa disposta a escutar. Como se fosse a coisa mais importante que já fizera na vida.

Eles arriscaram tudo para salvá-la, mas não havia recompensa. Shay nunca mais seria a mesma.

E a culpa era toda de Tally, que tinha ido à Fumaça e chamado os Especiais. O resultado: uma Shay cabeça de vento e Az morto.

Ela respirou fundo.

— Muito bem. Agora vocês têm uma voluntária.

— Como assim, Tally?

— Eu.

CONFISSÕES

— O que está dizendo? — perguntou David.

— Não conseguirá provar nada se tomar as pílulas, Tally. Você não sofreu as lesões — explicou Maddy.

— Mas as sofrerei. Voltarei para a cidade e serei capturada. A dra. Cable me submeterá à operação. Daqui a algumas semanas, vocês irão me buscar. Depois bastará me dar a cura. Pronto: já têm uma voluntária.

Os três ficaram em silêncio. As palavras saíram da boca de Tally espontaneamente. Ela mal conseguia acreditar no que dissera.

— Tally... Isso é absurdo.

— Não é absurdo. Precisamos de um voluntário. Alguém que concorde, *antes* de se tornar perfeito, em ser curado, por meios experimentais ou não. É a única opção.

— Você não pode se oferecer assim! — berrou David.

Tally virou-se para Maddy.

— Disse que está noventa e nove por cento certa de que as pílulas funcionam, não disse?

— Sim. Mas o um por cento restante pode deixá-la em estado vegetativo, Tally.

— Um por cento comparado a invadir a Circunstâncias Especiais é moleza.

— Tally, pare com isso — disse David, segurando-a pelos ombros. — É muito perigoso.

— Perigoso? David, você consegue chegar a Nova Perfeição com um pé nas costas. Os feios da cidade fazem isso o tempo todo. É só me arrancar da minha mansão e me enfiar em cima de uma prancha. Eu virei com você, do mesmo jeito que Shay veio. E aí vocês me curam.

— E se os Especiais decidirem manipular suas memórias? Como tentaram com meu pai.

— Não vão tentar — disse Maddy. David olhou para a mãe com surpresa. — Eles nem pensaram nisso no caso de Shay. Ela se lembra de tudo a respeito da Fumaça. Az e eu éramos as únicas fontes de preocupação. Como nos dedicamos às lesões cerebrais por metade de nossas vidas, eles concluíram que nunca calaríamos nossas bocas, nem como perfeitos.

— Mãe! — gritou David. — Tally não vai a lugar algum.

— Além disso — prosseguiu Maddy —, a dra. Cable não faria nada que pudesse machucar Tally.

— Pare de falar como se isso fosse acontecer!

Tally olhou bem nos olhos de Maddy, que assentiu. Ela sabia de tudo.

— David — disse Tally. — Preciso fazer isso.

— Por quê?

— Por Shay. É o único jeito de curá-la. Não é?

Maddy confirmou.

— Você não é obrigada a salvar Shay — disse David, pausadamente. — Já fez o bastante por ela. Foi atrás dela na Fumaça e depois a resgatou de dentro da Circunstâncias Especiais!

— É, eu fiz o bastante por ela. — Tally tomou coragem. — É por minha causa que ela está assim, perfeita e estúpida.

— Do que está falando? — perguntou David.

Ela se virou e segurou sua mão.

— David, eu não fui até a Fumaça para ver se Shay estava bem. Fui lá para levá-la de volta à cidade. — Um suspiro. — Fui lá para traí-la.

Tally imaginara o momento tantas vezes, ensaiara a fala quase todas as noites, que mal podia acreditar que aquilo não era outro pesadelo em que se via obrigada a contar a verdade. No entanto, depois que percebeu que estava mesmo acontecendo, as palavras começaram a sair numa torrente.

— Eu era uma espiã enviada pela dra. Cable. Por isso eu sabia onde ficava a Circunstâncias Especiais. Por isso os Especiais foram até a Fumaça. Eu levei um rastreador.

— Isso não faz o menor sentido — disse David. — Você resistiu quando eles apareceram. Você fugiu. Você ajudou a resgatar minha mãe...

— A essa altura, eu já tinha mudado de ideia. Com toda a honestidade, não pretendia ativar o rastreador. Passei a querer viver na Fumaça. Mas, na noite anterior à invasão, depois de saber a respeito das lesões... — Ela fechou os olhos. — Depois que nos beijamos, sem querer ativei o rastreador.

— Como é que é?

— Meu pingente. Foi sem querer. Eu queria destruí-lo. Mas o fato é que fui a responsável por levar os Especiais até a Fumaça, David. Foi por minha culpa que Shay se tornou perfeita. Foi por minha culpa que seu pai morreu.

— Está inventando tudo isso! Não vou deixar que você...

— David — disse Maddy, interrompendo o filho. — Ela não está mentindo. — Tally abriu os olhos. Maddy a encarava com um semblante triste. — A dra. Cable me contou como

407

manipulou você, Tally. No início, não acreditei, mas, na noite em que vocês apareceram para nos salvar, ela tinha levado Shay lá embaixo para confirmar tudo.

— No fim, Shay sabia que eu era uma traidora — contou Tally.

— E continua sabendo — observou Maddy. — A questão é que agora ela não se importa mais. E é por isso que Tally precisa fazer isso.

— Vocês duas estão fora de si! — gritou David. — Escute, mãe, é só você descer do seu pedestal e dar as pílulas a Shay. — Ele estendeu a mão. — Eu mesmo posso cuidar disso.

— David, não vou permitir que se transforme num monstro. E Tally já tomou uma decisão.

David olhou para as duas, sem querer acreditar. Precisou de algum tempo para recuperar as palavras.

— Você era uma espiã?

— Sim. No início.

Ele não se conformava.

— Filho — disse Maddy, tentando confortá-lo com um abraço.

— Não!

David se virou e saiu correndo, rasgando a proteção de Mylar e surpreendendo as pessoas que estavam lá dentro. Até mesmo Shay ficou completamente sem palavras.

Antes que Tally pudesse ir atrás de David, Maddy segurou seu braço.

— É melhor você ir para a cidade agora.

— Hoje? Mas...

— Do contrário, acabará se convencendo a desistir. Ou David cuidará disso.

408

— Preciso me despedir dele.

— Você precisa partir.

Tally observou o rosto de Maddy e, aos poucos, foi percebendo a verdade. Embora o olhar dela revelasse mais tristeza do que raiva, havia um sentimento frio escondido ali. Talvez David não a culpasse pela morte de Az, mas não podia dizer o mesmo de Maddy.

— Obrigada — disse Tally, baixinho, forçando-se a encarar Maddy.

— Obrigada pelo quê?

— Por não contar a ele. Por permitir que eu cuidasse disso pessoalmente.

Maddy conseguiu até sorrir.

— David precisava de você nestas duas últimas semanas.

— Ele ainda precisa de mim — disse, enquanto se afastava, com os olhos fixos na cidade.

— Tally...

— Eu vou hoje, pode deixar. Mas sei que David vai me buscar.

RIO ABAIXO

Antes de partir, Tally escreveu uma carta para ela mesma.

A ideia tinha sido de Maddy. Ela devia deixar sua permissão no papel. Assim, depois de se tornar perfeita, sem condições de entender por que desejaria ter o cérebro consertado, Tally poderia ler suas próprias palavras e aceitar o que estivesse para acontecer.

— Como achar melhor — disse ela. — Desde que me cure, não importa o que eu diga. Não me deixe como Shay.

— Vou curar você, Tally. Eu prometo. Só preciso de uma autorização por escrito — assegurou Mandy, entregando-lhe uma caneta e um pequeno pedaço de papel.

— Nunca aprendi a escrever à mão — disse Tally. — Não é mais obrigatório.

Maddy balançou a cabeça, decepcionada.

— Muito bem. Então você dita e eu escrevo.

— Você, não. Shay pode cuidar disso. Ela fez aulas, na época em que estava tentando ir para a Fumaça — contou Tally, lembrando-se das instruções confusas, porém inteligíveis, que Shay lhe deixara.

A carta não exigiu muito tempo. Shay ria ao ouvir as palavras sinceras de Tally, mas as transcrevia corretamente. Havia algo de interessante no modo como ela corria a caneta sobre o papel; lembrava uma criança aprendendo a ler.

Quando acabaram, David ainda não voltara. Saíra numa prancha em direção às ruínas. Enquanto arrumava suas coisas, Tally vigiava a janela, na expectativa de seu retorno.

Maddy devia estar certa. Se Tally o visse novamente, acabaria se convencendo a desistir. Ou talvez David a impedisse.

Ou pior: ele não se importaria.

A despeito do que pudesse dizer, a verdade era que David sempre se lembraria do que Tally fizera e das vidas perdidas por causa de seus segredos. Só havia uma forma de acreditar que ele a perdoara: se David fosse resgatá-la pessoalmente.

— Vamos nessa — disse Shay.

— Shay, não vou ficar lá para sempre. Seria melhor que você...

— Dá um tempo. Estou de saco cheio deste lugar.

Tally mordeu os lábios. Qual seria o sentido de se entregar se Shay fosse junto? Obviamente, nada impedia que eles a resgatassem de novo. Depois que tivesse sua eficiência confirmada, o remédio poderia ser dado a qualquer pessoa. Ou a todas as pessoas.

— A única razão de eu ter ficado aqui nesta caverna é tentar levá-la de volta comigo — disse Shay, baixando o tom de voz em seguida. — Sabe, sou culpada por você não estar perfeita ainda. Estraguei tudo quando fugi. Devo uma a você.

— Ah, Shay. Corta essa.

Sentindo sua cabeça começar a rodar, Tally fechou os olhos.

— Maddy vive dizendo que posso ir embora quando eu quiser. Não espera que eu volte para casa sozinha, né?

Tally tentou imaginar Shay caminhando até o rio sem companhia.

— Não, acho que não.

Ela observou o rosto da amiga e viu um brilho em seu olhar — algo autêntico provocado pela perspectiva de fazer a viagem ao seu lado.

— Por favor! Vamos nos divertir muito em Nova Perfeição.

— Está bem. Acho que não posso fazer nada mesmo — disse Tally, abrindo os braços.

As duas foram juntas numa única prancha. Croy as acompanhou para levar o equipamento de volta quando alcançassem a entrada da cidade.

Ele não disse nada no caminho. Os outros Novos Enfumaçados tinham ouvido a briga do lado de fora e agora sabiam tudo sobre Tally. Para Croy, era mais doloroso. Ele havia suspeitado, e mesmo assim ela mentira, olhando-o nos olhos. Devia se culpar por não ter detido Tally antes que ela pudesse traí-los.

Quando chegaram ao cinturão verde, porém, ele se forçou a encará-la.

— O que eles fizeram com você, afinal? Para obrigá-la a armar uma coisa desse tipo?

— Disseram que eu não poderia me transformar enquanto não achasse Shay.

Croy virou o rosto, concentrando-se nas luzes de Nova Perfeição, reluzentes em meio ao ar frio daquela noite de novembro.

— Então, parece que finalmente vai realizar seu desejo.

— É, acho que sim.

— Tally vai se tornar perfeita! — disse Shay.

Croy ignorou o comentário e se dirigiu a Tally.

— De qualquer maneira, obrigado por me resgatar. Foi uma façanha e tanto a que vocês realizaram. Espero que... — Ele parou no meio, balançando a cabeça. — Nos vemos por aí.

— Tomara que sim.

Croy empilhou as pranchas e voltou na direção do rio.

— Isso vai ser demais! — disse Shay. — Mal posso esperar para lhe apresentar todos meus novos amigos. E você vai poder me apresentar ao Peris.

— Claro.

Elas caminharam rumo a Vila Feia até chegarem ao Parque Cleópatra. Pisando na terra dura e encarando o clima de fim de outono, as duas se aproximaram, para se protegerem do frio. Tally usava seu suéter fabricado na Fumaça. De início, queria deixá-lo com Maddy, mas acabou decidindo abrir mão do casaco de microfibra. As roupas feitas na cidade eram muito valiosas para serem desperdiçadas com alguém que estava retornando à civilização.

— Na verdade, eu já estava ficando popular — contou Shay — Ter um histórico criminal é uma boa maneira de entrar nas festas mais legais. É óbvio: ninguém quer saber que aulas você assistia na escola para feios — explicou, dando um risinho.

— Se for assim, vamos fazer muito sucesso.

— Imagina quando contarmos a todo mundo que você me sequestrou de dentro do quartel-general da Circunstâncias Especiais. E que eu convenci você a fugir daquele bando de gente esquisita. Mas vamos ser obrigadas a diminuir um pouco as histórias, Vesguinha. Ninguém acreditaria na verdade!

— Não mesmo. Tem razão.

Tally pensava na carta que deixara com Maddy. E ela? Acreditaria na verdade dentro de algumas semanas? Como as palavras de uma feia foragida, desesperada e trágica soariam aos ouvidos de uma perfeita?

Aliás, como veria David quando passasse a viver cercada de novos rostos perfeitos, 24 horas por dia? Voltaria a acreditar em toda aquela baboseira a respeito dos feios ou ainda se lembraria que uma pessoa podia ser bonita sem a cirurgia? Tally tentou imaginar o rosto de David, mas era doloroso pensar no tempo que levaria para voltar a vê-lo.

Ela se perguntava de quanto tempo precisaria, depois da operação, para deixar de sentir saudade de David. Maddy tinha avisado que talvez demorasse alguns dias até que as lesões assumissem o controle completo. No entanto, aquilo não significava que, nesse intervalo, as mudanças seriam controladas por sua própria mente.

Talvez, se decidisse continuar a sentir saudade dele, ignorando todo o resto, ela conseguisse evitar as mudanças. Ao contrário da maioria das pessoas, Tally *sabia* da existência das lesões. E, por isso, talvez pudesse lutar contra elas.

Nesse momento, uma sombra passou por elas — a sombra de um carro voador. Por reflexo, Tally parou. Os feios da cidade tinham relatado um número maior de patrulhas naqueles dias. As autoridades oficiais haviam finalmente percebido que as coisas estavam mudando.

O carro parou e baixou suavemente até pousar. Assim que a porta se abriu, uma luz intensa deixou Tally e Shay praticamente sem enxergar.

— Muito bem, garotas... ah, me desculpe, senhorita. — O facho estava sobre o rosto de Shay. Logo em seguida, porém, passou para o de Tally. — Ei, o que vocês duas...?

O que poderia ser mais incrível? Uma perfeita e uma feia, passeando juntas. O guarda se aproximou; seu rosto de meia-idade estava dominado pela perplexidade.

Tally sorriu. Pelo menos, estava criando confusão até o fim.

— Meu nome é Tally Youngblood. E quero ser perfeita.

Este livro foi composto na tipografia Classical
Garamond BT, em corpo 11/16, e impresso em
papel off-white no Sistema Cameron da
Divisão Gráfica da Distribuidora Record.